HEYNE <

D1996052

Zum Buch:
Vor drei Jahren landeten Overload mit einem Song auf Platz 1 der britischen Charts und schafften es sogar in den Staaten in die Top Ten. Danach wurde es jedoch still um sie. Nachdem ihr Album trotz immensen Werbeaufwands grandios floppte, trennte sich die Band. Andy Hayes, der Bassist, geht inzwischen wieder seinem Job als Anstreicher nach, als Phil Jessup, der damalige Leadsänger, erneut in sein Leben tritt und ihm ein Comeback der Band in Aussicht stellt. In Mark Bowring, einem schwerreichen Neurotiker und Möchtegern-Schlagzeuger, hat Phil den idealen Finanzier seiner hochtrabenden Pläne gefunden. Das wiederum missfällt Marks Vater und dessen Stiefmutter, die es ebenfalls auf Marks Geld abgesehen haben. Als Andy schließlich den toten Mark in seiner Wohnung vorfindet, bekommen Phil und er es mit mehr Action zu tun, als sie sich in ihren kühnsten Wiedervereinigungsträumen je vorzustellen gewagt hatten. Eine Hetzjagd quer durch London nimmt ihren Lauf, bei der sie nicht nur eine bunte Mischung abgewrackter und durchgeknallter Typen, sondern auch einige alte Bekannte treffen, die sie am liebsten nie wieder gesehen hätten.

Zum Autor:
David Huggins wurde in London als jüngster Spross einer alten Schauspielerdynastie geboren. Er studierte in Cambridge und lebt und arbeitet heute in seiner Geburtsstadt. Mit seinem Debütroman »Der große Kuss«, der 1996 erschien, begann Huggins seine Karriere als Romanautor.

DAVID HUGGINS

Ein einziger Hit

Roman

Aus dem Englischen
von Karsten Singelmann

WILHELM HEYNE VERLAG
MÜNCHEN

Die Originalausgabe
LUXURY AMNESIA erschien 1999
bei Faber and Faber, London

Für Madeleine Christie

FSC
Mix
Produktgruppe aus vorbildlich bewirtschafteten Wäldern und anderen kontrollierten Herkünften
Zert.-Nr. SGS-COC-1940
www.fsc.org
© 1996 Forest Stewardship Council

Verlagsgruppe Random House
FSC-DEU-0100
Das FSC-zertifizierte Papier *München Super* für Taschenbücher aus dem Heyne Verlag liefert Mochenwangen Papier.

Vollständige Taschenbucherstausgabe 10/2005
Copyright © 1999 by David Huggins
Copyright © 2003 der der deutschsprachigen Ausgabe by
Zweitausendeins, Frankfurt am Main
Copyright © dieser Ausgabe 2005 by
Wilhelm Heyne Verlag, München,
in der Verlagsgruppe Random House GmbH
Printed in Germany 2005
Umschlagillustration: © J.Feingersh/ zefaimages
Umschlaggestaltung: Hauptmann & Kompanie Werbeagentur
München – Zürich
Druck und Bindung: GGP Media GmbH, Pößneck
ISBN: 3-453-59003-1

www.heyne.de

Prolog

Sobald ich im Wohnzimmer war, fiel die verzogene Feuertür hinter mir zu, und es wurde so dunkel, daß ich nichts mehr sehen konnte. Ich suchte nach dem Lichtschalter, indem ich mit der Hand über die kühle Wand wischte. Bald merkte ich, daß ich mich schon zu weit nach links bewegt hatte, wußte aber, daß da noch ein Schalter neben der Küche war. Ich glaubte, die Küche ausmachen zu können, und so schob ich mich, die Arme vorgestreckt, in einer Art Fußfesselgang quer durchs Zimmer. Auf halber Strecke blieb ich stehen. Irgendetwas stimmte hier nicht, und von dem Instinkt eines Höhlenmenschen geleitet, spannte ich alle Sinne an. Meine spärliche Armbehaarung richtete sich auf, als ich nach der Rückenlehne des Sofas tastete.

Meine Hand streifte etwas, das an dieser Stelle nicht hätte sein sollen. Etwas Flauschiges. Ich spähte nach unten ins Finstere, und fast wäre mir die Haut abgefallen.

Da saß jemand in der Dunkelheit.

Ich rannte dorthin, wo ich die Küche vermutete, und krachte in irgendwelche Regale. Eine Glasvase fiel zu Boden und zersplitterte. Hektisch strich ich mit der ausgestreckten Hand über die ganze Länge des Regals, nach dem Lichtschalter stochernd. Ich konnte ihn nicht finden. Ich keuchte, hatte einen trockenen Mund. Immer wieder fuhr ich mit den Händen über die Wand, und dann blieb mein Handgelenk am Schalter hängen, das

Zimmer wurde hell, und ich sah seinen Kopf über den Rand der Sofalehne hervorlugen. Ich begriff nicht, warum er allein im Dunkeln gesessen hatte. Es kam mir kalt vor, als wäre ein Fenster geöffnet worden.

»Alles in Ordnung mit dir?«

Er gab keine Antwort. Er saß zusammengesunken da, den Kopf zur Seite gelegt, ins Nichts starrend. Das Blut hämmerte in meinen Schläfen, versuchte, sich aus meinem Kopf herauszupressen. Ich stieg über die lose auf dem Boden verstreuten CDs, kniete mich neben ihn, packte seine Hand und suchte nach seinem Puls. Nichts. Angst lähmte meine Beine. Eine innere Stimme sagte mir, daß es schon zu spät sei, den Krankenwagen zu rufen. Schwindelnd erhob ich mich, zwinkerte ein paarmal und schnappte nach Luft. Auf seinem Gesicht lag ein Ausdruck von Verdutztheit, als hätte jemand einen Witz gemacht, den er erst mit Verzögerung kapiert hatte. Seine Augen sahen nicht aus, wie Augen aussehen sollen, waren ohne Glanz. Ich versuchte mir einzureden, daß das alles nur ein Schabernack sei. Dann wedelte ich mit der Hand vor seinen Augen, und da wußte ich, daß er tot war.

Ich drehte mich zur Seite, um mich zu übergeben, wischte mir den Mund ab und zwang mich, ihn noch einmal anzuschauen. Ich hatte noch nie eine Leiche gesehen. Das Gesicht war weiß, wie ausgeblutet. Die Handflächen waren nach oben gerichtet, und einige der glänzenden Finger zeigten auf eine braune Flasche mit Schlaftabletten, die auf dem Kissen lag. Sie war leer. Hatte er eine Überdosis genommen? Konnten die Pillen ihn so schnell getötet haben? Ich war zwanzig Minuten weggewesen, höchstens eine halbe Stunde. Ich hatte das Gefühl, ich müßte ihm die Augen zudrücken, konnte mich aber nicht überwinden, ihn zu berühren. Ich nahm eine Zigarette aus der Packung auf dem Tisch und zündete sie an, meine erste seit sechs Monaten. Es gab ein merkwürdiges schnalzendes Geräusch, und ich merkte, daß der CD-Player lief, nur ein kleines Stück oberhalb der Wahrnehmungsgrenze.

Die Glastür knirschte in ihrer Aluminiumführung, als ich an ihr zog, um sie zu öffnen. Ich trat auf den Balkon und in die kühle Nachtluft, die mit den Verkehrsgeräuschen der Hauptstraße angefüllt war. Vier Stockwerke unter mir umkreiste ein Auto den Platz, die Rücklichter sahen aus wie die Glut meiner Zigarette. Ich ging zurück in die Wohnung und drückte sie aus. Ich hatte ganz trokkene Zähne. Kreidestummel. Ich betrachtete den Leichnam. Zwei Minuten waren vergangen, und schon fiel es schwer zu glauben, daß er je am Leben gewesen war. Das Wohnzimmer versank im Schwarzweiß böser Träume. Ein Sterbezimmer. Auf der Straße jaulte ein Auto kurz auf, weil jemand auf seine Fernbedienung gedrückt hatte, und ich setzte mich in den Sessel, um wieder zur Besinnung zu kommen. Ich schloß sogar die Augen in der Hoffnung, daß alles anders sein würde, wenn ich sie wieder öffnete.

Die Türklingel ging.

Mir fiel ein, daß ich die Wohnungstür offengelassen hatte, und so rannte ich in den Flur und steckte meinen Kopf ins leere Treppenhaus, mit angehaltenem Atem nach dem Knacken und Rauschen des Polizeifunks lauschend.

Die Klingel schlug wieder an, genau neben meinem Ohr. Wie ein verschrecktes Krustentier wich ich zurück. Es gab einen Dienstboteneingang an der Rückseite des Hauses, und ich erwog, einfach wegzulaufen, redete mir dann aber zu, zur Abwechslung erstmal nachzudenken. Ich machte die Tür zu und ging zurück ins Wohnzimmer, öffnete die Glastür vierzig Zentimeter weit und kroch hinaus auf den Balkon. Vor dem Geländer kniend, blickte ich hinunter auf die Straße. Es waren keine blauen Blinklichter zu sehen, aber eine große Limousine parkte in zweiter Reihe dem Haus genau gegenüber. Bei ihrem Anblick schien sich Schrumpffolie um meine Lungen zu wickeln, bis ich kaum noch atmen konnte. Ich zog mich nach drinnen zurück, griff mir meine Jacke und eilte zur Tür. Wenn es Polizei war, würden sie garantiert den Fahrstuhl nehmen. Meine Finger waren im Begriff, den Rhombus des Sicherheitsschlosses umzudrehen, als jemand an die Tür klopfte. Tief erschrocken sah ich durch das Fischaugenguckloch und erblickte eine riesige schwarze Pupille und den weißen Spinnaker einer Nase.

Das Gesicht fuhr zurück, und es gehörte Phil Jessup.

I

Phil war mal der Sänger und ich der Bassist in einer Band namens Overload gewesen. Zu fünft hatten wir die Sache vier Jahre lang vorangetrieben, aber dann sah es so aus, als würde die Band niemals etwas zuwege bringen, und so beschloß ich an meinem neunundzwanzigsten Geburtstag, das Handtuch zu schmeißen und mir einen anständigen Job zu suchen. Dann geschah das Wunder: Wir bekamen einen Vertrag bei einer großen Plattenfirma, und unsere erste Single wurde ein Hit, nachdem ein paar Takte davon neu gemischt und für den Soundtrack einer Jeansreklame verwendet worden waren. Zu unser aller Verblüffung kam der Song auf Platz eins der britischen Charts, blieb dort sechs Wochen lang und verkaufte sich allein in der ersten Woche eine halbe Million Mal. In den USA erreichte er Platz zwei. Das war vor drei Jahren.

Wir dachten, daß wir es geschafft hätten, aber unsere Nachfolgesingle floppte. Über Nacht verflüchtigte sich der Erfolg. Das Album ging trotz schwerster Promotion unter, und die anfängliche Springflut der Tantiemenzahlungen versiegte zu einem unerheblichen Tröpfeln. Unsere folgenden Veröffentlichungen richteten außer in Skandinavien überhaupt nichts mehr aus, und die Band Overload hatte schließlich allen Grund, die dritte Silbe ihres Namens abzustoßen. Da ich nicht den Wunsch habe, wieder vor Gericht zu landen, will ich mich hier nicht auslassen über den exorbitanten Rechtsstreit mit unserer

Mißmanagementfirma, der nach Eintreffen unseres Steuerbescheids losbrach. Nach der Trennung nahm Phil sein angeschlagenes und geschwollenes Ego mit nach Los Angeles, um eine Solokarriere zu verfolgen, die sich ihm aber, soweit mir bekannt, hartnäckig entzog. Wir waren nicht gerade als beste Freunde auseinandergegangen und hatten keinen Kontakt mehr. Wenn ich überhaupt noch an Phil dachte, stellte ich mir vor, wie er sich von einer Frau aushalten ließ, an deren Pool er immer brauner wurde, während der Schatten einer Palme über das Wasser auf ihn zukroch wie ein anklagender Zeigefinger.

Für mich waren die letzten drei Jahre ein einziges langes Abgleiten auf der Wohlstandsleiter gewesen. Am Ende mußte ich stempeln gehen und arbeitete zusätzlich als Maler und Tapezierer, um das vom Staat erhaltene Geld aufzustocken, und obwohl ich gehört hatte, daß Phil sich wieder in London aufhielt, war er die letzte Person, die ich zu treffen erwartete, als ich mich um sieben Uhr morgens aufmachte, meine Arbeit an einem winzigen Wohnstall in der Nähe der Farringdon Station fortzusetzen. Die Straßen waren völlig leer, bis plötzlich eine Schar jugendlicher Leute aus einem Hauseingang auf der anderen Straßenseite strömte. Einige von ihnen kamen in meine Richtung, und ich wandte den Blick ab, als sie auf meiner Höhe waren.

»Andy!«

Ich zuckte zusammen, als mein Name erklang, und ein Mann löste sich aus der Gruppe, dessen Gesicht auf Anhieb wiederzuerkennen und doch unvertraut war, so als ob ich mein eigenes Gesicht unerwartet im Spiegel erblickt hätte. Dann war es Phil, der über die Straße auf mich zukam, und mit ihm sowohl gute als auch schlechte Erinnerungen.

Grölend klopften wir uns auf die Schultern, suchten uns gegenseitig nach sichtbaren Zeichen des Verschleißes ab. Die letzten paar Jahre waren nicht sehr sanft mit Phil umgegangen. Allem Anschein nach waren sie nachgerade sadistisch gewesen. Seine alte Lederjacke befand sich in einem unglückseligen Übergangsstadium von eingetragen zu abgetragen, und ich fragte ihn, wie es ihm ginge.

»Gut. Warum bist du so früh schon auf?« krächzte er.

»Unterwegs zur Arbeit. Eine Wohnung tapezieren.«

Er lachte, und ungeachtet der Tageszeit schien er mehr oder weniger nüchtern zu sein. Hinter Phils Rükken zerstreuten sich die Jungen und Schönen, bis nur noch ein birnenförmiger junger Mann mit gelockten Haaren übrigblieb. Er näherte sich uns, als würde er ins kalte Meer steigen, und Phil stellte ihn als Mark Bowring vor. Sein Gesicht war aufgebläht und blaß vom intensiven Trinken, aber als Phil erwähnte, daß ich Baß bei Overload gespielt hatte, war Mark hocherfreut.

»Unglaublich! Ich hab euch im Town and Country gesehen . . . wann war das noch? Ich war dreiundzwanzig, glaube ich.«

Während Mark sich mit der Arithmetik abmühte, fing er an zu schielen, sein Blick auf der Suche nach dem Ort, wo sein drittes Auge sich befinden mochte.

»Wann auch immer«, warf Phil ein.

»Egal, ihr wart brillant!« schwärmte Mark. »Fantastisch. Laßt mich euch zum Frühstück einladen!«

Seine Begeisterung rührte mich, und ich konnte Phil ja schlecht einfach auf der Straße stehenlassen, also folgten wir Mark, als er auf The Hope zuwatschelte, ein Pub in der Cowcross Street, in dem die Lastenträger vom Smithfield Market verkehrten.

Die Theke des Hope, erleuchtet von wenigen Sonnenstrahlen, die vorwitzig genug waren, sich durch die Mattglasscheiben zu drängen, war bis auf eine Gruppe von Nachtschichtlern leer. In der Ecke hing ein Spielautomat, der seine Idiotenmelodie einem der Arbeiter vorspielte, dessen rotes Gesicht jedesmal gelbe Zähne freilegte, wenn er verloren hatte. Ich war froh, daß es keine Jukebox gab, weil ich für neue Musik nicht mehr viel übrig hatte. Alle im Pub außer mir waren die ganze Nacht aufgewesen, und so fühlte ich mich eh ein wenig aus der Art geschlagen. Mark ging zur Theke und bestellte Bacon-Sandwiches, Wodka und Bier für sich und Phil sowie Kaffee für mich und bezahlte alles, ohne mit der Wimper zu zucken, eine Verhaltensweise, die mir schon seit einigen Jahren nicht mehr gegeben war. Ich bot an, mein Scherflein beizutragen, aber Phil tat nicht mal so als ob, woraus ich den sicheren Schluß zog, daß seine Finanzkraft bei Null lag, genau wie meine. Mark trank seinen Wodka, seine Augen wurden feucht, und als er seine Pläne beschrieb, mit Phil eine Band zu gründen, begriff ich, daß Mark bereit war, für Studioaufnahmen zu zahlen. Ich empfand es als traurig, daß Phil inzwischen so weit gekommen war, bei irgendwelchen reichen Kids zu schmarotzen. Phil verfügte über wenig Schamgefühl, doch selbst ihm schien nicht recht wohl bei der Sache, und er versuchte das Thema zu wechseln.

»He, weißt du, wen wir vorhin getroffen haben? Sara Carberry«, sagte er.

Ich fühlte den Stich des Verlusts beim Klang ihres Namens. Phil lächelte, und seine Zähne waren neu, so weiß und regelmäßig wie die Tasten auf einem Spielzeugklavier vom K-Mart.

»Kennst du Sara?« fragte mich Mark.

Ich nickte, während ich sie in unserem Hotelzimmer in Barcelona und im Landhaus ihrer Eltern sah.

»Fantastisch«, sagte er. »Wir sind zusammen aufgewachsen, in Wiltshire. Wir waren praktisch Nachbarn.«

Ich sagte, daß ich jetzt zur Arbeit müsse, worauf Mark besorgt dreinblickte, als fürchte er, daß ein Virus der Erwerbstätigkeit freigesetzt worden sei.

»Was für eine Arbeit?« fragte er.

»Malen und tapezieren«, sagte ich.

Seine Schultern sackten herab. Was nicht viel ausmachte.

»Meine Stiefmutter tönt ständig, daß sie das Eßzimmer renoviert haben will. Du solltest sie mal anrufen.«

»Klar«, sagte ich. »Warum nicht?«

Ich schrieb mir die Nummer auf, und die Angelegenheit half mir, die Gedanken an Sara zu verdrängen. Der Großteil meiner Arbeit ergibt sich über persönliche Empfehlungen, und ich wußte, daß ich anrufen würde.

»Kann wenigstens mal einer profitieren«, seufzte Mark. »Wenn er mich schon laufend bestiehlt.«

Ich fragte ihn, wen er meinte, und er blinzelte.

»Meinen Vater«, sagte er. »Er bedient sich aus meinem Treuhandvermögen. Deswegen hat er meine Zuwendungen gekürzt.«

»Oje, laß ab«, stöhnte Phil. »Ich will mir nicht schon wieder die ganze Geschichte anhören!«

Marks Kopf sank nach vorn, und seine weißen Hände rieben über sein Gesicht. Es war schon beinahe komisch. Vornehm, reich und bescheuert, wie er war, hatte Mark die glänzendsten Aussichten, doch alles, was er wollte, war, sich mit Phil auf musikalische Abwege zu begeben. Als Mark schließlich auf der Suche nach einem Taxi davonschwankte, hatte ich wenig Grund zu der Annahme, daß ich ihn je wiedersehen, geschweige denn, daß ich irgendwann plötzlich seine Leiche auf dem Hals haben würde. Ich wollte jetzt los zur Arbeit, doch Phil überredete mich, ihm noch Gesellschaft zu leisten, während er sein Frühstücksbier austrank. Zwischen zahlreichen kleinen Schlucken beklagte er sich dann, daß eine korrupte Managementfirma wiedermal seine Karriere sabotiert und eine Frau in Kalifornien ihm das Herz gebrochen habe.

»Was für'n Herz?« fragte ich ihn.

Seine Ex-und-Hopp-Libido war eigentlich oft das Verläßlichste an Phil gewesen.

»Ach, komm. Du siehst mich falsch«, sagte er. »Es hat mich fast umgebracht, Andy. Fast umgebracht.«

Phils Augen umwölkten sich, wie von Erinnerung gequält. Sein Schmerz schien ausnahmsweise sogar echt zu sein, und ich fragte ihn, wann er sie zuletzt gesehen habe.

»Oh, erst kürzlich. Sie lebt jetzt hier, und wir mußten uns natürlich gleich wieder fetzen, nicht wahr. Nur damit sie noch ein bißchen mehr Salz in die Wunde streuen konnte. Was ist mit dir? Immer noch mit Janet zusammen?«

»Nein. Nein, wir sind geschieden. Es fällt schwer zu glauben, daß wir drei Jahre zusammen waren. Heutzutage kann ich froh sein, wenn etwas mal drei Wochen dauert.«

»Das hältst du für ein Problem? Ich würde das Fortschritt nennen«, sagte Phil.

»Ist Sara denn noch mit Dario zusammen?«

Mein Herz klopfte so heftig, daß Phil es mit Sicherheit hören mußte.

»Weiß nicht«, sagte er.

Mochte wohl so sein.

Sara und ich hatten uns in Spanien bei den Dreharbeiten für das Video von Overloads Nachfolgesingle kennengelernt. Sie arbeitete dort als Assistentin, und da wir beide gerade eine schlechte Phase in unserer jeweiligen Beziehung durchmachten, landeten wir miteinander im Bett, und für einen Augenblick glaubte ich, daß daraus Liebe werden würde. Wir beredeten die Sache am Ende des Drehs, und ich erklärte mich bereit, sie für einen Monat ruhen zu lassen, doch kaum war ich wieder in London, als ich schon Streit mit Janet bekam, sofort einknickte und Sara anrief. Dieser Verstoß gegen dic Tourneeregeln führte zu einem seligen Wochenende im Haus ihres Stiefvaters. Zwei Wochen später sagte mir Sara jedoch, daß sie es nicht über sich bringen könne, Dario zu verlassen. Tief getroffen und schwach schlich ich zurück zu Janet. Im Alter zwischen zwanzig und dreißig besaß ich die emotionale Zielstrebigkeit eines kopflosen Huhns.

Während er die Reste seines Biers hinuntergurgelte, wollte Phil mir beibringen, daß es jetzt langsam aber wirklich gut für ihn laufe. Er war seit zwei Monaten wieder in London und wohnte in Hammersmith, arbeitslos gemeldet wie ich, aber als er sagte, daß es großes Interesse an seinen neuen Songs gebe, klingelten die Alarmglocken in meinem Kopf.

»Es ist ein total zurückgenommener Sound. Sehr, sehr aufregend ... nur eine akustische Gitarre. Viel echter als alles, was ich bisher gemacht habe.«

Ich putzte mir die Brille an meinem T-Sirt. Kleine Tröpfchen von cremefarbener Emulsionsfarbe hatten sich in dem Spalt festgesetzt, wo Gläser und Rahmen aneinanderstoßen. Phil hatte eine gute Baritonstimme und gerade genug Charisma, den Frontmann einer Band zu machen, aber er hatte noch nie etwas auch nur halbwegs Vernünftiges geschrieben.

»Vergiß es, Phil. Es ist vorbei«, sagte ich.

»Wie kannst du das sagen? Hör mal, du mußt mir nur noch ein bißchen bei einigen Texten helfen und dann ... Hör sie dir nur mal an.«

»Kommt nicht in Frage. Damit bin ich durch. Ich hab meinen Baß verkauft.«

»Deinen Fender sowieso?«

»Stack-knob Fender Jazz. Genau den.«

Trotz seines offenbar grenzenlosen Selbstvertrauens schien Phil richtig betroffen. Er wußte, wie sehr ich diese Gitarre geliebt hatte. Als er in seine Jacke griff, dachte ich für einen angewiderten Moment, daß er eine Demokassette herausziehen würde, aber zum Glück tauchte die Hand mit einer Tüte Tabak zum Selberdrehen wieder auf. Ich beobachtete, wie seine Safranfinger die dunklen Fasern in Zigarettenpapier einhüllten, wie er beim Anzünden umständlich mit seinem Feuerzeug hantierte, und ich entdeckte ein Moment von Brüchigkeit in seinen Gesten, das es zuvor nicht gegeben hatte. Ich war immer neidisch auf Phils Selbstsicherheit gewesen, und als die Nanosekunde unseres Ruhms gekommen war, war er in ihrem Glanz aufgeblüht, ich dagegen hatte den Kopf eingezogen, aus Furcht, mich als unzulänglich zu erweisen.

Ich hatte mich bei Live-Auftritten nie wohlgefühlt, und gegen Ende erlitt ich regelrechte Panikattacken, bevor ich auf die Bühne mußte. Meine Handrücken wurden erst heiß, dann kalt, weil mein Thermostat verrückt spielte, und mein Kopf schien jeden Moment explodieren zu wollen. Man will flüchten, aber es gibt keinen Ausweg. Man öffnet das Fenster, aber die Luft bleibt stickig. Und dann muß man auf die Bühne, vor der dreitausend

Kids warten. Als die Band auseinanderging, konnte ich sehr gut verstehen, warum North Ken, der Leadgitarrist, Anonymität in einem buddhistischen Refugium suchte. Nur Jeff, dem Keyboarder, ging es richtig gut; er war es auch gewesen, der mir von Phils Rückkehr aus Kalifornien erzählt hatte. Jeff war gerade für ein paar Monate als Produzent in New York tätig, und ich hütete während seiner Abwesenheit seine Wohnung in Kilburn. Das war eine willkommene Abwechslung von meiner Anne-Frank-Suite in einem Mietshaus in Dollis Hill, aber als ich Phil Jeffs Wohnung näher beschreiben wollte, fiel er mir ins Wort.

»Ich war da, okay?«

Er erklärte, daß Jeff ihn für ein paar Wochen dort mit untergebracht hätte, als er nach London zurückgekehrt war, doch anstatt dankbar zu sein, ließ Phil sich von der üblen Wahrheit fertigmachen, daß er nicht nur versagt, sondern auch noch statt dessen jemand anders Erfolg gehabt hatte. Phil hatte einen Ausschlag am Handgelenk, an dem er jetzt kratzte, ein schuppiges rosa Oval, fast zehn Zentimeter lang. Ein Ekzem. Es war Zeit zu gehen, und sobald wir Adressen und Telefonnummern getauscht hatten, traten wir hinaus ins Tageslicht.

Falls Phil je kalifornische Sonnenbräune erworben hatte, war davon längst nichts mehr zu sehen. Er wirkte eher, als habe er die letzten drei Jahre mit Mondbaden verbracht. Wir gingen noch ein Stück gemeinsam am Rand des Smithfield Market entlang, wo ich mich dann verabschiedete, während er noch die Reklameposter für neue Bands studierte, die das Schaufenster eines aufgegebenen Ladens bedeckten, Poster, die ich mir angewöhnt hatte zu ignorieren.

Auf dem Weg zur Arbeit überlegte ich, ob ich nicht

vielleicht doch etwas zu unverblümt über Phils musikalische Ambitionen geurteilt hatte, doch als alter Freund glaubte ich, ihm eine ehrliche Meinung schuldig zu sein. Auch wenn er noch immer in dem Hamsterrad feststeckte, in dem man nichts wird außer älter, merkte ich, daß ich seine Gesellschaft vermißt hatte, und dachte noch einmal daran zurück, wie unsere Single auf Platz eins aufgestiegen war. Phil und ich hatten mit dem Rest der Band die ganze Nacht gefeiert und waren am nächsten Morgen um acht Uhr in einem Wagen, den die Plattenfirma gestellt hatte, auf dem Weg nach Hause, als Phil das Trennfenster heruntersummen ließ und Mitch, den Fahrer, bat, bei einem Geldautomaten anzuhalten, damit er sich ein paar frische Scheine ziehen könne. Wir hielten vor einer Bank, und genau gegenüber wurde auf einer Plakatwand für unser Album *Luxury Amnesia* geworben. Phil war völlig aus dem Häuschen. Als Sänger stand er im Vordergrund des Gruppenfotos, die Wangen angesaugt und die Augen abgeschirmt. Ich stand mit den anderen hinter ihm, ein hochgewachsener fleckiger Depp mit großer Nase. Phil betrachtete das Poster als ein gutes Omen und ließ sich einhundert Pfund ausspucken, und dann gleich nochmal einhundert, die er im Automaten liegenließ für die nächste Person, die ihn benutzen würde. Ich erklärte ihn für verrückt, aber er bestand darauf, daß es uns weiterhin Glück bringen würde, und ich war zu müde, um darüber zu streiten.

Mitch nahm es mit dem Schulterzucken dessen hin, der schon alles erlebt hat, und so saßen wir zu dritt im Auto, wegen der Beheizung bei laufendem Motor, und warteten mit roten Augen, während Schnee auf die nasse schwarze Straße rieselte. Die Streifen der Reklametafel drehten sich, unser Poster wurde zerschnitten und als eine Packung Superking-Zigaretten wieder zusammengesetzt, welches sich in ein niedliches kleines japanisches Auto verwandelte; da kam eine ebenso kleine weißhaarige Dame und fand Phils Geld, das sie sofort in ihre Tasche steckte. Phil meinte, sie erinnere ihn an seine Großmutter, und sprang aus dem Wagen, um ihr auch die anderen hundert Pfund zu geben. Ich mußte meine ganze noch verbliebene Energie aufbieten, um sie seiner guten Absichten zu versichern, aber als wir sie endlich überredet hatten, das Geld anzunehmen, waren wir alle nur noch am Lachen, Mitch eingeschlossen. Es war ein Augenblick wahren Glücks gewesen.

2

Emma Bowring wirkte überrascht, als ich ihr erklärte, daß ihr Stiefsohn mir ihre Nummer gegeben hatte, doch sie lud mich ein, in ihrem Haus vorbeizuschauen, um einen Kostenvoranschlag für das Eßzimmer zu machen. Mein Transporter war gerade in Reparatur, daher nahm ich am folgenden Nachmittag die U-Bahn zur Great Portland Street. Das Aprilwetter zeigte sich reif für die Psychiatrie – den einen Tag Sonnenschein, den nächsten Schneesturm, gefolgt von kalter grauer Nichtswürdigkeit wie der, durch die ich jetzt stapfte. Das Haus der Bowrings lag in der Mitte einer langen breiten Halbkreisstraße; ich erklomm die Steinstufen, klingelte und wartete unter dem dunklen Auge einer kleinen Überwachungskamera. Die Tür ging auf, einen Schwall zentral beheizter Luft ausstoßend, in der eine Note von Lavendel-Möbelpolitur mitschwang, und dann erschien eine kleine Frau von etwa sechzig Jahren vor mir, die ihr Haar in einem Dutt trug.

»Mrs. Bowring?« sagte ich.

Die kleine Frau lachte.

»Nein, nein! Mrs. Bowring ist oben. Sie sind der Maler? Kommen Sie rein, bitte.«

Die Frau sprach mit Akzent, einem deutschen oder vielleicht osteuropäischen. Ich folgte ihr durch die geflieste Diele in ein großes Eßzimmer, wo sie mich bat, auf Mrs. Bowring zu warten. Ich roch Profit, als ich die zu leistende Arbeit abschätzte, und verdoppelte automatisch meinen üblichen Tagessatz. Die Wände waren mit teuren, blauweißen und handgeprägten Weidenmuster-Tapeten bedeckt, und das gleiche Muster war auf die geteilten Vorhänge eines großen Schiebefensters gepreßt, das auf die Straße hinausging. Über dem Kamin hing das Porträt eines eingebildeten alten Lackaffen nebst Jagdhund. Eine kleine Plakette unten auf dem Goldrahmen wies ihn als Sir Thomas Bowring, 1726–93, aus. Froh darüber, daß er lange genug gelebt hatte, um von der Französischen Revolution Kenntnis zu erhalten, wandte ich mich nun dem großen Ölgemälde eines Galopprennpferdes mit winzigem Kopf zu.

Die Tür ging auf, ich drehte mich um und fand mich von einer attraktiven Frau meines Alters unter die Lupe genommen. Sie trug ein weißes Shirt, und ihre blonden Locken glänzten so stark, daß sie mit ihrer nächsten Haarwäsche vermutlich das Abwassersystem der ganzen Straße würde zum Brodeln bringen können.

»Mrs. Bowring?« sagte ich.

»Nennen Sie mich Emma. Sie sind Andy, nicht wahr?«

Ich nickte etwas verwirrt. Ich hatte eine ältere Person erwartet.

»Also, woher kennen Sie Mark?« fragte sie in vornehmem Ton.

Die Frage brachte mich noch stärker aus dem Gleichgewicht. Von nahem roch Emmas fitneßgestählter Körper nach Parfüm, Badeöl und Aromatherapie – Styling mit Kunstanspruch.

»Nun, ich kann eigentlich nicht sagen, daß ich ihn kenne. Ich hab ihn nur das eine Mal gesehen, vorgestern. Er war mit Freunden von mir unterwegs.«

Sie hob eine Augenbraue.

»Musikern«, sagte ich. »Ich war früher Musiker.«
»Hatten Sie Erfolg?«
»Glauben Sie, dann wäre ich jetzt hier?«
Ich war nicht in der Stimmung, die Vergangenheit hervorzukramen. Gelegentlich kam es noch vor, daß Leute mich auf der Straße erkannten. Erst weiteten sich ihre Augen vor Verwunderung, dann schauten sie, irgendwie peinlich berührt, schnell weg. Weil jeder Gedanke an die Band zwangsläufig sofort auf die Frage hinauslief: Wie konnte die Sache nur so spektakulär schieflaufen?
»Ich wollte nicht unhöflich sein«, sagte Emma. »Ich war früher Schauspielerin, wissen Sie. Deswegen hab ich gefragt.«
»Tja, Sie scheinen ja immerhin ganz gut damit gefahren zu sein«, sagte ich.
»Das ist das Geld von meinem Mann. Ich schätze, Sie und ich haben einfach länger als die meisten anderen gebraucht, unsere wahre Berufung zu finden.«
Ich lachte laut heraus. Sie hatte also ein Scheckbuch geheiratet – na und? Immerhin war sie imstande, die Sache mit Humor zu betrachten. Das Weiße in ihren Augen war beunruhigend klar, mit dem Blauweiß vollständiger Gesundheit, wie bei Kinderaugen.
»Ihnen ist klar, daß Mark unter Wahnvorstellungen leidet?« meinte sie.
Das raubte mir den guten Mut, und im stillen verabschiedete ich mich von dem Job.
»Nein«, sagte ich. »War es nicht.«
»Trotzdem überrascht es mich, daß Sie sich hergetraut haben«, sagte sie. »Mark hat Ihnen doch bestimmt einige schreckliche Sachen über uns erzählt, nicht wahr?«
Ihr lässiges Kichern ließ erkennen, daß ihr Marks Meinung vollkommen gleichgültig war.

»Nur, daß Sie das eine oder andere tapeziert haben wollen«, sagte ich. »Ich schätze, dann hat er mir wohl auch etwas vorgemacht. Naja, gut, war ja auch unwahrscheinlich.«

»Nein, nein. Ich möchte dieses Zimmer gemacht haben. Die Tapete! Als wenn man in einer Teetasse wohnen würde. Ich möchte eine einfache, schlichte. Irgendeinen Weißton.«

Falls die Erwähnung von Marks Geisteszustand als taktisches Manöver zur Einleitung knallharter Verhandlungen über mein Honorar gedacht war, hatte ich schon schlechte Karten, denn Emma wußte jetzt, wie sehr ich auf die Arbeit angewiesen war.

»Ich kann Referenzen beibringen, wenn Sie wollen«, sagte ich.

»Das ist nicht nötig. Was verlangen Sie dafür, das Zimmer neu zu tapezieren und zu streichen?«

»Elfhundert in bar plus Materialien.«

Sie blickte mir fest in die Augen, und mir war, als würde sie meinen Kontostand direkt von meinen Pupillen ablesen, wo die Summe in hellgrünen Geldautomatenziffern leuchtete.

»Sie würden es auch für achthundert machen, aber ich mag Sie, sagen wir also tausend.«

Wir besiegelten es durch Handschlag. Das sanfte Feilschen war für sie ein reines Spiel gewesen, aber ich war hochzufrieden mit der Abmachung. Ich kalkulierte, daß es nur eine Woche dauern würde, selbst ohne Hilfe – eine bequeme Sache. Kein Streß. Wir vereinbarten, daß ich in einer Woche anfangen sollte.

Zwei Wochen später hatte ich die Arbeit fast beendet. Die Bowrings verbrachten ein paar Tage in Foxton Hall, ihrem Landsitz in Wiltshire, und die Haushälterin hatte ihren freien Tag, daher war ich ganz allein im Haus, ein oder zwei Tage hinter dem Zeitplan zurück wegen eines Mißverständnisses mit Emma über die genaue Beschaffenheit des gebrochenen Weiß, das ihr vorschwebte. Marks Stiefmutter hatte sich als etwas komplizierter erwiesen als zunächst gedacht, und als etwas weniger leicht zufriedenzustellen, aber das galt im Grunde für die meisten meiner Kunden. Meistens fängt es recht verheißungsvoll an (fast wie eine Liebesbeziehung), aber die harte Realität der Malerpinsel in der Spüle, der ganztägigen Radiobeschallung und der physischen Nähe löst den Zauber bald auf (fast wie in der Ehe). Dann sinkt das Ganze am Ende auf einen verbitterten Streit um Geld herab (fast wie bei einer Scheidung).

An diesem Nachmittag klingelte es an der Tür, und ich schritt durch die Diele in der Erwartung, dem Lieferanten von Bio-Fisch zu öffnen, daher war es ein Schock, als ich auf dem kleinen schwarzweißen CCTV-Bildschirm Phil erblickte, der zitternd vor Kälte in die Kamera blickte und reflexartig sein Haar zurechtstrich. Graue Schneeflocken stoben als Naturereignis um ihn herum. Ich öffnete die Tür und fragte ihn, was anliege.

»Wollte dich besuchen«, sagte er. »Mark erzählte, daß du den Job gekriegt hast.«

Ein Polizeiauto kroch die Straße entlang, sein grün und orange fluoreszierender Seitenstreifen – die Lizenz zum Schnellerfahren – saugte noch an dem eh schon trüben Licht. Ich zog Phil ins Haus.

»Die haben also die ganze Bude für sich allein? Nur die zwei Leute?« sagte er.

»Die Haushälterin haust in einem Zwinger im Keller. Und ein großes Haus auf dem Land haben sie auch noch.«

»Manche Leute mögen es eben«, murmelte er. »Nettes Stück Architektur. Da kannte sich jemand aus am Zeichenbrett.«

Ich führte Phil durch die Diele ins Eßzimmer, und er war entschlossen, sich nicht beeindrucken zu lassen. Wir hatten gemeinsam in den Sussexer Häusern von schmierigen Perversen aus dem Business gefeiert, inklusive Snooker-Zimmern, alten original Wurlitzern und Sportwagensammlungen. Falls Phil ein Zuhause wie das Emmas je in seine beringten und tabakfleckigen Finger bekommen hätte, dann hätte er mit Leopardenmustertapeten, Trompe-l'œil-Wandbildern, Whirlpools und armseliger Konzeptkunst geprotzt. Wie ich übrigens auch.

»Nicht schlecht«, meinte Phil. »Weißt du, ich glaube, ich könnte hier leben, Andy. Ganz im Ernst.«

»Klar könntest du das«, sagte ich. »Ich könnte meine ganze Wohnung in der Küche unterbringen.«

Phil wollte sich weiter umsehen, also zeigte ich ihm die Bibliothek. Es war wie in den denkmalsgeschützten Häusern, durch die meine Mutter mich als Kind geschleift hatte, und wenn ich an ihre Bude dachte, konnte ich mir ihre Ohs und Ahs angesichts des Mobiliars ausmalen. Mich von derart deprimierenden Gedanken losreißend, schaute ich hinaus in den Garten hinterm Haus, wo der Schnee einen Haufen abgefallener Blätter überzuckert hatte. Ich legte meine Hand an das kalte Fensterglas und wollte Phil nach Sara fragen, ihn unauffällig ausquetschen, aber ich beherrschte mich. Sie hatte sich entschieden, bei Dario zu bleiben, warum also alte Wunden wieder aufreißen? Phil warf sich auf ein spindelbeiniges Sofa, und ich sagte ihm, er solle sich runterscheren, weil Emma so oberpenibel war und einen Schreikrampf gekriegt hätte, wenn sie gesehen hätte, wie er dort herumflegelte und mit seinen Stiefeln an dem gelben Satinkissen scheuerte. Ihr Mann war noch schlimmer.

»Die Haushälterin hat mir erzählt, daß dein Freund Mark nächstes Jahr acht Millionen Mäuse zu erben hat«, sagte ich.

Phil hob nur die Schultern. Ich war mir sicher, daß er haargenau Bescheid wußte.

»Schätze, irgend jemand muß es ja kriegen«, antwortete er, während er die Bronzestatue eines Pferdes in die Hand nahm.

»Stell es zurück, Phil. Die werden sauer, wenn man ihren Kram bewegt.«

»Okay, okay. Nehme an, die haben auch nichts anderes zu tun, faules reiches Pack.«

»Tja, du weißt ja, wie das ist.«

»Hör mal, äh, da wär wohl nicht zufällig auch n bißchen Arbeit für mich mit drin? Ich bin total pleite.«

Ich erklärte mich bereit, ihn für drei Stunden ›Arbeit‹ zu bezahlen. Phil war ein echter Lahmarsch, aber ich kannte die Halbwertzeit-Hölle der Geldknappheit und konnte es mir zur Zeit leisten, großzügig zu sein. Emma Bowring bezahlte mich schwarz, also bar, damit meine Arbeitslosenunterstützung nicht gefährdet wurde, und ich hatte ein paar Hunderter auf einem Bausparkonto gehortet, das Ergebnis rigoroser Einsparungen in der Haushaltsführung. Phils Faulheit war eine Familieneigenschaft von der männlichen Seite her. Es war nie ganz klar, was sein Bruder eigentlich machte, und sein Vater, eine völlige Niete, hatte zwanzig Jahre von der Stütze gelebt, bevor er im Alter von fünfzig einem Herzinfarkt erlegen war. Den Lebensunterhalt der Familie hatte Phils aus Portugal stammende Mutter bestritten, die ein Café in West Norwood betrieb.

Im Gegensatz zu Phils senf- und ketchupfarbener Kindheit war mein frühes Leben in den Vororten eine Schwarzweiß-Geschichte mit schlechtem Empfang gewesen, wenn auch unter weniger eingeschränkten materiellen Bedingungen. Mein Dad war in dreißig Jahren bei der Lloyds Bank bis zum Filialleiter aufgestiegen und hatte mit Beginn seines Ruhestands das Reihenhaus gegen eine Wohnung an der Costa Brava getauscht. Ich hatte mich zwar nie mit meinen Eltern zerstritten, auch nicht, als ich mein Grafikdesign-Studium an der University of Medway abgebrochen hatte, um eine musikalische Karriere zu verfolgen, aber ich hatte sie auch nicht mehr gesehen in den vier Jahren seit unserem letzten Familienzusammentreffen, kurz bevor meine Schwester und ihr Mann nach Kanada emigrierten. Mum und Dad waren nach und nach zu gebräunten, faltigen Fremden geworden, irgendwelche Chargen einer kuriosen Nachmittags-Soap aus Australien.

Im Eßzimmer erklang jetzt mißtönende Klaviermusik auf Radio 3, daher schaltete ich sofort zu dem Violinkonzert auf Classic FM zurück und legte einen stetigen Rhythmus mit dem Taubenweiß auf: eintauchen, auftragen, ausrollen. In den Eimer eintauchen, auf die Wand auftragen und die Farbe mit einem leise reißenden Geräusch ausrollen (wiederholen). Phil half mit, doch nach fünfzehn Minuten klagte er über Kopfweh, angeblich vom Geruch der Farbe. Es gelang mir nicht, richtig wütend zu sein. Phil war seit jeher die lebendige Widerlegung des Spruches »Zeit ist Geld« gewesen.

»Das hier geht mir echt an die Birne«, stöhnte er. »Ich mein, was soll das überhaupt bringen? Weißt du, im Osten ist Weiß die Farbe endgültiger Zersetzung, wie im Westen das Schwarz –«

»Du redest dummes Zeug, Phil. Mach uns lieber einen Tee. Zur Küche geht es da durch.«

Er verließ das Zimmer, und ich machte weiter mit der Arbeit, kleine Tropfen der Farbe auf meinem Unterarm ansammelnd. Wann würde Phil endlich aufwachen und den Kaffee riechen, die gefriergetrockneten Körnchen der Realität? Der Zufahrtsweg zum Palast der Weisheit war nicht übersät mit zu Schrott gefahrenen Lamborghinis, zerbrochenen Champagnerflöten, Platinkreditkarten und haschbrandfleckigen Tourneesakkos. Aus der Sicht der Bowrings war die Straße mit gerahmten Wirtschaftsprüfer-Diplomen gesäumt, und hübsche Bündel von Mehrwertsteuerquittungen bildeten den Mittelstreifen.

Es verging einige Zeit, bis mir unbehaglich wurde. Ich rief nach Phil, ohne eine Antwort zu erhalten, also ging ich in die Küche, ihn zu suchen. Der Kessel hatte gekocht, was man an den Dampfspuren an den blauen Mosaikkacheln erkennen konnte, aber von ihm war nichts zu sehen. Die Badezimmertür war zu. Ich klopfte gegen das Hartholz, rief erneut seinen Namen und öffnete die Tür, fand das Bad aber leer. Auf meinem Nacken begann ein kalter Fleck von Panik zu rotieren. Emma besaß eine Menge Schmuck – an manchen Tagen funkelten beide Ohren und jeder zweite Finger mit Diamanten –, und Phil war pleite. Ich hätte ihn überhaupt nicht ins Haus lassen dürfen. Alle Türen in den oberen Stockwerken wurden wegen der Alarmanlage geschlossen gehalten. Ich rannte die Treppe hoch und öffnete die Tür zu dem mit einer Spiegelwand ausgestatteten Fitneßraum – der Teich des Narziß, um neunzig Grad gedreht. Als ich die Tür wieder zumachte, bemerkte ich, daß eine andere im zweiten Stock nur angelehnt war.

3

Ich platzte in ein großes Schlafzimmer und sah einen von Emmas Pullovern über einem Stuhlrücken hängen. Phil stand, den Rücken mir zugewandt, vor einer Kommode. Er fuhr herum, die Augen schuldbewußt geweitet, und ich schubste ihn von der Kommode weg.

»Du Arsch!« rief ich. »Was hast du geklaut?«

»Nichts. Ehrlich!«

Ich war stinkwütend. Der Krimskrams auf der Kommode bestand unter anderem aus einem in seine Glieder zerlegten Silberfisch und einer Elfenbeinschnitzerei. Ich ließ Phil seine Taschen ausleeren, und auf Emmas Frisierkommode wuchs, verdoppelt durch ihren Messingspiegel, ein trauriger kleiner Haufen heran. Zu meiner Überraschung hatte Phil nichts an sich als sein persönliches Geschirr: Plastiktabakbeutel, Zigarettenpapier, eine Telefonkarte, ein paar Schlüssel und ein halbes Röhrchen Fruchtpastillen. Seine mürbe aussehende Brieftasche enthielt einige Banknoten, womöglich annähernd fünfzig Pfund, doch war ich zu erbost, um dem zu diesem Zeitpunkt allzuviel Beachtung zu schenken.

»Siehste? Hab ich doch gesagt«, sagte er.

»Was wolltest du hier oben?«

»Mich nur mal ein bißchen umgucken. Während der Kessel am Kochen war. Ich versteh dich nicht – ich meine, sie sind nicht da, also was soll es schaden?«

Ich zerrte ihn zurück nach unten ins Eßzimmer.

»Du blödes Arschloch«, sagte ich. »Ich erledige hier einen Job, aber das kümmert dich überhaupt nicht, was?«

Er glitt an der Wand hinunter, um im Sitzen seinen Tabak in Rizla-Zigarettenpapier zu mumifizieren, während ich mich wieder mit der Farbrolle zu schaffen machte.

»Du nimmst das viel zu wichtig«, sagte er.

»Du nimmst dich selbst viel zu wichtig, und zwar schon lange.«

»Und was ist mit dir? Die Häuser von anderen Leuten anmalen, das nennst du einen Job. Das ist doch nur eine langsame Form von Selbstmord«, sagte er. »Mark ist bereit, unser neues Demo zu finanzieren.«

»Was meinst du mit ›unser‹?«

»Du und ich. Mark will Geld in eine Band stecken.«

»Wie soll sie denn heißen? The Non-commitments?«

»Ach komm, Andy! Bist du es nicht leid, von der Hand in den Mund zu leben?«

»Ich hab genug vom Musikgeschäft. Alle Akkorde sind schon verbraucht, und alle wissen es, außer den Teenyboppern.«

Phil blieb die Luft weg, als diese kalten Worte über ihn hinwegspülten. Wenn ich von der Hand in den Mund lebte, dann lebte er sowohl von der Hand in die Augen als auch von der Hand in die Ohren, und das sollte er ruhig wissen. Doch während ich die fragile Flamme der Hoffnung in seinen Augen schwächer werden sah, fragte ich mich, wie tief meine eigenen musikalischen Ambitionen wirklich begraben waren. Die Erinnerung an den Tag, als die Plattenfirma uns fallenließ, war nur allzu klar, die Worte des A&R-Menschen klangen noch so scharf wie ein Papiermesser. »Es gibt nichts, was wir noch für Sie tun können.« Ich sehe noch genau die vertikalen Jalousien an seinem Bürofenster vor mir (aneinandergekettet, auch wenn man das Band löste), durch die ein dünnes nördliches Lichtchen auf einen Ficus fiel, der in einer weißen Plastikwanne voller Borkenstücke stand. Die sechs Monate nach der Auflösung hatte ich mehr oder weniger damit verbracht, im Bett zu liegen, hatte, gelähmt durch nihilistische Verzweiflung und Panikanfälle, versucht, der Wahrheit ins Gesicht zu blicken. Als wenn man unter Wasser lebt und durch ein Schilfrohr atmet. Weitere sechs Monate brauchte ich, um aus der Grube in meinem Kopf herauszusteigen und so etwas wie Seelenfrieden wiederzufinden. Was machte es denn, wenn ich meine Ambitionen zurückschraubte und aus der Überholspur ausscherte? Es muß nicht jeder die Welt erschüttern. Dennoch war in dem, was Phil gesagt hatte, noch gerade so viel Wahrheit enthalten, daß es an mir nagen konnte. Eben hatte ich eine Schale neu mit Farbe gefüllt und war zurück auf die Trittleiter gestiegen, als die Vordertür aufging.

Ich erstarrte, und gleich darauf erschien Richard Bowrings Kopf oben in der Tür, ganz orange von der Winterbräune, die er in irgendeiner Steueroase zusammen mit seinen dubiosen Dividenden erworben hatte. Gezackte Linien strahlten aus seinen vorstehenden Schilddrüsenaugen, als hätte er versucht, sie sich mit einem Schraubenzieher aus dem Kopf zu graben.

»Wer zum Teufel sind Sie?« fauchte Richard Phil an.

Phil blieb auf dem Boden sitzen, starrte finster über den Abgrund des sozialen Status und der Generationen hinweg. Richard war ein Kontrollfreak, Phil ein Außer-Kontrolle-Freak, und es sah mir ganz nach spontaner, quasi chemisch bestimmter Abneigung aus. Richard war Ende fünfzig, so groß wie ich, die grauschwarzen Haare mit Pomade nach hinten geklatscht, wo sie sich knapp über dem Anzugskragen in kleine feste Locken kräuselten. Seine Zähne waren wie üblich zusammengebissen, und sein Gesicht leuchtete bereits in einem ungesunden Rot, als ich von der Leiter heruntersprang.

»Hallo«, sagte ich. »Machen Sie sich keine Gedanken wegen Phil. Er hilft mir hier nur ein bißchen.«

»Das seh ich.«

»Ja, er macht gerade Teepause«, sagte ich.

Richard faßte mich tadelnd ins Auge und inspizierte dann meine Malerarbeit mit dem kalten Blick eines Schadensgutachters, wobei er sich nur unterbrach, um sich eine kleine Zigarre anzuzünden, die anschließend von seinen Lippen baumelte wie eine langsam abbrennende Zündschnur. Ich konnte nicht sagen, ob er generell kurz vor einem Schlaganfall stand, oder ob es nur an mir lag. Oder an der prekären Stellung eines Mannes mit einer weitaus jüngeren Frau.

»Es war ausgemacht, daß Sie hier gestern fertig sein würden«, sagte er.

Es war eine Tatsachenfeststellung, aber sie verlangte irgendeine Antwort, und so fühlte ich mich in eine Konfrontation mit seinem starken, verschlagenen Willen hineingezogen.

»Tut mir leid, aber ich hatte Emma schon gesagt, daß ich ein bißchen hinterherhinke. Es gab da ein Problem mit der Farbe. Deswegen habe ich mir ja auch Hilfe geholt. Um die Sache zu beschleunigen.«

Richard stieß ein wenig Rauch durch den Doppelauspuff seiner Nasenlöcher, dann blies er den Rest als wakkeligen Ring aus. Klare Abzüge in der B-Note.

»Tja, das hätten Sie früher klären sollen. Wann rechnen Sie damit, fertig zu sein?«

»Wahrscheinlich morgen. Ich würde sagen, auf jeden Fall übermorgen.«

»Auf jeden Fall, würden Sie sagen«, höhnte er.

»Wenn nichts dazwischenkommt«, sagte ich.

Richard hatte nur Spott übrig für diese haarsträubende Möglichkeit.

»Na, versuchen Sie doch mal, mich zu überraschen. *Etonnez-moi*, Andrew!«

Richard drehte sich um, und Phil machte, während er das Zimmer verließ, Wichsbewegungen hinter seinem Rücken. Wir hörten, wie er die Treppe hinaufging, und ich hoffte, daß er dort oben alles in Ordnung finden würde. Richard lebte zwar in einem Eine-Million-Pfund-Haus, doch als der griesgrämige Spielverderber, der er war, hatte er keine Probleme, mit mir über zwanzig Pfund zu feilschen, und um ihn auf die Palme zu bringen, reichte es völlig aus, eine kleine Dose Farbe in der Diele stehenzulassen. Es war nicht schwer, sich ihn als Rotrock-Offizier mit Perücke und Dreispitz vorzustellen, der damit beschäftigt ist, Nordamerika zu verlieren. Emma hatte mir erzählt, daß er als Bauunternehmer tätig sei, daher war es noch leichter, ihn sich vorzustellen, wie er ein altes staatliches Krankenhaus in einen Haufen von Kleinstwohnungen umwandelte.

»Was für ein Arsch!« sagte Phil lauter als nötig. »Glaubt er, daß er was Besseres ist als wir, oder was?«

»Ja, Phil. Ich halte es für durchaus denkbar, daß er das tut.«

»Blöder Wichser. Da ahnt man doch, woher Mark seine Probleme hat, oder?«

Phil versuchte es wieder ein wenig mit Arbeiten und verrichtete den abschließenden Anstrich an einem Abschnitt der Fußleiste. Fünfzehn Minuten später hörten wir Richard wieder die Treppe herunterkommen. Ich wappnete mich für weitere Bösartigkeiten, doch er eilte, eine pralle Aktentasche mit sich schleppend, an der Eßzimmertür vorbei. Die Haustür knallte zu, und Phil und ich standen an den Netzgardinen, als Richard die windverwehte Straße mit schnellen Bewegungen, wie jemand aus alten Stummfilmen, überquerte und in seinen hellroten Sportwagen stieg.

»Wie nennt man das jetzt?« fragte Phil. »Die neuen Wechseljahre des Mannes?«

Ich machte mich wieder an die Arbeit, und Phil saß auf der Erde und rauchte Kette, während er immer mal wieder ein bißchen Farbe auf die Fußleiste klatschte. Von Zeit zu Zeit beugte er sich zur Seite, um seine Asche über einem umgedrehten Farbeimerdeckel abzuschlagen, wobei er eine Trefferquote von immerhin fast fünfzig Prozent erzielte.

»Ist das nicht ein Mordsspaß?« strahlte er. »Ich glaube, ich sollte Workaholic werden.«

Bald nach dieser Ankündigung zog er sich in eine Ecke des Zimmers zurück, um auf einem Stapel Staubdecken Siesta zu halten. Draußen verwandelte sich der Schnee in Regen, und ich arbeitete bis weit nach Anbruch der Dunkelheit, während das Wasser an den schwarzen Fenstern herabtropfte. Als ich schließlich Feierabend machte, raffte Phil sich in einer unerwarteten Aktion von Kalorienverbrennung vom Boden hoch und half mir, einiges von meinem Zeug hinaus zu meinem Transporter zu tragen. Während ich die Haustür abschloß, teilte er mir mit, daß er eine Party in Shoreditch besuchen wolle.

»Shoreditch?« sagte ich. »Da geht auch alles den Bach runter in der Gegend. Eine Brutstätte der Grundstücksspekulation.«

»Die Party ist bei Dean. Dean Haas.«

Phil genoß meine volle Aufmerksamkeit. Dean hatte Regie geführt bei dem Video für unsere katastrophale zweite Single, und er war es gewesen, durch den ich Sara kennengelernt hatte. Es konnte mich kaum überraschen, daß Dean sich in die Shoreditcher Spekulationsblase eingeklinkt hatte, eine Szene, die mir fragwürdig schien wie er selbst. Phil meinte, daß Mark und er auch an dem Abend, bevor wir uns über den Weg gelaufen waren, bei Dean gewesen seien.

»Sara wird auch dasein«, fügte er hinzu. »Ja, ich hab sie neulich mit Mark getroffen. Sie hat mit ihrem Freund Schluß gemacht.«

Ich setzte alles daran, die Millionen von Schmetterlingen, die in meiner Brust herumwirbelten, wieder einzufangen.

»Warum hast du das nicht gleich gesagt?«

»Ich wußte ja nicht, daß dich das interessiert«, sagte er.

Schwindlig vor Freude schwebte ich die Stufen hinunter und über die Straße hinweg zum Transporter.

4

Später am Abend machten Phil und ich uns auf die nicht weiter bemerkenswerte Autofahrt nach Shoreditch, wo Dean, wie kaum anders zu erwarten, in einer umgewandelten Lagerhalle wohnte. Als wir die Betonstufen hinaufstiegen, dachte ich daran, wie ich mit Sara in den Hügeln oberhalb von Cadaque spazierengegangen war, während Dean noch einige Nahaufnahmen mit Phil nachgedreht hatte. Wir waren höher und immer höher geklettert, die Ortschaft unter uns war mit jedem Schritt weiter geschrumpft, die Luft heller und reiner gewesen, als ich es je erlebt hatte . . . Und doch war mein Hochgefühl wegen Saras Trennung von Dario vermischt mit einer gewissen Besorgnis. Was, wenn schon jemand anders auf der Bildfläche aufgetaucht war? Ich stellte mir ein schmales Fenster des Zugangs zum Glück vor, ein Fenster, das vom keuchenden Atem eines Dutzends anderer Bewerber beschlagen war. Und wie oft kommt es denn vor, daß zwei Leute wirklich wieder zusammenfinden? Sara mußte gerade neunundzwanzig geworden sein. Was hatte sie damals in mir gesehen? Würde sie es jetzt wieder erblicken? Und war es überhaupt je wirklich dagewesen? Die Stimmen in meinem Kopf wurden parallel zu Deans Partymusik immer lauter, während ich diverse Taubenweißspritzer von meiner Brille kratzte.

»Ich brauch Sauerstoff für den letzten Anstieg«, ächzte Phil.

»Betrachte es doch einfach als kostenloses Fitneß-Training«, sagte ich.

Dean hatte das gesamte dritte Stockwerk für sich, und seine Eingangstür ging bei bloßer Berührung auf, also folgte ich Phil in einen riesigen L-förmigen Wohnbereich. Gäste hingen grüppchenweise herum, und ich war sicher, daß einige von ihnen uns erkannten. Phil empfand keinerlei Scham (wahrscheinlich machte es ihm Spaß), aber ich erlitt einen heftigen, fast teenagerhaften Anfall von Unsicherheit. Drei Kids starrten uns an, und ihre gleichartigen Klamotten und Frisuren ließen erkennen, daß sie alle in derselben Band waren. Zum Glück sah ich keine Musikertypen, die ich kannte, aber auch von Sara war nichts zu sehen. Hatte Phil mich, nur um der Mitfahrgelegenheit willen, angeschwindelt? Dean hockte auf der Armlehne eines Sofas am anderen Ende des Wohnbereiches, und als wir über den elektrostatischen Flor seines Teppichs hinweg auf ihn zugingen, legte jemand einen alten Trip-hop-Song auf, den Soundtrack zu einem Wohnschlafzimmerselbstmord. Ich hatte nichts zu tun mit diesen Leuten. Es war der falsche Ort für eine Begegnung mit Sara, und ich war drauf und dran, einfach kehrtzumachen, als Dean uns erblickte und sich von einem eurasischen Mädchen abwandte, um Phil mit der steifen Männerumarmung zu begrüßen, die der Neue Engländer so gut beherrscht. Deans Augen waren neu verpackt hinter einer rechteckigen Brille, und sein brauner Pony war kunstvoll verstrubbelt, um die Reife einiger Schuppenfelder zu überdecken.

»Du siehst gut aus«, sagte Dean zu Phil.

»Hör auf«, erwiderte Phil. »Ich bin dreiunddreißig und schon viel zu lange dabei.«

Das stimmte noch nicht einmal. Phil war sechsunddreißig, drei Jahre älter als ich, aber er hatte einem Boulevardblatt vor vier Jahren die Unwahrheit über sein Alter gesagt, und jetzt wollte er es selber gern glauben. Wir alle hatten der Presse gegenüber ein oder zwei Jährchen abgezogen. Das war so ziemlich das einzige gewesen, was wir richtig gemacht hatten.

Dean konnte sich an mich erinnern, und der Schlitz seines Fischmauls weitete sich zur Begrüßung, doch als wir uns die Hände schüttelten, zuckte er zusammen von dem elektrischen Schlag, den ich mir von seinem Teppich abgeholt hatte. Während wir drei smalltalkten, machte ich die Entdeckung, daß Dean, so erfolgreich er sein mochte, seine Karriere offenbar im gegenteiligen Licht sah. Auch er wurde älter in einem Beruf, in dem Jugend alles ist – ein überbezahlter Werbefilmer, dessen Traum vom Drehen richtiger Filme rapide den Bach herunterging.

Phil war von unserem Gespräch nicht ausgefüllt, und so streifte er schon bald durch den Raum mit der Absicht, eine weibliche Person auszufüllen, die er noch nicht gevögelt hatte. Dean und ich beobachteten, wie er sich einer kleinen Frau vorstellte, die ein Piercing genau unterhalb der Lippenstiftlinie trug. Es sah aus, als sei ihr ein Stück Quecksilber aus dem Mund getropft.

»Wie ich sehe, kann Phil noch immer seine Hose nicht zuhalten«, sagte Dean, Neid und Bewunderung zu gleichen Teilen in seinen Luchsaugen.

Solange eine Frau sich noch warm anfühlte, konnte man darauf bauen, daß Phil zu seinen müden Manövern ansetzte. In aller Regel ging er so vor, daß er sich das am wenigsten attraktive Merkmal im Gesicht seiner Zielperson ausguckte und ihr dann erzählte, wie sehr es ihm gefiel – eine wahrhaft kranke Masche. Nichtsdestoweniger hätte ich ein Stück dieses seines Selbstvertrauens gut gebrauchen können, als ich über Deans Schulter hinweg nach Sara Ausschau hielt. Dean prahlte damit, wieviel Geld er verdiente, aber ich konnte die schleichende Verzweiflung an ihm riechen, die Angst, daß sein Leben nur ein Einakter war und das Publikum schon begonnen hatte, zu hüsteln und unruhig auf den Stühlen herumzurutschen. Die neue Figur aus dem Fitneß-Studio war nur allzu verräterisch: das leicht gekräuselte V des Torsos, eingefaßt von einem T-Shirt mit V-Ausschnitt, um mit diesem ein Richtungszeichen zu bilden, das unerbittlich nach unten wies. Ich fühlte, wie ich schrumpfte, während sein Talk noch smaller wurde. Dem mulmigen Gefühl ausgesetzt, daß ich hier als leere Leinwand benutzt wurde, auf die er sein neuestes Selbstbild projizierte, war mir aber auch klar, daß, wenn denn Deans Leben ein Einakter war, mein eigenes im Vergleich dazu zu einer einzigen Szene zusammengeschnitten worden war – die spitz und gleichschenklig zulaufende Karriereflugbahn vieler DJs, Models, Popstars und Fußballer.

Mit halbem Ohr Deans Sermon verfolgend (ich erinnere mich, daß er von Film im Singular sprach), sah ich, daß Phil jetzt mit Justin Vernon sprach. Justin war nicht nur groß, dunkel und häßlich, sondern auch Phils Cousin, und Phil hatte ihm, als die Band im Aufwind war, einen Job in der Roadcrew besorgt. Das war nichts Ungewöhnliches – am Ende standen die Schwager von sämtlichen Freundinnen in irgendeiner Funktion auf der Lohnliste. Ich hatte Justin nie sonderlich gemocht, aber immerhin war ihm jegliche Großkotzigkeit fremd gewesen, und so verstand ich nicht recht, was er sich von dem hier herumlungernden Pseudojetset versprach. Als Dean spürte, daß meine Aufmerksamkeit abirrte, versuchte er, seine Glaubwürdigkeit zu untermauern, indem er auf wüsteste Weise mit Namen um sich warf, und ich war froh, als neue Gäste kamen und er losflitzte, sie zu begrüßen. Während er einem der Besucher vertraulich auf den Rükken klopfte, starrte er verstohlen in die Runde, um zu sehen, wer seinerseits ihn anstarren mochte.

Auf der Suche nach Sara wühlte ich mich durch Dick und Dünn, haarscharf an einem verzogenen Ex-Filmstudenten vorbeischlüpfend, der sein Treuhandvermögen zugunsten zweier ungenießbarer Kurzfilme verschleudert hatte und noch immer, nach fünf Jahren, auf den Ruf aus Hollywood wartete. Mo war Deans künstlerischer Berater bei unserem Video gewesen. Der Fuß des L umfaßte einen offenen Küchenbereich, wo man sich die Pappteller mit Tacos und Enchiladas aus einem nahe gelegenen mexikanischen Restaurant vollstopfte. Die meisten der Leute gingen scharf auf die vierzig zu, lachten entweder zu angestrengt oder verpulverten ihre ganze Energie mit dem Versuch, entspannt zu wirken, während ihre betont lässige Kleidung und die strubbligen Haare Zeugnis ablegten von all den Stunden, die sie in überheizten Hütten wie der meinen vor dem Spiegel verbrachten. Der Narzißmuspegel war ungewöhnlich hoch, und ich sah zwei Mikroprominente das Augenspiel spielen, bevor sie sich zusammentaten, einander das Ego zu massieren.

Ich fühlte eine Hand auf meiner Schulter, drehte mich um und sah einen kurzen knackigen Schotten von einer Musikzeitschrift vor mir, der uns auf unserer ersten England-Tournee, die wir als Top-Act bestritten, begleitet hatte, bis seine Begeisterung für die Band in vorhersehbarer Korrelation zu den Kartenverkäufen abgesackt war. Von einer fürchterlichen schwarzen Perücke bedeckt, ähnelte sein kleiner Schwellkopf einem weißen Drogenklumpen, und ich vermerkte mit einem gewissen Stolz, daß ich mich nicht an seinen Namen erinnern konnte. Ich schüttelte seine winzige Hand, der dazugehörige Unterarm bestand nur aus Sehnen, ein Bündel von geflochtenen Pfeifenreinigern, das sich unter der Last eines schwarzgelben Plastikbrockens spannte. Angesichts der Größe des Mannes handelte es sich weniger um eine Armbanduhr als um einen Handgelenkscomputer.

»Andy, Alter. Großartich, ganz großartich«, sagte er. »Schön, dich zu sehen. Ich hab hier jemanden, der dich unbedingt kennenlernen muß.«

Er winkte einem der Kids mit den langen Haaren, die mir bei unserer Ankunft aufgefallen waren. Von nahem sah er aus wie siebzehn.

»Klasse, eure Sachen«, murmelte er.

»Luke spielt am Donnerstag in der Academy«, sagte der kleinwüchsige Schotte. »Solltest du dir ansehen, Andy. Das wird fantastisch. Ich weiß noch, wie ihr da gespielt habt.«

Was wollte er, eine Medaille? Der parasitäre Jugendvampir hatte mich nur begrüßt, um den Jungen zu beeindrucken, und ich verabscheute ihn nur noch mehr, als er anfing, mir über irgendeinen Fernsehdokumentarfilm zu erzählen, den er eventuell moderieren wollte. Der Junge versteckte sich hinter seinen Haaren, gelähmt von Schüchternheit, genau wie ich in seinem Alter, als ich einem Ex-Mitglied von Frankie Goes to Hollywood begegnet war. Der kurze knackige Schotte war der Typ, der dir auf die Schultern klopft, während er dir gleichzeitig ans Bein pißt, und der Junge tat mir leid, daher paffte ich, als er mir seinen Joint anbot, aus reiner Freundlichkeit ein paar Züge.

Ich wanderte weiter und betrat Deans riesiges Schlafzimmer, wobei ich mir einen Ärmel an einem Strauß von Kunstzweigen aufriß, die zickzackförmig und sinnlos aus einer großen blauen Vase hervorstaken. Eine Gruppe von Leuten saß auf dem Bett von Caligula-Ausmaßen und drum herum, darunter auch Phil, der sich mit Mark unterhielt. Mark hatte sich die Haare gewaschen, die dadurch weicher und fülliger geworden waren und, von einer Rattanlampe aus dem Hintergrund angestrahlt, sein Gesicht umrahmten wie eine dunkle Gloriole. Vom Gras des Jungen beflügelt, begrüßte ich Mark und bedankte mich dafür, daß er mir den Job vermittelt hatte.

»Es läuft wirklich gut«, sagte ich.

»Wirklich? Phil meint, daß Dad sich unmöglich aufführt«, sagte Mark.

Er besaß mehr als die übliche Portion Privatschülercharme – so viel immerhin, daß ich bereit war zu glauben, er würde sich vielleicht wirklich Gedanken machen darüber, wie ich von seinem Vater behandelt wurde.

»Oh, so schlimm war es nicht«, sagte ich. »Da hab ich schon ganz andere Sachen erlebt.«

»Ach komm, Andy. Er war ein echtes Arschloch«, sagte Phil.

»Und du warst die Liebenswürdigkeit in Person?«

Ich wollte nicht, daß Phil noch mehr Ärger mit Richard aufwirbelte, weil ich noch Geld für die Arbeit zu kriegen hatte. Mark hielt in der einen Hand einen Pappteller, der so vollgepackt war mit Essen, daß er sich eingerollt hatte wie ein riesiger Taco, und in der anderen einen Plastikbecher mit Rotwein. Ein Tanninfleck zierte seine fette Unterlippe, und er hatte auch sein grün und gelb gestreiftes Hemd mit Wein bekleckert.

»Bitte, Andy. Du mußt meinen Vater nicht um meinetwillen verteidigen«, sagte Mark. »Du weißt, daß er mein Treuhandvermögen beklaut.«

»Ich glaube, das hattest du erwähnt«, sagte ich.

Mark stellte seinen Teller ab und packte mit der freigewordenen Hand meinen Arm. Er sah seinem Vater sehr ähnlich, aber seine Augen wichen aus, wenn man hineinsah, wohingegen die seines Vaters einen beinahe zwangen, zu Boden zu blicken.

»Aber es ist wahr«, sagte Mark. »Ich *weiß* es! Er hat ein Vermögen an der Börse verloren, und jetzt ist er in einer verzweifelten Lage!«

Er hatte am Rand seines Bechers geknabbert, und ich zuckte zurück, als der Wein überschwappte. Nicht schnell genug. Eine beachtliche Ladung spritzte über meine Jeans und die Turnschuhe.

»Oh, entschuldige bitte«, sagte Mark. »Ist es schlimm?«

Der Schmerz, der aus der Frage klang, war echt. Es lag ihm so sehr daran, gemocht zu werden, vielleicht, weil er sich selbst nicht allzusehr mochte, und ich empfand ein gewisses Mitgefühl für ihn.

»Vergiß es«, sagte ich. »Das macht nichts.«

Aber ich sah aus wie eine Sau, bekleckert erst mit Taubenweiß und jetzt auch noch mit Rotwein. Was würde Sara für einen Eindruck bekommen? Mark beugte sich dicht herüber, um mir ins Ohr zu sprechen.

»Es ist wirklich wahr, weißt du. Das mit meinem Vater. Jedes Wort.«

»Dann besorg dir einen Rechtsanwalt und verklag ihn«, riet ich ihm.

»Das würde ich natürlich tun, wenn ich Geld hätte! Was glaubst du, warum er mein Taschengeld zurückhält? Ich bin völlig pleite!«

Phil drehte sich um, bestürzt über die Erkenntnis, daß

sein goldenes Kalb an BSE erkrankt war. In Marks Fall stand das Akronym allerdings für Beschissener Saufender Engländer, denn die goldene Armbanduhr an seinem Handgelenk mochte gut und gern einen Tausender wert sein.

»Es ist einfach nicht in Ordnung«, schnaubte Phil.

»Ich weiß! Wir müssen das Studio bezahlen. Wie gefallen dir Phils neue Sachen?« fragte Mark mich.

Festgenagelt von seinen umherschnellenden Blicken, fand ich keine Worte.

»Wirklich fantastisch«, erklärte Mark.

Phil hatte noch nie Schwierigkeiten damit gehabt, Komplimente entgegenzunehmen, und auch dieses saugte er ein, durstig wie ein Skarabäus am ersten Tag der Regenzeit.

»O Andy, ist es nicht Wahnsinn, daß wir bald alle zusammenarbeiten«, sagte Mark.

»Moment mal«, sagte ich, darauf brennend, Phils Lügengespinst zu zerreißen. »Es ist ausgeschlossen, daß . . .«

Sara stand an der Eingangstür.

Ich schlängelte mich auf sie zu, keinen Blick wendend von ihren Augen, ihren kastanienbraunen Haaren und den Lippen, die nach meiner Erinnerung dazu neigten, bei kaltem Wetter spröde zu werden. Es war die reine Freude, sie wiederzusehen. Als sie mich sah, gaben wir uns einen Kuß, und mir wurde ganz kribbelig; begierig nahm ich jede Einzelheit ihres Gesichts auf, von der vertikal verlaufenden Rille an ihrer Nasenspitze bis hin zu dem dunklen Fleck in der Iris ihres linken Auges.

»Was machst du denn hier?« fragte ich. »Arbeitest du noch mit Dean zusammen?«

»O nein, seit achtzehn Monaten nicht mehr. Ich bin wieder auf dem College. Mache Englisch.«

Es war typisch für Sara, ihr ganzes Leben umzukrempeln, und ich beneidete sie darum, zumal ich als Teenager furchtbar gern gelesen hatte. Nach der Trennung der Band hatte ich eine Zeitlang sogar den Verdacht gehabt, daß ein Buch in mir stecken könnte. Es war ein sehr ungemütliches Gefühl gewesen.

»Das ist großartig«, sagte ich.

»Kommt mir nicht unbedingt so vor! Ich bin den ganzen Tag am College, und vier Abende in der Woche arbeite ich als Kellnerin. Aber was ist mit dir? Hast du eine neue Band?«

»Nein, da bin ich ganz raus«, sagte ich. »Ich spiele nicht mal mehr. Ich arbeite jetzt als Maler.«

»Was? Anderer Leute Häuser anpinseln?«

Sie wirkte amüsiert, was mein Gefühl der Unzulänglichkeit noch stärker als sonst anschwellen ließ.

»Fürs erste. Was ist daran so lustig?«

»Nichts, aber ich habe dich immer für einen absoluten Mucker gehalten. Du hast praktisch von nichts anderem geredet.«

»Das ist vorbei. Es ist mir zu langweilig geworden. Weißt du, Intro, Strophe, Refrain, Strophe, Refrain, acht Mitteltakte, Strophe, Refrain, Ausblende. Es gibt einfach schon zu viele Songs. Deswegen werden sie jetzt nur noch recycelt.«

»Herrje, Andy. Es gibt jede Menge guter neuer Sachen im Moment. Kopf hoch, das wird schon.«

»Ich hab den Kopf hoch. Ich steh da drüber! Ich wünschte nur, alle würden begreifen, daß das Ganze ein einziger Quark ist.«

»Und was ist kein Quark?«

»Ich bin noch auf der Suche«, sagte ich.

Sara schüttelte den Kopf, und ich hoffte, daß ich keinen völlig verbitterten und verkorksten Eindruck auf sie gemacht hatte. Man konnte merken, daß sie schon einiges getrunken hatte, und wir gingen in den Küchenbereich, um uns noch ein bißchen mehr zu holen. Kaukasische Kreidemenschen umstanden die Getränketische, drückten ungestraft ihre Vergnügungsknöpfe, dehnten auf der ewigen Suche nach dem Nervenkitzel ihre Teenagerzeit bis weit ins Erwachsenenalter aus. Das Gummiband allerdings war kurz davor, ihnen zurück ins Gesicht zu schnellen. Sara erkannte einen bezopften Mann, den ich flüchtig kannte, einen DJ namens Neil Cheston, der schon tief im Dschungel der Dreißiger steckte und sich für eine weitere Holozän-Nacht bereitmachte.

»Hi, Neil«, sagte Sara.

»Sara! Wie geht's? Ist ja klasse«, erwiderte er.

Er duckte sich, um auf dem Küchentresen nach irgend etwas zu fischen, und die niedrig hängende Neonröhre enthüllte die Wahrheit: Gesichtsfarbe von Philip Morris, Kortex angeschlagen von allem, was sich in dem zwanzigjährigen Bemühen, jeglicher Verantwortung zu entfliehen, als nützlich angeboten hatte. Hinter Neil Chestons falscher Bonhomie versteckte sich die schlichte Scheißangst, und aus seinem Gesicht sproß der dünne Jazzbart als Panik in Röhrenform. Ich folgte Sara an den Getränketisch.

»Wer sind all diese schrecklichen Leute?« flüsterte ich.

»Menschen wie du, Dummchen.«

Sie hatte mich auch früher schon auf diese Weise aufgezogen, daher versuchte ich zu lachen, weil ich mir sagte, wir seien dabei, die alte Vertrautheit neu zu entwickeln.

»Wie auch immer, was hat dich hergeführt?« fragte sie.

»Phil. Er hat mir erzählt, du und Dario hätten Schluß gemacht«, sagte ich.

Sie biß sich auf die Lippen.

»Tat mir leid, das zu hören«, fügte ich hinzu.

»Tat es nicht.«

Es lag eine gewisse Heftigkeit in dieser Bemerkung, und ich wurde sofort knallrot, als mein ganzes Blut nach oben stieg und sich in mein Gesicht ergoß. Sara hatte mich voll durchschaut. Weitere Leute strömten in die Küche, und als wir uns unsere Drinks gesichert hatten, sahen wir uns in das Schlafzimmer mit den Kunstzweigen zurückgedrängt. Phil und Mark hockten immer noch verschwörerisch in der Ecke.

»Phil ist ja groß in Form, was?« sagte Sara.

Noch immer unter dem Einfluß des Joints stehend, bezwang ich den Impuls, ihn schlechtzumachen. Phil klebte an Mark wie die Fliege am Fleisch, und man konnte zu diesem Zeitpunkt kaum sagen, wer von beiden sich größeren Illusionen hingab.

»Phil geht's gut«, sagte ich. »Er versucht, eine neue Band auf die Beine zu stellen, mit deinem Freund Mark.«

Bei den zehntägigen Video-Dreharbeiten hatte Saras und Phils Freundschaft einen problematischen Beginn gehabt. Phil war mit einer seiner Freundinnen zum Dreh gekommen, was ihn aber keineswegs gehindert hatte, sich an Sara heranzumachen. Die Kälte ihrer Abweisung hatte ihn verletzt, und er war sichtlich erschüttert, als sie anschließend die Stirn hatte, ihr Bett mit mir zu teilen, doch nach drei Tagen war Phil gezwungen gewesen, diesen offensichtlichen Widerspruch zur Darwinschen Theorie zu akzeptieren. Er und Sara hatten Frieden geschlossen und waren sogar Freunde geworden –

Freunde, die sich gegenseitig aufzogen. Sara ging auf die beiden zu, Mark gab ihr einen Kuß zur Begrüßung, und dann küßte sie Phil.

»Wie geht's dir, Sara? Ich hätte dich beinahe nicht erkannt!« sagte Phil. »Du hast ein bißchen zugenommen, wie?«

»Ein klein bißchen«, erwiderte sie. »Hatte ich dir schon gesagt, wie sehr mir deine neuen Zähne gefallen? Trägst du sie auch nachts?«

»Möchtest du's herausfinden?«

Mark legte einen Arm um Sara, und es war eine Nähe und Entspanntheit zwischen ihnen, wie es sie nur bei langjährigen Freunden geben kann. Obwohl sein Lächeln und die kleinen Zärtlichkeiten nicht mehr als brüderlich waren, sah ich sie mit Mißbehagen, weil ich Sara für mich haben wollte. Dann trug Mark ihr an, mit ihnen in ein Kasino in der Edgware Road zu fahren, und zu meinem Entsetzen schien sie recht angetan von dieser Einladung.

»Ich dachte, Mark ist pleite«, sagte ich zu Phil.

»Tja, ist alles relativ, nicht wahr?« sagte Phil. »Nur eine Frage, mit wem du verwandt bist.«

»Du mußt unbedingt auch mitkommen, Andy«, sagte Mark. »Ich habe gerade noch ein paar Chips in meiner Tasche gefunden.«

»Das wird bestimmt lustig«, sagte Sara. »Komm mit.«

»Klar. Toll«, log ich.

5

Als Dean sah, daß wir gingen, fing er Sara an der Tür ab. Hellgrün eifersüchtiger Haß durchschoß mich, als er sie beiseite nahm und ihr ins Ohr flüsterte, und ich hatte eine häßliche Eingebung, daß da etwas zwischen ihnen sein mochte. Sara löste sich von ihm, und als wir uns alle verabschiedeten, wählte Dean gerade mich für eine rippenzermalmende Männerumarmung aus, die keinen Zweifel daran ließ, daß er sich an meine kurze Affäre mit ihr erinnerte.

»Schön, dich wiederzusehen, Andy. Ganz im Ernst«, sagte er ohne Sinn und Verstand.

Ich hatte Schwierigkeiten, genügend Atem aus meinen zerquetschten Lungen für eine Antwort zu holen, aber darauf kam es nicht mehr an. Sara ging zusammen mit mir, und es war wie ein Sieg.

Unten angekommen, schloß ich die hinteren Türen des vierrädrigen Kühlschranks auf, damit Mark und Phil sich dort nieder- und den Vordersitz für Sara freiließen, die vergeblich versuchte, die Beifahrertür zu öffnen.

»Tut mir leid. Der hat keine Zentralverriegelung«, erklärte ich.

Das Äußere des Transporters glänzte in exakt dem gleichen Beige wie das Hörgerät meiner Großmutter, und die Innenausstattung mochte von dem Dunkelbraun ihrer Stützstrümpfe inspiriert worden sein, doch bei Nacht sahen die Farben gar nicht mal so übel aus.

Ich machte die Tür für Sara auf und wischte hastig diversen Krimskrams vom Beifahrersitz, wobei freilich der Riß in dessen Kunststoffbezug und die entsprechende Bruchstelle im Schaumstoff zum Vorschein kamen. Eingepfercht in des Transporters U-Boot-Atmosphäre aus Fäulnis und Chemikalien – ein Geruch, der kaum gemildert wurde von dem am Rückspiegel hängenden polychromen Wald aus Magischen Bäumen –, hatte ich eine weitere Abweichung vom 007-Standard hinzunehmen, indem ich den Zündschlüssel viermal drehen mußte, bevor der Vergaser sich bequemte, ein paar Tropfen Benzin auszuspucken. Sobald wir unterwegs waren, holte Phil eine Flasche eines weinartigen Getränks hervor, die er von Deans Party hatte mitgehen lassen. Mit einem Pinselstiel preßte er den Korken in den Hals hinein, und unter dem Druck spritzte ein Eßlöffel voll Wein an die Decke, von wo aus er mir auf den Schoß tropfte.

»Hier, Mark«, sagte Phil. »Trink was und erzähl Andy von deiner Briefmarkensammlung.«

Ich dachte, ich hätte mich verhört. Es war schwer, sich vorzustellen, daß jemand wie Mark Briefmarken sammelte. Es war schwer, sich vorzustellen, daß jemand wie Mark wußte, welche Briefmarke er auf den Briefumschlag zu kleben hatte.

»Tja, es fing an, als ich noch zur Schule ging«, sagte Mark. »Meine Mutter unterstützte mich, und als ich vierzehn war, hatte ich eine richtig gute Sammlung zusammen. Rhodesische Doppelköpfe, Dreiecke vom Kap und so weiter.«

»Ja, ja, aber jetzt sind diese Briefmarken hundertvierzig Riesen wert, stimmt's?« sagte Phil.

»Was?« fragte ich.

»Oh, mindestens«, sagte Mark. »Wahrscheinlich ein ganzes Stück mehr.«

Sara sah mich an, und wir brachen in Gelächter aus. Wollte Mark uns verkohlen mit den Briefmarken? Ich fühlte mich ihr wieder nahe, so als ob die ganze Expedition ins Kasino eine reine Posse sei und wir nur sehen wollten, wie weit wir sie treiben würden, bevor wir ausstiegen. Im Rückspiegel sah ich, wie Phil Mark auf die Pelle rückte, aufmerksam wie ein auf einem Kaktus sitzender Geier.

»Muß ja eine Scheißmenge von Briefmarken sein.« Ich erinnerte mich an den von pädophilen Süßwarenladenbesitzern verkauften, in Zellophan verpackten Mist, für den einige bedauernswerte Kinder an der Schule ihr gesamtes Taschengeld verpulvert hatten.

»Eigentlich nicht«, sagte Mark. »Letztes Jahr ist eine einzige Briefmarke für über hunderttausend Dollar verkauft worden. Und Mutter hat immer darauf bestanden, daß ich nur richtig gute Sachen kaufe. Tatsächlich paßt die ganze Sammlung in eine Mappe.«

»Und Richard will sie nicht rausrücken?« soufflierte Phil.

»Natürlich nicht. Er hat keine Ahnung, wieviel die Sammlung wirklich wert ist, aber er meint, ich würde sie nur verkaufen und das Geld verspielen.«

Die Chancen standen sechs zu vier, daß Richard recht hatte, aber ich erlitt einen kleinen Anfall von Paranoia. War Phils kleiner Ausflug ins Obergeschoß an jenem Morgen doch zielstrebiger gewesen, als er mich hatte glauben lassen? Und jetzt das ganze Gerede von einer neuen Band. Versuchten sie, mich dazu zu verführen, die Briefmarken für sie zu stehlen? Oder war das alles nur Einbildung, ein Produkt des Hanfes?

»Wann hast du Phil zuerst von den Briefmarken erzählt?« fragte ich Mark.

»Gerade eben. Bei Dean«, sagte er.

Ich beruhigte mich ein wenig.

»Aber wenn sie dir gehören, verstehe ich nicht, warum du sie dir nicht einfach nehmen kannst«, sagte ich.

»Mein Vater hat sich geweigert, sie mir auszuhändigen. Er will mich zurück nach Canterbury schleifen, zu dem scheiß Doktor Leffler«, sagte Mark.

»Vielleicht hat Andy aber eine ganz richtige Idee«, sagte Phil. »Vielleicht sollte ich morgen mal vorbeischauen und sehen, ob ich nicht das Album für dich besorgen kann?«

»Seid nicht blöd«, sagte Sara. »Dann würde Andy doch des Diebstahls bezichtigt werden, oder?«

»Genau, halt die Klappe, Phil. Ich versuch, mich hier aufs Fahren zu konzentrieren«, sagte ich.

»Laß mich doch mal ausreden, ja?« jammerte Phil. »Es wäre kein Diebstahl. Nicht, wenn die Briefmarken rechtmäßig Mark gehören.«

»Na ja, dir gehören sie mit Sicherheit nicht, das ist mal klar«, sagte ich.

Mark zog zwei hellfarbene Hundert-Pfund-Chips aus der Tasche und zeigte sie Phil.

»Ich werde nur mit einem spielen«, sagte er mit verdächtiger Entschiedenheit.

Das war ein Verhaltensmuster, das ich aus meiner Zeit im Musikgeschäft nur zu gut kannte, und ich war sicher, daß Mark alles durchbringen würde, was er hatte. Beim Schalten strich ich aus Versehen mit dem Handrücken über Saras Jeans. Ich entschuldigte mich, und sie lächelte, als wir von der Marylebone Road abbogen.

Das Kasino nahm die untere Etage eines Bienenwabenbürohauses ein, und der Name, The Mountbatten, war auf einer marmorierten Tafel eingraviert. Wir wanden uns zwischen einem Paar Türstehern mit Fliege hindurch in einen getäfelten Eingangsbereich, und als der Empfangschef Mark erblickte, leuchtete sein Gesicht auf, als würde es ihm von dem großen Reklamefinger der Camelot-Lotterie besorgt. Während Mark uns registrieren ließ, ließ der Empfangschef seinen Blick auch über meine Wenigkeit schweifen, und sein kleines Hufeisenlächeln wurde ganz flach, als er meine dreckigen Jeans und Turnschuhe bemerkte. Ich rechnete mit Schwierigkeiten, aber Mark war ein hochgeschätzter Kunde und wurde vom Personal behandelt, als würde er ihre Hypotheken abzahlen. Und ihren Kindern Privatunterricht geben.

Ein Türsteher entriegelte ein mit Borte besetztes Seil, worauf wir vier durch eine kleine Bar mit abgestandenem Dreißiger-Jahre-Mobiliar hindurch in die eigentliche Spielhalle eintraten, einen fensterlosen Raum von gut zwanzig Metern Länge und zehn Metern Breite, der von einer Belüftungsanlage mit kaltem recycelten Zigarettenrauch vollgepumpt wurde. Mark und Phil begaben sich umgehend zur Caisse.

»Schauen wir uns mal ein bißchen um«, sagte Sara.

Ich nickte und fühlte mich von einem geradezu freudig-schönen Götterfunken erweckt, als Sara meine Hand nahm, um mich um die Roulettische zu führen, während Mark seine Chips kleiner machte. Er kam mit Phil auf uns zu und versuchte, Sara und mir einige Fünf-Pfund-Chips aufzudrängen: Wir könnten sie ihm ja zurückzahlen, falls wir gewännen. Es war mir peinlich, sein Geld anzunehmen, aber da Sara es ohne Bedenken einsteckte, griff ich mir selbst ein paar Chips. Sara und ich verloren mit Rot, während Mark vier Chips einbüßte, die er auf sein Geburtsdatum gesetzt hatte. Das Roulett drehte sich erneut, und Mark konzentrierte sich auf seinen Wirbel und das Verschwimmen der Zahlen, wobei seine großen schwarzen Pupillen winzige Ellipsen beschrieben, während sie der kleinen weißen Kugel folgten. Es war das erste Mal, seit ich ihn kannte, daß er entspannt aussah.

Mark verlor seinen Einsatz, aber er lächelte, als er den nächsten legte. Er verlor erneut, und ich zog mich zurück in der Befürchtung, er könnte glauben, daß ich die Quelle seines Spielpechs sei. Bei aller Geschwindigkeit der Kugel besaßen die ganz harten Spieler den glasigen Ausdruck von Angestellten, die von der Nachtschicht kommen, und es lag eine Art erstarrter Energie in der Luft. Raucher arbeiteten an den Spielautomaten, bezahlten, um Fabrikarbeit spielen zu können. Das Geld hatte sich schön herausgeputzt, aber dennoch war es so ernst wie ein Milliardär beim Maskenball. Das Mountbatten bot keine gute Abendunterhaltung. Letzten Endes bot es vor allem ein gutes Versteck.

Bestrebt, gute Miene zum hohlen Spiel zu machen, zügelte ich meine freischwebende Negativität, als Sara und ich zum nächsten Tisch wanderten. Die Chips gingen uns aus, und als Mark das mitkriegte, kam er herbei, uns mit neuen zu überschütten. Er gab sie so leichten Herzens weg, daß wir uns nicht gut sträuben konnten. Als wir den zweiten Haufen verloren hatten, wollte ich noch ein paar mehr kaufen, aber Sara schleifte mich statt dessen zur Bar. Ich sah Phil und zeigte in Richtung Ausgang, aber er war wie hypnotisiert vom Roulett, sein Gesicht ein blasses Dreieck in der Menschenmenge, und er winkte mir, ich solle auch an den Tisch kommen. Sara und ich aber setzten uns auf ein Paar hohe Barhocker und knabberten abgestandene Nüsse – eine Aufmerksamkeit des Hauses. Ein schmucker Deckenventilator drehte sich langsam über manch aufgestylter Frisur, während Sara uns zwei Wodka mit Grapefruitsaft bestellte. Ich saß ganz nahe bei ihr, nahe genug, um den Stoff ihrer Jeans knirschen zu hören, als sie die Beine übereinanderschlug, und als sie sich über die Lippen wischte, machte ich es ihr nach, in der fehlgeleiteten Annahme, sie wolle mich auf unerwünschte Nußrückstände aufmerksam machen.

»Schön zu sehen, daß Mark seinen Spaß hat«, sagte ich.

»Ich weiß nicht, Andy. Mir macht es Sorgen. Er sagt, daß er nur richtig schlafen kann, wenn er jeden Pfennig verloren hat, den er in die Finger kriegen kann.«

»Das Spielen ist aber nicht sein Problem. Vielmehr leidet er unter dem Reicher-Erbe-Syndrom.«

»Höre ich da eine gewisse Böswilligkeit heraus?«

»Nein, aber ich meine . . . ein Briefmarkenalbum, das hundertvierzigtausend wert sein soll, wo gibt's denn sowas, bitte?«

Sara meinte, daß sie das überhaupt nicht überrasche, weil Mark als Kind unglaublich verwöhnt und überbehütet gewesen sei. Seine amerikanische Mutter habe bei jedem Geburtstag und zu Weihnachten die Spielzeuggeschäfte leergekauft, ihm aber andererseits verboten, sich auf ein Pferd zu setzen, aus Angst, daß er sich den Schädel aufschlagen könnte.

»Und er hatte eine ganze Woche Stubenarrest, nachdem wir dabei erwischt worden waren, wie wir Tunnel in einen Heuhaufen gruben«, fügte sie hinzu.

Während Sara sprach, wurde mir bewußt, daß ich ihre Haltung unbewußt kopierte: Beine übereinandergeschlagen, den Ellbogen auf den Bartresen gestützt, die Hand auf dem Knie. Ich suchte nach einer Möglichkeit, sie von den anderen und aus dem Mountbatten wegzukriegen. Ich wollte mit ihr allein sein.

»Hast du Hunger?« fragte ich. »Wir könnten noch einen Happen essen gehen, wenn du möchtest.«

»Nicht nötig, danke. Ich hab vorhin gegessen.«

»Was hatte es mit dir und Dean auf sich, als wir dort weggegangen sind? Hast du was mit ihm oder so?«

»Oder so. Als ich mit Dario Schluß gemacht hatte. Ein Irrtum. Bedeutet gar nichts.«

»Du hättest mich anrufen sollen.«

»Vielleicht«, sagte Sara.

Sie stand auf, um zur Toilette zu gehen, und legte, da sie wußte, daß ich sie beobachtete, einen extra Hüftschwung auf, als sie sich entfernte.

Es gab mir das Gefühl, daß es was werden könnte mit uns, und mein Herz stieg auf Warmluftströmungen des Glücks empor. Kurze Zeit später kam Phil herbeigewandert und kaufte sich zur Abwechslung mal selbst einen Drink.

»Das ist mein letzter scheiß Zehner. Mark hat auch alles verpulvert«, sagte er, düster dreinblickend. »Wußtest du, daß er so viele Schulden angesammelt hat, daß er seine Wohnung verkaufen mußte?«

Damit kannten wir uns beide aus. Phil war gezwungen gewesen, sein überteuertes Loch in Covent Garden zu verscheuern, und was an Wert von meiner Wohnung in Mornington Crescent übriggeblieben war, war im Rahmen der Scheidungsvereinbarungen an Janet überschrieben worden. Phil saugte nervös an seinen Zähnen, als befürchte er, der Gerichtsvollzieher würde sie ihm aus dem Kiefer brechen wollen.

»Dieser Arzt, zu dem sie Mark geschickt haben, das ist ein Reichtumstherapeut«, sagte er. »Ist das zu fassen? Anscheinend glaubt Mark, er verdiene das Geld nicht. Vielleicht sollte er es lieber für einen guten Zweck weggeben. Uns beide, zum Beispiel.«

»Davon träume man«, sagte ich.

Phil schlürfte aus seinem Glas und stellte es zurück auf den gläsernen Tresen, eine zweite nasse Null neben die erste setzend.

»Ich mein, Mark ist schon lustig«, sagte er. »Es fehlt ihm nur hier und da. Es ist ein Jammer, daß wir nicht an diese Briefmarken rankommen.«

»Das kannst du dir gleich aus dem Kopf schlagen«, sagte ich.

Phil schwenkte das Eis in seinem Tumbler und folgte dessen Bewegungen mit verdrießlichem Blick.

»Wo ist Sara?« fragte er.

»Zur Toilette. Äh, wußtest du, daß sie was mit Dean hatte?«

»Reine Bettgeschichte, soviel ich weiß. Keine emotionalen Lasten.«

»Wenn man älter als fünfundzwanzig ist, gibt es immer emotionale Lasten«, sagte ich, plötzlich besorgt.

»Mag sein, aber nicht jeder braucht zwei Dutzend Sherpas, um sie zu tragen, so wie du.«

Sara kam auf uns zu, und bei ihrem Anblick schäumte das Dopamin in meinem Gehirn auf. Ich wünschte mir, daß Phil sich trollen möge, aber er blieb sitzen, und so plauderten wir zu dritt, bis Mark an die Bar kam, ohne noch einen Penny auf der Naht. Er schien hochzufrieden, dennoch lag ein Gefühl von Antiklimax in der Luft.

»Ich hab gebeten, daß sie mir Kredit einräumen«, sagte Mark. »Schließlich hab ich den ganzen Laden praktisch schon zweimal bezahlt. Aber davon wollten sie nichts wissen.«

Sara gähnte, und ich befürchete, daß sie gleich nach Hause wollen würde.

»Hör mal, Andy«, sagte Phil. »Laß uns doch alle noch kurz zu dir gehen. Ist ja gleich um die Ecke. Was meinst du, Sara?«

»Wenn es nicht weit ist«, sagte sie. »Und wenn Andy nichts dagegen hat.«

»Überhaupt nicht«, sagte ich.

Ich konnte Phil und Mark nicht verabschieden, ohne in krasser Weise beutegierig zu erscheinen, aber wenigstens ging Sara nicht weg, und so frohlockte ich innerlich, als ich unseren ganzen Haufen durch die von Industrie zwar hell, aber ganz zu Unrecht erleuchtete Edgware Road zu Jeffs Wohnung fuhr.

6

Wir brauchten keine zehn Minuten, um zu Jeffs Wohnung in Kilburn zu gelangen. Das große, zwei Schlafzimmer umfassende Apartment befand sich in einem schikken Siebziger-Jahre-Gebäude, das die Ecke einer Art Gartenkarree bildete. Es war eine richtig luxuriöse Angelegenheit im Vergleich zu meiner Hütte ein oder zwei Meilen die Straße entlang in Dollis Hill, der Flur sogar mit Teppich ausgelegt. Die anderen Häuser des Karrees waren alt, zwei davon hatte man miteinander verbunden, um eine Absteige für Durchreisende, Nutten und No-Budget-Touristen zu schaffen. Von Jeffs Wohnung aus konnte man den Abfall sehen, der auf den verrottenden Balkons verstreut war.

Als ich den Transporter parkte, wurde der Regen stärker, begoß das Karree in weit ausholenden Bögen, so als habe der Wettergott seine Arbeit an ein unbegabtes Special-Effects-Team des norwegischen Fernsehens vergeben. Wir rannten schnell ins Haus und fuhren mit dem kleinen Fahrstuhl in den vierten Stock, unsere nassen Gesichter vom Neonlicht über den opaken Deckenpaneelen aus Plexiglas in rote, weiße und blaue Flecken aufgerastert. Sara lehnte sich an mich und unterdrückte ein Gähnen. Als der Fahrstuhl ruckartig zum Stehen gekommen war, führte ich meine drei Gäste den Flur entlang zu Jeffs Wohnung. Das große Wohnzimmer entsprach der allgemeinen Vorstellung von gutem Geschmack: Eine helle Möbelgarnitur war respektvoll auf einen Widescreen-Fernseher ausgerichtet, gerahmte Poster schmückten die in verschiedenen Farben gestrichenen Wände, und ein frei stehendes Büchergestell aus Metall trug noch sein Strichcodeetikett. In der Ecke stand sogar die gleiche Rattanlampe wie bei Dean. Eine Glasschiebetür führte auf den Balkon, der das Karree überblickte.

»Ein scheiß Palast ist das, oder?« sagte Phil.

Er klang nörgelig. Ich stellte mich neben Sara ans Fenster.

»Es ist wunderbar hier, Andy. Da hast du wirklich Glück gehabt«, sagte sie.

Ich wollte ihr gerade sagen, daß ich die Wohnung nur einhütete, als sie sich zurück ins Zimmer wandte. Phil stand vor der goldenen Schallplatte, die über der Musikkonsole hing, eine goldene Schallplatte, die Jeff für das Dance-Album verliehen worden war, das diese Wohnung finanziert hatte. Phil gaffte die Platte an, und die Platte blickte zurück, das dunkle Label wirkte wie die Pupille einer aufgespießten Florfliege – der Goldeneye. Mir war, als sei es schon tausend Jahre her, seit Phil und ich unsere goldenen Fünfundvierziger für *Waterbed*, unsere einzige Hitsingle, in Empfang genommen hatten. Mein letzter Scheck hatte sich auf die nicht gerade fürstliche Summe von 267,15 Pfund belaufen, und darin waren meine Autortantiemen für den Text schon enthalten. Phil bekam nur Tantiemen als Interpret, konnte also von Glück sagen, wenn sein Scheck zweistellig ausfiel.

»Deine Trainer gefallen mir, Sara. Hast du die hier gekauft?« fragte Mark.

Saras Turnschuhe hatten draußen im Dunkeln geleuchtet.

»Danke«, sagte sie. »Ich hab sie mir in der Oxford Street geholt.«

»Die sind aus der Zukunft, die es nie gegeben hat. Düsenantrieb und Teleportation«, spottete Phil. »Ich dachte immer, daß es so sein würde, wißt ihr. Als Kind. Freizeit ohne Ende und Roboter, die den langweiligen Kram erledigen. Und alles, was wir gekriegt haben, sind die scheiß Laufschuhe.«

»Du vergißt die Mobiltelefone«, sagte Sara.

»Es sind die Marken, die ich nicht ausstehen kann!« heulte Phil auf, drehte die Lautstärke hoch und schmiß den Regler weg. »Das selbstgefällige Häkchen, die scheiß weißen Streifen! Und das schlimmste, die erwarten auch noch, daß du und ich ihren Schrott kaufen und ihre bekloppten Logos in die Gegend halten! Und wir tun das auch noch! Ist das bitte zu fassen? Wir sollten diesen Säkken die Rechnung stellen! Eine Gebühr für Netzhautnutzung jedesmal, wenn wir eine ihrer beschissenen Werbungen zu erleiden haben!«

Überzeugt davon, daß Phils Tirade durch den Anblick von Jeffs goldener Schallplatte ausgelöst worden war, ergriff ich die Gelegenheit, das Bett zu machen und meine dreckigen Klamotten darunter zu schieben, in der leisen Hoffnung, daß Sara über Nacht bleiben möchte. Ins Wohnzimmer zurückkehrend, stellte ich fest, daß Phil eine Flasche Wodka aus Jeffs Gefrierfach erlöst, sich und Mark freigebig eingeschenkt hatte und jetzt dabei war, in Jeffs CD-Sammlung nach Anhaltspunkten zur Erklärung für seinen Erfolg zu suchen. Sara blätterte in einer Zeitschrift und sah gelangweilt aus, daher wäre ich Phil und Mark gern losgeworden, bevor sie zu der Ansicht kam, daß sie für heute genug hatte. Phil versuchte, eine CD von

Robbie Williams einzuschieben, aber ich nahm sie ihm aus der Hand und legte was Besseres auf. Mark stürzte seinen Wodka hinunter und machte sich an der Fernbedienung zu schaffen, um bei Ceefax nach den Resultaten der Mittwochslotterie zu fahnden, und noch während er sich direkt in den kollektiven Willen der Nation zum Verlust hineintippte, schäumte er vor Optimismus. Mark war der Typ, der ein zur Hälfte mit Wasser gefülltes Glas immer als halbvoll und nicht als halbleer ansehen würde – sofern er es nicht irrtümlich für einen doppelten Wodka hielte und noch gleich zwei dazu bestellte. Als er die Gewinnzahlen auf dem Bildschirm aufgespürt hatte, versuchte er, sie mit einem Haufen zerknüllter Lottoscheine abzugleichen, den er aus einer seiner Taschen hervorgewühlt hatte. Ich wurde von einer starken, fast übelkeitserregenden Vorahnung befallen, daß er den Jackpot geknackt habe, aber die Befürchtung erwies sich als unbegründet, und er fegte seine Scheine beiseite, bevor er sich einen weiteren Schluck genehmigte. Seine Augen waren so schwarz und leer wie der Weltraum.

»Tja, soviel dazu. Ich hab absolut kein Geld mehr«, sagte er.

Er lehnte sich, nicht übermäßig betroffen, in seinem Sessel zurück, Phil jedoch stöhnte, als würde diese zeitweilige Störung in Marks Cash-flow einen moralischen Atompilz darstellen.

»Versuch's doch mal mit Studieren!« sagte Sara. »Oder such dir einen Job für ein paar Jahre. Wie alle andern auch. Vielleicht macht es dir sogar Spaß.«

Mark blinzelte vor Verwunderung.

»Ein Versuch kostet nichts. Irgendwann kriegst du das ganze Geld sowieso«, sagte sie.

»Was davon übrig ist«, fügte Phil hinzu.

Sara goß sich einen Schluck ein.

»Ich muß einfach an meine Briefmarken rankommen«, greinte Mark. »Bevor Dad sie auf eigene Rechnung verkauft. Ich hasse und verachte ihn. Und diese vulgäre, gewöhnliche Schlampe, die er geheiratet hat!«

»Wen nennst du gewöhnlich?« erwiderte Phil scharf. Es war das erste Mal, daß er in meiner Gegenwart so etwas wie Klassensolidarität an den Tag legte, und ich war entsprechend überrascht. Er hatte sogar die Tories gewählt während der kurzen Zeit, da er Geld hatte. Inzwischen war Marks Gesicht purpurrot angelaufen.

»Tut mir leid«, sagte er. »Ich wollte nicht sagen, daß –«

»Schon gut, Mark«, sagte Phil. »Paß auf, vielleicht sollten wir deinen Vater anrufen und ihm sagen, daß du große Spielschulden hast. Daß du die Briefmarken brauchst, um sie zu bezahlen, und wir dich festhalten, bis wir unser Geld haben.«

Phil versuchte den Eindruck zu erwecken, als sei ihm diese Idee gerade frisch gekommen, aber dafür hatte er zu viel getrunken, und für mich war es offensichtlich, daß er sich seine verqueren Gedanken gemacht hatte vor diesem Auftritt.

»Das könnt ihr nicht machen. Der arme Mann kriegt einen Herzinfarkt«, sagte Sara.

»Die Chancen stehen gut«, sagte ich. »Seine Haushälterin hat mir erzählt, daß er ne schwache Pumpe hat.«

»Das geschähe ihm recht«, sagte Mark. »Ich wünschte, er wäre tot und nicht meine Mutter!«

Er unterdrückte ein Schluchzen, worauf Sara sich tröstend neben ihn aufs Sofa setzte. Es war nicht mehr als ihre instinktive Reaktion auf menschliches Leid, dennoch wurde ich sofort eifersüchtig, als sich Mark an ihre Schulter schmiegte und von seiner toten Mutter zu erzählen begann, von ihrem langen Kampf gegen Alkoholismus und Depression. Sie war die Erbin eines in der amerikanischen Trockenreinigungsbranche erworbenen Vermögens gewesen, und jeder verschüttete Drink, jeder schmierende Kugelschreiber und jedes explosive Chikken Kiew (überhaupt jede Art von Inkontinenz) in Nordamerika hatte zu ihrem Profit beigetragen. Als Kind war Mark jeden Abend, bevor er ins Bett kam, zu ihr gebracht worden, woraufhin sie ihm mit weicher, undeutlicher Stimme aus dem *Dschungelbuch* vorgelesen hatte, sechs Seiten pro Sitzung. Gefangen in ihrer nahtlosen Cocktailstunde, hatte seine Mutter ihm ein Jahr lang immer dieselben sechs Seiten des Buchs vorgelesen. Marks Geschichte klang wie eine einstudierte Nummer. Sara und Phil lachten, aber ich fand sie traurig und sagte das auch.

»Ach, Andy, reg dich nicht auf, okay? Du nimmst dir immer alles gleich so zu Herzen«, sagte Sara.

Ihre Bemerkung schnitt mir ins Fleisch. Ich wollte Saras Arme um mich haben oder, wenn das schon nicht drin war, wenigstens irgendeine Reaktion.

»Weißt du was, ich glaube, das mit Phils Anruf wegen Spielschulden ist gar keine schlechte Idee«, sagte ich zu Mark. »Ich mein, was kann da schon schiefgehen? Wenn dein Dad dich beklaut, dann wird er nicht zur Polizei gehen wollen, nicht wahr?«

Phil, im Schneidersitz auf dem Knautschsessel lümmelnd, beugte sich vor, aufmerksam wie eine Eidechse und begierig, mehr zu hören. Sara schluckte ihre Überraschung hinunter. Ich schenkte mir einen Wodka ein, und Phil prostete mir lächelnd zu. Ich hob mein Glas und zerteilte seinen Augapfel mit dem Rand, bevor ich es ansetzte.

»Das kann nicht dein Ernst sein«, sagte Sara.

»Schon gut. Red weiter, Andy«, sagte Phil, der sich kaum noch beherrschen konnte.

»Nun, ein paar Probleme gibt es schon. Ich meine, du kannst schlecht Richard anrufen und sagen, daß sein Sohn dir Geld schuldet und du deshalb sein Briefmarkenalbum haben willst. Woher willst du wissen, daß es überhaupt ein Briefmarkenalbum gibt? Richard würde sofort wissen, daß Mark dahintersteckt, und dir sagen, daß du ihm am Arsch lecken kannst.«

Phil sah niedergeschlagen aus.

»Du bringst also die Briefmarken nicht sofort zur Sprache«, sagte ich. »Du arbeitest mit mehreren Anrufen darauf zu, erhöhst den Druck. Laß es so erscheinen, als habe Mark die Briefmarken nur unter Zwang erwähnt. Und wenn Richard sie rausrückt, ist es ja nicht so, daß er sich von seinem eigenen Geld trennen würde. Du läßt ihn erst glauben, daß er im großen Stil blechen muß, dann zeigst du ihm eine Möglichkeit, das zu vermeiden, und ich wette, daß er alles tut, was du willst.«

»So wird es funktionieren! Andy, du bist ein Genie!« sagte Phil.

»Klingt nicht schlecht, wäre durchaus möglich«, sagte Mark. »Aber er haßt mich so sehr, daß er sich aus reiner Boshaftigkeit weigern könnte. Das täte ihm gut in den Kram passen, wenn ich umgebracht würde. Dann würde er alles kriegen, was mir meine Mutter hinterlassen hat.«

»Dummes Zeug!« sagte Sara. »Und die Sache mit den Spielschulden? Reiner Blödsinn. Der Buchmacher würde Mark einfach verklagen.«

»Nein, das Gesetz erkennt eine Wette nicht als gültigen Vertrag an«, sagte ich. »Man kann also damit rechnen, daß die Forderung weiterverkauft wird. Weißt du was, Phil? Ich glaube wirklich, daß du da auf dem richtigen Dampfer bist.«

Ich ging zur Musikanlage, dämpfte das Licht und legte eine Scheibe aus dem Dance-Genre auf. Sara kam herüber zu mir, und wir tanzten ein bißchen.

»Du hast nur Spaß gemacht, oder? Bei dem, was du eben gesagt hast«, sagte sie. »Sag mir, daß das nur Spaß war.«

»He, reg dich nicht auf«, sagte ich. »Du nimmst dir immer alles gleich so zu Herzen.«

»Gott, du bist so raffiniert! Das hatte ich ganz vergessen.«

Sara bohrte einen Finger fest in meinen Bauch, und einen Moment lang hielt ich es für nicht ausgeschlossen, daß sie über Nacht dableiben würde. Dann fand Phil ein Originalexemplar von *Sketches of Spain* in Jeffs Vinylsammlung. Er interessierte sich eigentlich nicht für Jazz, glaubte aber, daß er es sollte, und es gab einen ziemlichen Krach, als die Nadel auf die Platte fiel, und ein großes statisches Rauschen, als das erste Stück einsetzte. Nach zwei Takten von Miles' Trompete klingelte das Telefon. Es waren die Nachbarn, die sich beschwerten, daß wir ihr Baby aufgeweckt hätten.

»Ach, naja, ist es vielleicht meine Schuld, daß ihr euch so ein scheiß Gör angeschafft habt?« brüllte Phil in den Hörer.

Ich stellte die Musik leiser und machte ihn zur Schnecke. Ich wollte nicht, daß Jeff dachte, ich würde seine Wohnung für Partys benutzen. Außerdem tat mir das Pärchen ein bißchen leid. Sie sahen immer ziemlich fertig aus und schienen überhaupt nie aus dem Haus zu kommen, außer zum Einkaufen.

Ich saß mit Sara zusammen und mußte lachen, als sie mir von der umgestalteten Kneipe in Shoreditch erzählte, in der sie bediente. Die Wände der Bar waren bis auf den bloßen Beton freigelegt worden, und die Leute saßen auf klapprigen Siebziger-Jahre-Möbeln, um das hier ausgeschenkte Spezial-Lager zu trinken. Vorbeikommende Rentner linsten mit verdutzten Gesichtern durch die Spiegelglasfenster. Phil und Mark lamentierten über die aktuelle Musikszene und machten keine Anstalten zu gehen. Marks Aussprache war undeutlich geworden, und er begann sich zu wiederholen, ein fetter Kobold, der sich wiederholt die Kopfhaut unter seinem ausladenden Leo-Sayer-Haarschopf kratzte. Gegen zwei Uhr mußte er einen Aus-Schalter irgendwo da oben gefunden haben und sank bewußtlos aufs Sofa. Sara ging in die Küche, um Tee zu machen, so daß ich mit Phil allein im Wohnzimmer saß. Er rieb sich die Augen, polierte sie, bis sie ein heißes, trockenes Rosa angenommen hatten.

»Sie mag dich tatsächlich immer noch«, flüsterte er.

»Warum verziehst du dich dann nicht und nimmst Mark gleich mit?« erwiderte ich.

»Kein Geld fürs Taxi. Weißt du, ich hätte nicht übel Lust, den Anruf bei Richard jetzt gleich zu machen«, sagte er.

»Sei nicht blöd. Du bist besoffen.«

»Wir würden Mark nur helfen, sein Eigentum zurückzubekommen.«

»Woher weißt du, ob die Briefmarken wirklich ihm gehören? Oder ob sie überhaupt existieren? Du hast den Boden unter den Füßen verloren.«

»Na, na, nun werd nicht stinkig. Schlummertrunk?« fragte er, indem er den Verschluß an Jeffs Flasche Highland Park abdrehte.

Ich lehnte ab. Phil nahm einen Schluck Scotch von der Größe Andorras und beugte sich vor.

»Wenn wir die Briefmarken kriegen, teilen wir. Du und ich.«

»Du redest irre«, sagte ich. »Am besten gehst du ins Gästezimmer und schläfst dich aus.«

Ich wollte sie loswerden, aber das war nicht möglich, ohne eine Szene zu machen, daher hoffte ich, Phil würde recht bald Mark ins alkoholselige Reich der Träume folgen. In der Küche aß Sara einen Keks, während sie auf den Tee wartete, und ich trat hinter sie und legte meine Hände auf ihre Hüften.

»Ist Phil immer noch dabei, ein Leben als Krimineller zu entwerfen?« Sie drehte sich weg und hielt sich an einem Schrank fest.

»Ach, kümmere dich nicht um ihn. Er führt ein reges Fantasieleben.«

»Ach ja? Und wie ist das bei dir?«

Sie war nicht so betrunken wie Phil, aber nüchtern war sie auch nicht.

»Ich denk immer, wenn du Single gewesen wärst, als wir uns kennenlernten, was wäre dann gewesen?« sagte ich. »Und was wäre, wenn ich dich jetzt küssen würde?«

»Vielleicht würde ich dann nach Hause gehen?« erwiderte sie.

Das tat weh, und ich war froh, daß ich sie nicht gebeten hatte, über Nacht zu bleiben.

»Oh, guck nicht so kläglich!« sagte sie. »Mir gefällt es, wenn du daran denkst.«

»Woran?« fragte ich.

Hatte sie meine Gedanken gelesen?

»Daran, mich zu küssen, Dummerchen. Aber eigentlich sollte ich wirklich nach Hause.«

»Wenn du erlaubst, daß ich dich nächste Woche zum Essen ausführe, fahre ich dich jetzt gleich hin.«

Sie wirkte erleichtert, und wir fuhren nach unten, einander ziemlich nahe im engen Fahrstuhl. Der auf das aufgerauhte Aluminium der Schalttafel gedruckte Hinweis des Herstellers, daß der Fahrstuhl maximal acht Personen befördern könne, mutete unter diesen Umständen wie ein Freibrief für Frotteuristen an. Mein Herz raste, und mein Körper fühlte sich unhandlich an, wie aus Holz geschnitzt und primitiv gegliedert. Draußen regnete es.

»Wo wohnst du?« fragte ich.

»Dalston, aber ich glaube nicht, daß du noch fahren solltest«, sagte Sara. »Ich nehme den Nachtbus.«

»Das ist doch Wahnsinn. Bleib doch einfach hier. Ich hab ein Gästezimmer. Da könnte ich dir das Bett zurechtmachen.«

»Tja, Gott, was soll's?« murmelte sie.

Sobald wir wieder im Fahrstuhl waren, küßte sie mich auf den Mund. Im Nacken spürte ich ihre Hand, die mich herunterzog. Wir küßten uns lange, und ich wollte sie gleich auf der Stelle haben. Ich drängte mich an sie. Einen Moment lang widersetzte sie sich, dann schlang sie ihr Bein um meins und rieb sich schweratmend an meinem Oberschenkel. Ich konnte die Hitze ihres Körpers durch die Kleidung hindurch fühlen. Sie zerrte mein Hemd aus der Hose und strich mit der Hand über meinen Rücken. Ich hielt den Atem an, als sie auf meine Erektion stieß und über den Jeans daran zu reiben begann. Ich drückte mich gegen sie, um ihre Hand festzuklemmen, bis der Fahrstuhl im vierten Stock zitternd zum Stehen kam und wir den Flur entlangschwebten. Meine Hand zitterte vor Lust, als ich mich mit dem Schloß der Wohnungstür abmühte.

Mark war im Bad, und Phil schlief mit angezogenen Beinen auf dem Knautschsessel oder tat jedenfalls so. Wir schlichen an ihm vorbei, und sobald wir Jeffs Schlafzimmer betreten hatten, zog sich Sara das T-Shirt über den Kopf. Sie wandte sich mir zu, während sie sich aus ihren Jeans wand und ich mir meinerseits die Kleider vom Leibe riß. Sie atmete durch den Mund, ihre Augen blickten verschwommen. Ich zog sie aufs Bett, und wir liebten uns. Ich glitt aus ihr heraus, hievte sie auf mich drauf und steckte ihn wieder rein. Sara drehte ihre Hüften, dann begann sie mit stetem Schwung sich hin und her zu bewegen, während sie sich mit dem Zeigefinger der rechten Hand selbst rieb. Ich verlangsamte meine Bewegungen, bis sie die Augen öffnete.

»Das ist wunderbar«, sagte ich. »Ich kann es nicht fassen.«

Sie sah mich an, als sei ich nicht ganz dicht.

»Reg. Dich. Nicht. Auf. Du. Nimmst. Dir. Immer. Alles. So. Zu. Herzen!« sagte sie mit zusammengebissenen Zähnen.

Ich legte meine Hände auf ihre Brüste, und Sara stöhnte. Ihr Körper war brennend heiß. Vor dem abschließenden Knall begann sie zu zittern, grub sich heftig in mich hinein, und bald darauf schlüpfte ich aus ihr heraus, um hinaus ins Freie zu kommen. Wir trennten uns und lagen keuchend da. Ich stützte mich auf meinen Ellbogen und streichelte ihre Hüfte. Als ich versuchte, mich auf eine Ecke der Zimmerdecke zu konzentrieren, fing sie an sich zu drehen, deshalb betrachtete ich das an Jeffs Wand genagelte Blechexemplar der Babe Rainbow, bis mein Kopf wieder klar wurde.

»Können wir das nochmal machen?« fragte ich sie.

»Mein Gott. Warte vielleicht ein paar Sekunden.«

»Ich meinte nicht jetzt sofort. Ich nehme an, ich meinte in ein paar Tagen.«

»Hör mal, ich mag dich, Andy. Und ich weiß, du magst mich, du brauchst es also nicht zu forcieren. Laß es sich einfach entwickeln. Bei mir ist es auch schon eine Weile her, weißt du.«

»Das hast du gemerkt?«

»Ja, das hab ich gemerkt. Und versuch nicht, mich morgen früh zu wecken. Ich hab einen Tag frei am College.«

»Nacht«, sagte ich.

»Schlaf schön und mach dir nicht so viele Gedanken. Du hast keinen Grund, dir Gedanken zu machen.«

Ich fühlte mich so gut wie seit Jahren nicht mehr, knipste die Nachttischlampe aus, hielt Sara im Arm, während sie einschlief, und staunte darüber, wie gut ihr Körper in meine Seite paßte. Absolute Präzisionsarbeit.

»Weißt du«, flüsterte ich, »ich wollte es dir schon vorhin sagen, diese Wohnung gehört mir gar nicht. Ich hüte hier nur für einen Freund ein.«

»Na und? Schlaf jetzt.«

7

Am nächsten Morgen verschlief ich die Zeit und wachte gegen zehn Uhr neben Sara auf, die noch fest schlummerte. Es war also wirklich passiert, und ich war in Versuchung, mich krank zu melden, aber als ich das Puzzle des vorigen Abends wieder zusammenfügte, erinnerte ich mich an Saras Ermahnung, »es sich einfach entwikkeln« zu lassen. Ich ging in die Küche, spülte den saubersten Becher aus, den ich finden konnte, und trank einen Pulverkaffee. Auf dem kleinen Bildschirm des Küchenfernsehers stand ein Meteorologe neben dem grünen Chaos der Britischen Inseln und zeigte auf das wirbelnde graue Taschentuch einer Wolke über London, die die Stadt und ihre Einwohner einhüllte wie die Verpackung den Spinat, der den Schülern als Mittagessen aufgenötigt wird.

Regungslos im Wohnzimmer liegend, schienen Mark und Phil nur noch auf die Kreideumrisse und die Leichensäcke zu warten. Die blauen Vorhänge ließen einen dünnen, von abgestandenem Rauch durchschossenen Lichtkegel ins Zimmer dringen, und ich zog sie zurück, um das Fenster zu öffnen. Mark lag in eingefrorener Kraulhaltung auf dem Sofa, einen Arm nach vorn ausgestreckt, ein Bein auf den Teppich herunterhängend und den Mund weit geöffnet, als müsse er dringend schlechte Luft schnappen. Sein Gesicht war glatt wie Schweinefett unter Zellophan, und das einzig erkennbare Lebenszeichen war das Pochen der Hornhaut unter dem papierdünnen Augenlid. Phil lag quer über dem Knautschsessel und schnarchte, während eine Million Polystyrolkügelchen seinen Körper langsam schmorten. Ein Kummerbund aus Bauchfett zeigte sich zwischen Hose und T-Shirt.

Zwei leere Weinflaschen standen auf dem Couchtisch, und dieser Anblick verärgerte mich, weil ich wußte, daß ich sie würde ersetzen müssen, bevor Jeff zurückkehrte. Schlimmer noch, der Arm des Plattenspielers ließ die Nadel gegen das Label der original New-Jazz-Pressung von Eric Dolphys *Outward Bound* poltern, auf der zudem ein Röhrchen Zigarettenasche mit 33 U.p.m. kreiste. Zu meinem blanken Entsetzen war verschütteter Rotwein tief in den gelben Teppich eingetrocknet, bedeckt von einem Fragezeichen aus rosa Salz, was nicht mehr als eine symbolische Geste darstellte. Stinksauer stieß ich Phil mit dem Fuß, bis er zu grunzen anfing. Ich ging mir die Zähne putzen, und bald kam Phil angeschlurft, zehn grüne, in Stücke geschlagene und in Zement eingegossene Flaschen auf dem Kopf. Er hatte sich etwas Wasser in ein Glas laufen lassen, das er jetzt hinunterstürzte, sich schüttelnd, als die Flüssigkeit sich den Weg durch seine Kehle bahnte. Mir war sehr danach, ihm das Glas ins Gesicht zu schmettern. Aber ich hatte den Mund voll Zahnpasta.

»Das ist schon viel besser«, keuchte er. Es sollte uns beide überzeugen.

»Du verficktes Stück Scheiße!« spuckte ich heraus, wobei mir der Schaum vom Kinn tropfte. »Guck dir mal an, was für eine Scheiße du da drinnen angerichtet hast!«

»Was denn?«

Seine Augen funkelten mir durch die gespreizten Finger entgegen.

»Du und Mark. Der Wein auf dem Teppich. Jeff wird Zustände kriegen.«

»Was soll das?« sagte er im Bemühen um eine jungenhafte Unschuld, die er sich vor langer Zeit hatte gutschreiben lassen, als wir gemeinsam in einer nachmittäglichen Talkshow in Birmingham interviewt worden waren. Ich war bereit, ihn zu kreuzigen.

»Reg dich ab«, sagte er. »Hab ich nichts mit zu tun. Ich schwör's.«

»Wer hat denn damit zu tun?« fragte ich.

»Das war Mark. Er konnte nicht schlafen.«

»Dein neuer bester Freund!« spottete ich. »Na, seht jedenfalls zu, daß ihr das mit dem Teppich in Ordnung kriegt. Und ersetzt den scheiß Wein, den ihr geklaut habt. Ich komm zu spät zur Arbeit, sonst würd ich euch richtig zur Sau machen, das schwör ich dir.«

»Aber ich hab kein Geld«, sagte er.

»Dann laß deinen fetten Freund bezahlen.«

Ich war schon halb die Treppe hinunter, als ich merkte, daß ich die Schlüssel für den Transporter vergessen hatte. Ich rannte zurück in die Wohnung und traf Phil im Flur auf allen vieren an, wie er in Marks Rucksack stöberte. Phil sah hoch zu mir, rotäugig und verkommen, und ich schleuderte ihm einen Fluch entgegen.

»Mach mal halblang. Ich wollte nur mal gucken«, sagte er. »Das schadet doch nicht. Mark ist ziemlich hinüber. Der hat ein paar von Jeffs Schlaftabletten geschluckt, weißt du?«

»Scheiß drauf. Nimm sein Geld. Mir doch egal, solange du die Sachen regelst, wie ich eben gesagt hab.«

Ich holte meine Schlüssel, und als ich zurückkam, kramte Phil immer noch durch den Inhalt des Rucksacks auf dem hellen Holzboden: Handy, Adreßbuch, eine leere Flasche Wodka und Tonic, fertig gemixt, eine Sichtpackung Tabletten und ein Scheckbuch von einer Privatbank mit dem passenden Namen Child and Co. Die Brieftasche enthielt eine goldene Amex-Karte und über hundert Pfund Bargeld.

»Na, na, na. Der kleine Schwindler«, sagte Phil.

Bei den Tabletten handelte es sich um Dexedrin, in Deutschland hergestelltes Diät-Speed, das man in der Harley Street kriegen konnte, wenn man es denn kriegen konnte. Mark hatte also seinen silbernen Löffel dazu benutzt, sich auch die restlichen grauen Zellen aus dem Kopf zu schaufeln. Ich zeigte Phil die Packung.

»Kein Wunder, daß er nicht schlafen konnte«, sagte er.

Phil drückte eine der flachen weißen Pillen aus der Packung und schluckte sie trocken hinunter. Ich traute meinen Augen nicht.

»Nimm auch ruhig eine. Macht dich fit.«

»Ja, fit wie'n ausgelatschter Turnschuh auf Dauer. Was ist an dem guten alten Kaffee auszusetzen?«

Marks Führerschein informierte mich darüber, daß er achtundzwanzig war und Strafvermerke wegen Rücksichtslosigkeit im Straßenverkehr und Fahrens mit überhöhter Geschwindigkeit besaß. Aus dem Wohnzimmer drang ein Stöhnen, als Mark seine Rückreise zu den Schrecken des vollen Bewußseins antrat. Phil packte seine Habseligkeiten zurück in den Rucksack.

»Bringt das Wohnzimmer auf vordermann«, sagte ich. »Und dann verpißt ihr euch alle beide, klar?«

Meine Laune besserte sich langsam, als ich unter einer tiefen, flauschigwarmen Federwolkendecke in Richtung Regent's Park fuhr. Ein winterliches Licht strahlte von den Wolken ab, als ob Apollon den Dimmer betätigt hätte, um in Befolgung einer freudlosen amtlichen Verordnung Tageslicht einzusparen. Hinten im Transporter verströmten die Farbdosen und die Verdünnungsmittel ihren durchaus berauschenden Geruch, und als ich in die Halbkreisstraße einbog, hatte ich einen dröhnenden Kopfschmerz entwickelt. Emma Bowrings Cabrio stand in seiner reservierten Parkbucht, ich fand eine freie Parkuhr gleich dahinter. Die Haustür wurde mir von Ildikó, der Haushälterin, geöffnet, deren geblümtes Kleid von einer weißen Schürze abgeschirmt war.

»Morgen, Andy. Ist gestern schön spät geworden?«

»Nein, nein. Hab um elf das Licht ausgemacht.«

Ihrem schiefen Lächeln entnahm ich, daß es mir nicht gelungen war, sie hinters Licht zu führen. Ildikó war eine Witwe mit zwei erwachsenen Söhnen, von denen einer nach Budapest zurückgekehrt war, um dort eine eigene Baufirma zu gründen. Sie war in London geblieben, um Richard zu helfen, Mark nach dem Tod von dessen Mutter großzuziehen, und eines Morgens hatte sie mir bei einer Tasse Kaffee anvertraut, was für ein reizendes, empfindsames Kind Mark gewesen sei.

»So einen Engel Sie haben noch nicht erlebt, Andy. Immer ein Lächeln.«

»Sehen Sie ihn immer noch oft?« fragte ich.

»Nicht so oft, Andy. Nein.«

Sie schien traurig darüber, aber angesichts der in Zeitlupe zu verfolgenden Katastrophe von Marks Erwachsenenleben war es vielleicht sogar das beste. Ich konnte nur hoffen, daß er genug Gefühl übrig hatte, sich anständig zu benehmen, wenn er sie denn mal besuchte, denn es war offensichtlich, daß sie ihn liebte wie einen eigenen Sohn. Ich machte mich an meine Arbeit im Eßzimmer, wäre aber viel lieber wieder im Bett bei Sara gewesen und verfluchte den zu erledigenden Job. Während ich, mich auf einem bald zwei Meter hohen Gerüst vorarbeitend, den Deckenfries in Angriff nahm, entwarf ich unsere schwindelerregende Zukunft. Zusammenleben. Kinder. Ich wußte sehr wohl, daß mir aufgetragen war, in der Gegenwart zu bleiben und die Dinge sich entwickeln zu lassen, aber ich konnte es nicht. Es war das erste Mal seit geraumer Zeit, daß ich mir eine Träumerei gestattete.

Der Fries war mühsam zu malen mit all seinen unhandlichen Ecken und Winkeln, an denen ich mir das Rückgrat verzwirbelte. Ich verbrachte eine Stunde in stumpfer Langeweile, den langen Autofahrten der Kindheit vergleichbar, eine in einem Tischtennisball gefangene Fliege, die über das Nichts meditiert, und um die Mittagszeit hörte ich Emma die Treppe herunterkommen und gleich weiter in die Küche gehen, um mit Ildikó zu sprechen. Dann kam sie ins Eßzimmer.

»Guten Morgen, Andy. Wie läuft's?«

»Besser denn je«, sagte ich.

Sie trug einen Mantel, was, wie ich hoffte, darauf hindeutete, daß sie den Tag auswärts verbringen würde.

»Das Zimmer sieht jetzt wirklich fantastisch aus«, sagte sie. »Finden Sie nicht?«

»Ich bin begeistert«, sagte ich. »Manchmal hab ich das Gefühl, daß ich dazu geschaffen wurde, es zu renovieren.«

Es war ganz unmöglich, zu dick aufzutragen. Und ich hatte es probiert, glauben Sie mir. Emma stand da und weidete sich an ihrem guten Geschmack, eine Faust unter das Kinn gestützt, während sie sich die Wiedergabe des Zimmers in der Punktmatrix einer ›Schöner Wohnen‹-Zeitschrift ausmalte. Angesichts von Hitlers sogenannter Malerei, Mussolinis unvollendetem Roman und

Tony Blairs College-Rockgruppe bin ich seit langem der Ansicht, daß die Raumgestaltung eine der zuträglichsten Ausweichmöglichkeiten für frustrierte künstlerische Ambitionen darstellt.

»Sie benutzen das Taubenweiß?« fragte sie. »Es kommt mir etwas dunkel vor.«

»Keine Sorge, das liegt daran, daß es noch nicht trokken ist.«

Sie schürzte die Lippen. Wenn sie so pingelig war, warum hatte sie dann nicht einfach einen ausgewiesenen Profibetrieb engagiert? Daß meine Tätigkeit auf unausgewiesener Amateurbasis ablaufen würde, hatte sie von Anfang an gewußt. Der einzige Reim, den ich mir darauf machen konnte, war der, daß es ihr gefiel, einen Ex-Musiker um sich zu haben, jemanden, dessen kreative Impulse ebenfalls in der Sackgasse gelandet waren. Jemand mit abgefahrenen Reifen auf einem Transporter, für den er keine Kfz-Steuer gezahlt hatte, jemand, der Parkuhren unter dem mitleidslosen Blick der Trupps mit den gelben Ketten fütterte und der Dispersionsfarbe von seiner Uhr kratzte in den letzten nervenzerfetzenden Sekunden vor seinem Termin beim Amt für Sozialwesen. Jemand, der ihr bestätigte, wie weise doch die Tauschgeschäfte waren, auf die sie sich in ihrem eigenen Leben eingelassen hatte. Emma fühlte sich ganz wohl in der Höhle der Äußerlichkeiten – sie hatte sogar ziemlich aufregende Ideen zur Verbesserung der Beleuchtung –, aber unter der Oberfläche schien sie einsam. Die Wintersonne konnte ihre Ehe nicht erwärmen. Woran mochte sie denken, wenn sie sich zurücklegte und Richard sein ausgeleiertes Herz über ihr auf Touren brachte? Liechtenstein?

»Sie müssen mich daran erinnern, daß ich Ihnen einen Scheck gebe, bevor Sie gehen«, sagte Emma.

»Ah, richtig. Aber, äh, ich würde Bargeld vorziehen, wenn es Ihnen recht ist«, sagte ich.

Es sollte so klingen, als sei das Geld eher nebensächlich. Der Gedanke dahinter ist, so zu tun, als arbeite man derart rasend gerne für sie, daß man in einer ideal eingerichteten Welt glücklich wäre, ihr Haus umsonst anmalen zu dürfen.

»Ach Gott, das heißt, daß ich noch zur Bank gehen müßte!«

Sie zog eine Schnute, runzelte die Stirn und blickte eindringlich auf eine winzige Uhr an einem dünnen Eidechsenarmband.

»Tut mir leid, wenn es Umstände macht«, sagte ich.

Emma blinkte schwer geprüft mit den Augen, um mir anzuzeigen, daß hier eine ganze Reihe wichtiger Verpflichtungen in Gefahr geriet, vernachlässigt zu werden. Ich malte mir Damen beim Lunch aus, die mit vorwurfsvollen Blicken auf den leeren Platz in ihrer Runde Breadsticks zerbrechen und schon übel aufstoßen müssen vom zweiten Glas Perrier. Und ich stellte mir Sara vor, wie sie an meiner Seite lag und über Emmas kleine Vorstellung lachte.

»Nein, nein. Es ist nur so, daß ich noch in die Werkstatt muß«, sagte Emma. »Passen Sie auf, ich werde sehen, was ich tun kann wegen des Geldes, okay?«

Ich bat sie, mir den kleineren Pinsel von der Schale auf dem Tisch zu reichen, worauf sie mich mit einem Anflug von Tadel ansah, meiner Bitte aber dennoch entsprach. Als sie mir den Pinsel nach oben reichte, erwies sich ihre Bluse als bis zum dritten Knopf offen, und von meinem Standort auf dem Gerüstbrett aus konnte ich einen Keil weißen BHs unter der dunklen Kluft ihres Busens ausmachen. Als sie merkte, was ich bemerkte, rückte Emma an ihrer Schildpatthaarspange, und in ihrem Gesicht bildete sich Heiterkeit ab, als ich mich schluckend wieder der Wand zuwandte. Sie hatte nichts anderes zu tun, als kleine Spielchen zu spielen. Wie ihr Stiefsohn war sie verwöhnt und gelangweilt, stets verzweifelt auf der Suche nach Empfindungen, egal welcher Art. Ich sah sie beinahe vor mir, wie sie den goldenen Wasserhahn der Badewanne aufdrehte und sich, mit leeren Augen durch den Dampf blickend, die Handgelenke aufschlitzte, nur um etwas zu fühlen.

»Danke«, sagte ich einfach, während ich etwas Farbe auf den Fries schmierte.

»Wissen Sie, Andy, ich weiß nicht wieso, aber Sie werden mir hier fehlen.«

Das Handy klingelte in ihrer Tasche, und sie fuhr zusammen, als habe eine göttliche Schnur plötzlich an ihr gezerrt.

»Hallo, Darling«, zwitscherte sie. »Ja, ich bin schon unterwegs. Geh grad aus dem Haus. Versprochen.«

Sie sagte mir auf Wiedersehen, als sie aus dem Zimmer ging.

»Nein, Dummchen«, sagte sie zu dem Anrufer. »Niemand. Nur ein Maler.«

Die Haustür fiel über ihrem Gelächter zu, und ich ging hinüber zum Fenster, um zu beobachten, wie Emma in ihr Kabrio stieg und wegfuhr, ihr Gesicht eine Maske verkniffener Wut, die alle reichen Frauen der Gegend aufsetzten, wenn sie hinter dem Steuer saßen. Als einstmals professionelle Gesichtsverzieherin hatte Emma den Blick natürlich tadellos drauf.

Das Telefon klingelte gegen zwei Uhr, und ich hörte, wie Ildikó in der Küche den Hörer abnahm. Kurze Zeit später kam sie die Stufen zum Eßzimmer hochgeeilt.

»Oh, Andy! Ich weiß nicht, was ich soll machen. Es ist Mr. Richards Sohn. Der Mann will Geld.«

»Moment mal. Wer will Geld?«

»Der Mann am Telefon! Er sagt, daß Mark ist in Schwierigkeiten. Sie müssen mit ihm reden! Bitte. Ich kann nicht verstehen, was er sagt.«

8

Ich stieg auf zerbröselnden Beinen die Trittleiter hinunter, während Ildikós Panik über mir zusammenschlug. Meine Gedanken schlingerten in ihrem Kielwasser, als wir uns zur Diele begaben, wo der Hörer lauernd auf einem an die Wand geschmiegten Halbkreistisch lag. Ich holte Luft und hielt sie, als ich den Hörer aufnahm, fassungslos, daß Phil den Anruf tatsächlich wahrgemacht hatte. Das Gerät fühlte sich glitschig an in meiner Hand.

»Hallo«, sagte ich.

Ildikó klammerte sich an meinen Ärmel. Es gab ein Klicken in der Leitung und dann einen schnarrenden Ton. Phil hatte die Verbindung unterbrochen, und ich ließ die Woge der Erleichterung aufschäumen.

»Hat aufgelegt«, sagte ich.

Ildikó begann zu weinen, und ich nahm sie in den Arm, wobei ich die ersten Stacheln der Schuld in meinem Bauch fühlte.

»Machen Sie sich keine Sorgen«, sagte ich. »Da hat sich wahrscheinlich jemand einen Scherz erlaubt. Einen üblen Streich. Hat er gesagt, ob er nochmal anrufen wollte?«

»Nein, aber ich ihm hab gesagt, daß Mrs. Emma bald zurückkommt. O Andy, ich hab so Angst um Mark!«

Ich folgte Ildikó in die Küche, wo sie den Kessel aufsetzte und nach Teebeuteln und Bechern griff. Dann stellte sie sich neben den Hackklotz und strich sich wieder und wieder die Schürze glatt. Ich hätte ihr gern gesagt, daß es nur Mark selbst und ein Ex-Freund von mir waren, die da ihr frivoles Spielchen trieben, aber es gab keine Möglichkeit, sie zu beruhigen, ohne mich selbst zu belasten.

»Was sollen wir tun?« schluchzte sie.

Der Tee schien nicht zu helfen. Sie liebte Mark wahrhaftig (vielleicht war sie die einzige, die es je getan hatte), und das machte mir ein doppelt schlechtes Gewissen. Ihr Gesicht war naß und hilflos, und ich versuchte ihr einzureden, daß der Anruf nichts weiter als ein böser Streich sei.

»Und wenn nicht? Ich muß anrufen Mr. Richard«, sagte sie.

Als ich das hörte, wich alles Blut aus meinem Körper. Um sie davon abzuhalten, gab ich zu bedenken, daß Richard unnötige Aufregung durch die Nachricht erleiden könnte.

»Er könnte einen Herzinfarkt bekommen«, sagte ich. »Und wenn es wirklich nur ein Streich ist, würden Sie sich niemals vergeben.«

Neue Angst stieg in ihrem Gesicht auf, und mir wurde noch unwohler, aber irgendwie mußte ich der Sache einen Riegel vorschieben, bevor die Bowrings den Anruf mit meiner Person verbanden. Ich hoffte inständig, daß Phil nicht so blöd gewesen war, von Jeffs Apparat aus anzurufen. Die Bowrings hatten meine Nummer bei Jeff; wenn er es also getan hatte und sie die 1471 wählten, dann war ich verloren. Die Britische Telekom hatte auf dem Weg der Marktforschung festgestellt, daß ihre Kundschaft von stetig wachsender Paranoia ergriffen war, und daraufhin einen Gimmick entwickelt, daraus Kapital zu schlagen. Wenn man im Anschluß an einen eingegangenen Anruf die Nummer 1471 wählte, las einem eine Roboterstimme die Nummer des Anrufers vor. Und es war ausgeschlossen, daß ich in weniger als einer Stunde nach Kilburn fahren, die Nummer ändern, Phil aus dem Fenster schmeißen und nach Regent's Park zurückkehren konnte. Aber irgend etwas mußte ich tun. Nachdem ich Ildikó erzählt hatte, daß ich mir eine Tafel Schokolade besorgen wolle, tauschte ich die Zentralheizung der Bowrings gegen das Londoner Wetter ein und suchte mir eine BT-Zelle, auf deren Glaswand das gespaltene Logo-Männchen auf und ab hüpfend in seine Trompete blies. Ich wählte Jeffs Nummer und zählte vier digitale Zwitscherlaute ab, bevor der Anrufbeantworter ansprang und mir meine zittrige Ansage vorspielte.

»Phil? Hier ist Andy. Bist du da? Geh gefälligst ans Telefon!«

Nichts. Als nächstes rief ich das Haus der Bowrings an, um Jeffs Nummer auszulöschen für den Fall, daß sie die 1471 wählten. Ein weiterer unfreiwilliger Beitrag zu Sir Iain Vallances Altersversorgung. Ich hörte, kurz bevor ich wieder einhängte, Ildikós Stimme ein ängstliches »Hallo« sagen, und mein Schuldbewußtsein wuchs, weil ich ihren Kummer noch vermehrte. Zum Haus zurückgekehrt, traf ich sie weinend an.

»O Andy! Mr. Richard ruft an, weil mit Mrs. Emma will sprechen, und ich ihm sage, was geschehen! Er ist so wütend, weil ich nicht ihn anrufe, er schreit mich an! Er sofort hierher gefahren.«

»Er ist hier?« fragte ich, mein Mund trockener als eine Salzgrube.

»Nein, er kommt. Um zu warten auf nächsten Anruf.«

Ich suchte fieberhaft nach einer Möglichkeit, wie ich die Situation retten könnte, durchwühlte wahllos die diversen Schubladen meines Gehirns. Da dort aber nichts

Brauchbares zum Vorschein kam, ging ich zurück an die Arbeit, während meine Gedanken böse brummend um sich selbst kreisten, wie eine Wespe in einem umgedrehten Glas. Obwohl ich nur so getan hatte, als würde ich Phils idiotischen Plan unterstützen, um damit Sara zu provozieren, lag ein Teil der Schuld bei mir, und durch Ildikós starke Gefühle für Mark wurde sie beträchtlich gesteigert. Eine halbe Stunde verstrich, bis Emma nach Hause kam, und ich machte mich auf eine Befragung gefaßt. Alles abstreiten. Nichts zugeben. Sie ging durch bis in die Küche, um sich mit Ildikó zu besprechen, und kam dann ins Eßzimmer, an einer Silk Cut saugend, als wolle sie sie unbedingt loswerden.

»Was ist passiert, Andy? Was hat er gesagt?«

»Wer?«

»Der Mann, der angerufen hat.«

Ich wählte meine Worte sorgfältig und versuchte, mich dumm zu stellen, was mir schwerer fiel, als man denken sollte.

»Ildikó hat mich nur gebeten, mit irgendeinem Typen zu reden«, sagte ich. »Ich bin ans Telefon gegangen, aber die Leitung war tot. Das ist leider alles.«

»Das ist alles? Dann ist es ernst. Sie wissen, daß Mark unberechenbar ist. Er sollte eigentlich in einer Klinik in Canterbury sein, und sein Vater macht sich schreckliche Sorgen um ihn.«

»Wie ich schon sagte, ich kenne Mark nicht näher«, sagte ich.

Emma seufzte, als gebe sie sich damit zufrieden, und ich nährte einen kurzlebigen Hoffnungsschimmer, daß ich nunmehr aus dem Schneider wäre.

»Ildikó sagt, Sie hätten ihr gesagt, daß das alles nur ein dummer Streich sei.«

Mein Herz machte eine Rolle rückwärts, und Emma schien mein Gesicht nach Spuren meiner Verwicklung abzusuchen.

»Das hab ich nur gesagt, um sie zu beruhigen. Sie war total aufgeregt.«

Dann klingelte das Telefon.

Emma ging los, den Anruf entgegenzunehmen, und ich folgte ihr in die Diele, wobei mir die Angst vom Magen hinauf in den Kopf blubberte. Sie nahm den Hörer ab.

»Hallo?« sagte sie. »Wer ist da?«

Emma zuckte zusammen, und ich sah noch im Spiegel, wie sie erbleichte, bevor sie mich zurück ins Eßzimmer scheuchte. Ein blödsinniges Klavierstück plärrte gerade auf Radio 3, daher konnte ich nicht hören, was Emma sagte. Als sie wieder ins Eßzimmer trat, wirkte sie schwer getroffen, und ich versuchte, ganz ruhig zu bleiben.

»Waren die das wieder? Was haben sie gesagt?« fragte ich.

»Ein Mann, der mit Richard sprechen wollte. Er sagt, daß Mark ihm Geld schulde.«

Die Worte kamen ganz mechanisch aus ihrem Mund. Der Anruf hatte sie durchgeschüttelt, und es schien, als würde ihr erst jetzt richtig bewußt, daß Mark tatsächlich in einer Notlage steckte.

»Machen Sie bitte das Radio aus, ja?« sagte sie. »Ich kann meine eigenen Gedanken nicht hören.«

Ich tat wie verlangt, und Emma ging ans Fenster, um auf die Straße zu blicken, so als erwarte sie, in der Anordnung der geparkten Autos eine Antwort zu finden. Draußen ertönte ein brummender Lärm, und dann kam Richard in seinem Sportwagen vorgefahren. Die Vergaser spritzten eine halbe Tankfüllung in den Motor, als er rückwärts in seine reservierte Parkbucht setzte. Die Haustür öffnete sich und knallte gleich darauf wieder zu.

»Emma? Wo bist du?« dröhnte er.

Das riesige Haus gab ihm einen guten Vorwand, jede Menge herumzuschreien. Das war zweifellos einer der Gründe, warum er hier wohnte.

»Ich bin hier!« rief sie zurück.

Richard kam ins Eßzimmer, das Gesicht knallrot unter der Sonnenbräune.

»Was geht da vor?« fragte er.

Er ignorierte mich völlig, oder, um es genauer auszudrücken, ich war nicht mehr für ihn als irgendeine Figur auf dem laufenden Bildschirm. Ich existierte für ihn nicht, ich war wie ein Obdachloser auf der Straße, den reiche Leute automatisch aus ihrer Wahrnehmung fegen. Ich wußte Bescheid, denn ich hatte das gleiche getan, als ich reich gewesen war.

»Der Mann hat wieder angerufen«, sagte Emma. »Er sagt, daß Mark ihm achttausend Pfund schuldet. Irgendwelche Spielschulden.«

»Und Mark? Geht's ihm gut?« fragte Richard.

Unter dem Getöse meinte ich, eine Spur von Angst heraushören zu können, etwas, das ich bei ihm noch nicht erlebt hatte.

»Sie wollten mich nicht mit ihm sprechen lassen«, sagte Emma. »O Gott, der Mann sagte, wenn wir die Polizei rufen, dann würden sie Mark umbringen! Ich glaube, das war ernst gemeint. Und er klang jamaikanisch. Kein Wunder, daß Ildikó ihn nicht verstehen konnte.«

Dem Ernst der Lage zum Trotz hätte ich beinahe lauthals lachen müssen. Es war schwer zu glauben, daß Emma auf Phils fürchterlichen jamaikanischen Akzent hereingefallen war. Seine Toasting-Versuche auf einem der Füllselstücke von *Luxury Amnesia* hatten einen absoluten Tiefpunkt in der Veröffentlichungsgeschichte der Band dargestellt.

»Aber wo ist Mark? Was hat er über Mark gesagt?« fragte Richard.

»Er hat gesagt, daß er Mark festhält, bis er sein Geld kriegt.«

»Wir müssen zur Polizei gehen! Das ist Erpressung!« brüllte Richard.

Es lag immer noch Furcht in seiner Stimme, jetzt aber gemischt mit Wut, und er sah aus, als würde er jeden Moment platzen. Emma legte ihre Hände auf seine Schultern und stellte sich auf die Zehenspitzen, um ihm einen leichten Kuß auf die Lippen zu geben.

»Wir können nicht zur Polizei gehen, Liebling. Was ist mit Mark? Wenn ihm irgendwas passiert –«

»Sprich es nicht aus!« stöhnte Richard.

Er blickte sich um und bemerkte mich jetzt erst richtig. Sein pomadig glänzendes Haar war spitzwinklig zurückgekämmt, der Scheitel wie eine weiße Narbe, die sich von der rotbraunen Stirn aus nach hinten zog.

»Ich kann's nicht glauben, daß du Geld rausschmeißt, um dieses scheiß Zimmer herzurichten«, keifte er sie an.

Sie wirkte erschrocken, und das aus gutem Grund. Denn der Deal zwischen beiden schien doch klar zu sein: Sie gab ihm das Gefühl, jung zu sein, und er gab ihr das Gefühl, reich zu sein.

»Du magst ja nicht mal Gäste haben!« heulte er. »Denk doch an die letzte Dinnerparty, die wir veranstaltet haben!«

»Das müssen wir vielleicht nicht gerade jetzt diskutieren, Liebling«, sagte sie mit einem Seitenblick auf mich.

Richard ließ seine massigen Schultern kreisen, und ich war verblüfft, daß er fähig war, mit seiner Frau herumzustreiten, während er Grund zu der Annahme hatte, daß sein Sohn in Gefahr war, aber vielleicht war der Gedanke an Marks Lage für ihn einfach zu bedrückend, als daß er sich ihm stellen konnte. Die Bälle, mit denen er jonglierte, begannen ihm aus den Händen zu fallen.

»Tut mir leid, Liebling. Vergib mir. Komm, laß uns die Polizei rufen.«

»Nein! Das können wir nicht riskieren. Sie könnten das Haus beobachten!«

Sie sah verängstigt aus. So aufgeregt hatte ich sie noch nie erlebt, selbst während der Taubenweißkrise nicht, und ich begriff nicht, warum sie so unnachgiebig darauf bestand, die Polizei aus dem Spiel zu lassen. Emma und ihr Mann gingen zur Tür, und ich lauschte ihrer Unterhaltung, während sie die Treppe hinaufstiegen.

»Aber ich dachte, du sagtest, er habe jamaikanisch geklungen«, sagte Richard. »Ich kann mir nicht vorstellen, daß jemand mit Verstand und Organisation dahintersteckt. Wahrscheinlich doch eher ein Schmalspurgauner, der allein operiert.«

»Auf keinen Fall. Bestimmt nicht. Er klang sehr souverän, sehr professionell. Ich denke, du solltest ihnen einfach die scheiß Briefmarken geben.«

Im ersten Stock schleifte eine Tür über Teppichboden und wurde geschlossen.

Ich hatte eine Scheißangst, daß sie den zweiten Anruf zu Jeffs Nummer würden zurückverfolgen können, und versuchte eine schlimme Stunde lang, krampfhaft gegen den Drang anzukämpfen, mir die Seele aus dem Leib zu kotzen. Als ich schließlich aufgab und in das winzige Bad unter der Treppe ging, um es hinter mich zu bringen, hörte ich laute Stimmen. Es klang, als würden Emma und Richard streiten, aber ich konnte selbst mit bis zum Anschlag gespitzten Ohren und bei offener Tür keine einzelnen Worte unterscheiden. Ich kotzte weiter und wartete darauf, daß die Krämpfe nachließen, während ich mir ein gerahmtes Foto von Emma auf einer Wohltätigkeitsgala betrachtete.

Nicht ein einziges blondes Haar tanzte aus der Reihe, aber ich entdeckte einen Ausdruck des Betrogenseins in ihrem Gesicht, als habe sie gerade begonnen, sich über den Preis für den Eintritt in das Land des obszönen Reichtums klarzuwerden. Daneben hing noch ein kleines gerahmtes Theaterplakat für eine Aufführung von *Eines langen Tages Reise in die Nacht* in Sydney, Australien. Als Emma Coates hatte sie die Rolle der Cathleen gespielt. Vor der Taubenweißkrise hatte sie eines Nachmittags bei mir gesessen, während ich arbeitete, ihre mäßig teerhaltigen Zigaretten geraucht und mäßig interessante Anekdoten aus ihrer ereignislosen Schauspielkarriere zum besten gegeben. Gegen 17 Uhr war ich damals zu der Überzeugung gelangt, daß Friseure unterbezahlt seien. Halb hinter dem Vorhang versteckt hing ein Foto von Richard in seinen Dreißigern. Er ähnelte einem jungen Mark Thatcher, wie er da im Garten stand neben einer verhungert aussehenden Brünetten mit großen furchtsamen Augen und einem molligen, die Stirn runzelnden Kind. Das war Mark, eingefangen zwischen seiner toten Mutter und Richard in einem weichgezeichneten Familienstilleben. Richard schien nichts mit der Angelegenheit zu tun haben zu wollen, und Mark wirkte gleichermaßen unglücklich, zumal die Finger seiner Mutter den Strom ihrer Neurose direkt in seinen Nakken leiteten. Ich mußte annehmen, daß er sein Lächeln für Ildikó reserviert hatte.

Als das Telefon um vier Uhr erneut klingelte, wurden meine Eingeweide von kalten Händen als Plastilin benutzt. Ich rechnete jeden Moment damit, abgeführt zu werden, aber gnädigerweise hatte der Anruf keine Folgen. Es mochte irgend jemand anders drangewesen sein, und eine halbe Stunde später war ich sogar schon wieder halbwegs entspannt, während ich Malerband von den Lichtschaltern und Regalen entfernte. Dann hörte ich jemanden hinter mir, und um ein Haar wäre ich auf der Stelle durchgedreht. Es war Emma, sie wirkte ausgelaugt und erregt. Ich hatte keine Ahnung, wie lange sie mich schon beobachtet hatte.

»Gibt's was Neues?« fragte ich.

Sie hatte einen harten, grimmigen Zug um den Mund, und ich erstarrte vor Angst, daß sie mich jetzt mit den Anrufen in Verbindung bringen würde.

»Richard hat mit ihm gesprochen«, sagte sie.

»Geht es Mark gut?«

Sie zuckte die Schultern, unwillig, sich aus der Reserve locken zu lassen. Ich wollte herausfinden, ob Richard die Polizei verständigt hatte, wußte aber nicht, wie ich die Frage so formulieren sollte, daß sie keinen Verdacht erregte.

»Sind Sie für heute soweit fertig?« fragte sie.

Ich hatte den Eindruck, daß sie mich gern aus dem Haus haben wollte, und das war mir sehr recht. Ich wünschte mir nichts dringlicher, als Phil davon abzuhalten, noch mehr Schaden anzurichten.

»Ja, so ziemlich. Ich nehme nicht an, daß Sie noch Gelegenheit hatten, zur Bank zu gehen?«

Sie sah mich an, als hätte ich sie nicht mehr alle.

»Nicht bei allem, was geschehen ist. Sie werden sich bis morgen gedulden müssen.«

Emma ging wieder nach oben, und zehn Minuten später trug ich meine Werkzeugtasche hinaus auf die eisgekühlte Straße. Die Fahrertür des Transporters war unverschlossen. Überrascht über meine Nachlässigkeit, stieg ich ein und sah einen Schatten sich vor dem Heckfenster bewegen. Da war jemand hinten in meinem Transporter.

9

Es war Phil, hingekauert auf einer Plane.

»Scheiße noch mal, was machst du da?« fauchte ich. »Steig ein. Wir werden beobachtet!«

Er deutete durch das Heckfenster zum Haus der Bowrings, wo ich eine Gestalt hinter den Netzvorhängen des Salons im ersten Stock ausmachen konnte. Sie sah aus wie Richard. Hatte er mich im Verdacht? Ich mußte sehen, daß wir hier wegkamen. Zum Glück sprang der Motor gleich beim ersten Mal an.

»Du verfickter Vollidiot!« schrie ich ihn an. »Wie konntest du nur?«

Der Job bei Emma hätte eine Empfehlung für weitere lukrative Arbeiten sein können, aber all das und noch mehr wurde jetzt durch ihn aufs Spiel gesetzt. In diesem Moment haßte ich Phil, genau so, wie ich ihn damals gehaßt hatte, als die Band auseinandergebrochen war, aus tiefstem Herzen. Er griff nach meiner Schulter, erregt und irgendwie auch überrascht von meiner Reaktion.

»Moment mal, Andy. Das war deine Idee! Ich hab nur das gemacht, was du vorgeschlagen hast.«

»Das war ein Scherz, du Schwachkopf! Richard spricht von Erpressung.«

Phil zog seinen Tabak aus der Tasche.

»Was dagegen, wenn ich, äh?«

»Rauche? Von mir aus kannst du brennen. Du hast doch wohl nicht Jeffs Telefon benutzt?«

»Marks Handy. Das hab ich bei mir.«

Er schien so zufrieden mit sich selbst, daß ich ihn gern erwürgt hätte.

»Wo ist Mark?«

»In Jeffs Wohnung.«

Phil kletterte nach vorn auf den Beifahrersitz, als ich nach Westen ins Stauparadies der Marylebone Road einbog.

»Und Sara?« fragte ich.

»Die hat noch geschlafen, als ich weg bin. Paß auf, ich hab Richard gerade angewiesen, die Briefmarken im WH Smith an der Marylebone Station zu lassen. Ich muß sicher sein, daß er die Polizei nicht verständigt hat.«

»Warum zum Teufel sollte er nicht?«

Es schien das Naheliegendste von allem. Ich hätte es getan. Richard mochte ein lausiger Kunde sein, aber er war immerhin Marks Vater, und ich hatte die Angst in seiner Stimme gehört.

»Weil er nicht riskieren kann, daß Mark redet«, sagte Phil. »Nicht, nachdem er Marks Treuhandvermögen geplündert hat.«

»Das ist doch alles Blödsinn!«

»Das glaube ich nicht. Du hättest ihn am Telefon hören sollen. Er hat sich praktisch in die Hose gemacht. Hör zu, so wie ich die Sache sehe, greifen wir uns die Briefmarken und dann erzählen wir Mark, daß es nicht geklappt hätte. Und teilen das Geld, das wir dafür kriegen, unter uns beiden.«

»Du Vollspinner! Du glaubst, daß ich dir helfe? Die kennen mich doch!«

»Richard kennt mich auch. Er hat mich mit dir zusammen gesehen, weißt du noch? Du steckst also sowieso mit drin, ob es dir gefällt oder nicht.«

Eine pralle Ladung Luft machte sich in meiner Brust breit, und meine Herzfrequenz verdoppelte sich. Ich sah Phil an, er saugte an seinen billigen Zähnen. Als er weitersprach, klangen seine Worte so dumpf und mechanisch wie die Zeitansage.

»Es liegt an dir«, sagte er. »Aber ich zieh die Sache durch, und du steckst mit drin, ob du hilfst oder nicht.«

»Du schleimige kleine Ratte! Das ist Erpressung!«

»Wie ich schon sagte, es war deine Idee.«

Das Blut in meinen Beinen wurde zäh wie Haargel.

»Um fünf Uhr wird es knallvoll sein in dem Laden«, sagte Phil. »Rush-hour. Ich hab Richard gesagt, er soll das Briefmarkenalbum in eine weiße Tragetasche tun und vor einem Zeitschriftenregal stehenlassen. Ich geh dann rein und hol sie mir. Ich brauch dich nur, damit du ein bißchen die Augen offenhältst.«

Ich brachte den Wagen neben einer Telefonzelle in der Nähe von Madame Tussaud's zum Stehen.

»Was soll das, was machst du?« fragte er.

»Ich ruf die Polizei an.«

»Das kannst du nicht machen.«

»Ach nein?«

Phil starrte mich aus roten, runden Taubenaugen an. Ich erinnerte mich, wie er einmal das Benzingeld für unseren Tourbus verjubelt hatte, einen Transporter, der noch unbekömmlicher war als derjenige, in dem wir jetzt saßen, und ich zügelte den gleichen Drang wie damals, ihm einfach mal eine zu verpassen.

»Warte. Na gut, ich mach es alleine«, sagte er. »Wenn sie mich erwischen, lasse ich dich aus der Sache raus. Ehrlich. Hör zu, das hier ist meine letzte Chance. Es ist alles, was ich habe. Wenn es schiefläuft, sage ich, daß ich es ganz allein geplant habe.«

»Ich kann nicht zulassen, daß du das machst.«

Sein Gesicht zog sich zusammen, bis es ganz klein und haßerfüllt war. Ich stieg aus dem Wagen, öffnete die Beifahrertür und zerrte Phil auf den Bürgersteig.

»Du kannst mich mal, Phil!« schrie ich ihm ins Gesicht. »Geh doch hin und reite dein Leben in die Scheiße.«

Unter dem Baldachin von Madame Tussaud's erwachte die Schlange der Touristen zu plötzlichem Leben in der Hoffnung, daß wir ihnen ein ordentliches Spektakel aufführen würden, doch ich fuhr einfach weg und ließ den schimpfenden Phil im Rückspiegel immer kleiner werden. Meine Fingerknöchel bogen sich kreidebleich um ein Lenkrad, das dünn war wie Draht. Ich hoffte, daß sie ihn erwischen würden. Daß er zehn Jahre kriegen würde. Ich hatte nichts zu befürchten. Ich hatte mit der Sache nichts zu tun. Doch als ich nach Kilburn zurückfuhr, türmten sich die Zweifel in meinem Kopf wie der Abwasch einer ganzen Woche. Falls die Polizei Phil ergriffe, würde der mich ohne zu zögern als Mitverschwörer anschwärzen. Ich stieß einen Fluch gegen ihn aus und sah auf die Uhr. Es war kurz vor fünf. In Panik geratend, wendete ich an einer Stelle, wo es nicht erlaubt war. Ich mußte ihn aufhalten.

Gegenüber der Marylebone Station entdeckte ich einen freien Parkplatz, dessen Parkuhr sogar erst in zwanzig Minuten ablief, also stellte ich den Transporter ab, verschloß ihn und rannte in die Bahnhofshalle. Phil saß auf einem roten kreisförmigen Sitzmodul gegenüber vom WH Smith, trank sich aus einer goldenen Dose Carlsberg dänischen Mut an und linste über seinen ›Evening Standard‹ hinweg auf die Passanten. Er sah aus, als würde er sich vor Angst gleich in die Hose machen. Ein Polizistengespann stand vor einem Pub in einer Ecke des Bahnhofs. Sie sprachen mit einer jungen Frau in Jeans, möglicherweise eine Touristin, die um irgendeine Auskunft gebeten hatte. Oder eine Beamtin in Zivil, die nur darauf wartete, Phil einzusacken, sobald er die Tragetasche in die Hand nahm. Meine Kehle verengte sich, als die Frau in den WH Smith ging, ganz dicht an Phil vorbei, und das uniformierte Duo hinter ihr her bummelte bis zu einem kleinen Kaffeestand in der Mitte der Halle. Ich wagte nicht, mich Phil zu nähern. Ich atmete, hatte aber nicht das Gefühl, daß Sauerstoff in meine Blutbahn gelangte. Ich fühlte mich schrecklich ausgesetzt, wie eine Kakerlake, die vom plötzlichen Aufleuchten der Lampe mitten auf dem Küchenfußboden überrascht wird und sich nach der Sicherheit des Staubs und des Schattens hinter dem Kühlschrank sehnt. Ich entdeckte einen Fotoautomaten, verkroch mich in die Kabine und zog den Vorhang bis auf einen Spalt zu, durch den ich sowohl Phil als auch den Eingang vom WH Smith beobachten konnte. Ich steckte Kleingeld in die Maschine und betete, daß Phil sich umdrehen, die Polizisten sehen und sich verziehen würde.

Ich blickte zur Uhr. Es war fünf nach fünf. Wuuoschhhh! Der erste Fotoblitz knallte mir ins Gesicht, und der Schreck, den er auslöste, hätte wohl ausgereicht, um Richards Herz endgültig zum Stillstand zu bringen. Es war nichts von ihm zu sehen. Der Lautsprecher quakte eine Reihe von Haltestellen herunter, und ein Schwung von Fahrgästen strömte an meiner Kabine vorbei, so daß mir die Sicht auf WH Smith verstellt wurde, aber ich sah, wie die Polizisten sich in Bewegung setzten und einen Schwarzen in die Mangel nahmen. Phil saß völlig erstarrt da, paralysiert von seinen eigenen Ängsten, und dann beugte er sich plötzlich vor. Ich folgte seinem Blick und sah Richard Bowring, der in den WH Smith hineinmarschierte.

Wuuoschhhh! Richard steckte in einem blassen Regenmantel und hatte eine noch blassere Tragetasche in der Hand. Ich war verblüfft, daß Emma ihn überredet hatte, die Briefmarken abzuliefern. Es war eine abgekartete Nummer. Sie hatten die Polizei verständigt! Sekunden später tauchte er wieder auf und ging zum Ausgang, ohne die Tasche und ohne einen Blick zurückzuwerfen. Sobald Richard außer Sicht war, erhob sich Phil, die Schultern bis zu den Ohren hochgezogen. Selbst über die Entfernung von zehn Metern spürte ich die Angst, die er abstrahlte. Er kratzte sich am Kopf, machte einen auf nonchalant und schaute nach links-rechts-links, um die Halle abzusuchen.

Wuuoschhhh! Ein weiteres herzabschnürendes Zukken von Halogen löschte meine Welt vorübergehend aus.

Phil wurde beobachtet, von einem großen jungen Mann mit länglichem Gesicht, der an der Kaffeetheke stand. Er trug Anzug und Krawatte und sah nach etwa fünfundzwanzig aus, gerade der Polizeischule entwachsen. Er fiel mir nur auf, weil er sich abwandte, als Phil in seine Richtung sah. Phil machte ein paar Schritte auf den WH Smith zu, und Langgesicht löste sich vom Kaffeestand, um sich durch den Strom der Passanten zu winden und ihm zu folgen. Als das Licht zum vierten und letzten Mal aufblitzte, verließ ich die Kabine und gab vor, auf meine Fotos zu warten. Ein potentieller Held des Tages hing am Eingang von WH Smith herum, ein Sportsfreund in einem Trainingsanzug mit Rugbyclub-Ausschnitt. Phil würde uns alle mit sich in den Abgrund ziehen. Ich sah Sara hinter Gittern, und ohne langes Überlegen schlängelte ich mich durch die Menge auf den WH Smith zu. Ich mußte Phil da rausholen, bevor er Gelegenheit hatte, die Tragetasche an sich zu nehmen.

Mit abgeschmirgelten Sinnen betrat ich den Laden. Es war heiß, und die aufgeheizte Luft roch nach Elektronik. Still war es auch – nur das Rascheln von Kleidern, das Tuckern und Summen der Kasse und eine gemurmelte Entschuldigung für ein unabsichtliches Anstoßen waren zu hören. Die Kassenschlange wand sich in den Laden zurück, und ich drängte mich hindurch, um Phil in Augenschein zu nehmen, eine schwarze Krähe, deren Silhouette sich vor einem Mosaik von Titelblättern abzeichnete, die Überreste einer Musikzeitschrift durchstöbernd. Ich schob mich durch den Gang und wäre beinahe mit Langgesicht zusammengestoßen. Ich kurvte um ihn herum und nahm ein Buch in die Hand, das sich die Aufgabe stellte zu erklären, was die Pyramidenbauer in Wirklichkeit vorgehabt hatten. Langgesicht behielt Phil im Blick, während er vorgab, ein paar wattierte Briefumschläge zu begutachten. Eine weiße Tragetasche lehnte am unteren Brett eines Zeitschriftenregals. Phil arbeitete sich Stück für Stück darauf zu, und ich fühlte, wie sich das Netz um uns beide legte, bereit, seine Maschen in unsere Kiemen zu schlagen. Ich ging ans Ende des Zeitschriftenstandes, mit der Absicht, mir einen Finger zum Zeichen der Warnung quer über die Kehle zu ziehen, sobald Phil in meine Richtung sah. Allein, er tat es nicht. Ich nahm eine Computerzeitschrift zur Hand und schob mich auf ihn zu, den Rücken Langgesicht zugewandt, der gute drei Meter entfernt war. Ich hustete. Phil drehte sich zu mir um.

»Polizei ist hier!« schnarrte ich.

»Wo?« flüsterte er.

»Genau hinter dir. Geh einfach. Aber nicht zu Jeff. Geh nach Hause.« Ich bemühte mich, die ständig wachsende Angst aus meiner Stimme herauszuhalten.

Die Computerzeitschrift ins Regal zurücklegend, riskierte ich einen Blick und sah, daß Langgesicht hinter dem Schreibwarenstand hervortrat und sich Phil in den Weg stellte. Er schwenkte ein schwarzes Notizbuch. Phil zog die Schultern zusammen, täuschte links an und schoß nach rechts, stieß Langgesicht in ein Regal und sprintete dann durch die Halle davon. Einige Leute blieben stehen und starrten hinter ihm her. Ich erwartete, daß Langgesicht sich auf seine Fersen heften würde, aber er rührte sich nicht, überließ die Sache wahrscheinlich den uniformierten Klonen. Dann wandte er sich mir zu.

Langgesicht sah mich an, und sein Gesicht hellte sich auf. Ich konnte mich nicht rühren. Er bleckte die Zähne zu einer Art Lächeln.

Es war vorbei. Am Boden zerstört wie ein Auto unter der Dampframme, war ich doch merkwürdig gefaßt und fand sogar Zeit, darüber zu spekulieren, was für Kurse ich im Gefängnis wohl belegen könne, bevor Langgesicht seine Hand auf meinen Arm gelegt hatte.

»Wow«, sagte er. »Ich glaub es nicht! Du bist doch Andy Hayes, nicht wahr? Ich hab euch in Falmouth spielen sehen, an meinem achtzehnten Geburtstag! Du hast mein Exemplar von *Big Ben* signiert!«

Ich brauchte einen Augenblick, um zu begreifen, dann lachte ich laut heraus. Langgesicht war nur ein verrückter Fan.

»Ich hab alles, was ihr je rausgebracht habt!« rief er.

Obwohl das eine kaum ins Gewicht fallende Investition darstellte, hatte ich den Wunsch, ihn zu umarmen.

Gleichermaßen aus dem Häuschen, fischte Langgesicht in seiner Tasche nach einem Kugelschreiber und präsentierte mir sein Notizbuch. Auf seinen Wunsch unterschrieb ich »Für Sean«. Passanten sahen zu uns herüber, und ich forschte, ob ich die junge Frau in Jeans unter ihnen ausmachen konnte, aber es war nichts von ihr zu sehen. Als ich mich auf den Weg nach draußen machte, fragte mich Sean, warum Phil denn davongelaufen sei, und ich verfiel nach hektischem Suchen auf die nicht sehr naheliegende Erklärung, daß Phil notorisch scheu sei und in ständiger Angst vor seiner hartnäckigen Fanschar lebe.

»Phil und ich haben nämlich am selben Tag Geburtstag«, teilte mir Sean mit.

»Du Glückspilz«, erwiderte ich.

Sobald ich mich Seans Willen zur Geselligkeit entziehen konnte, entlud sich die Spannung in einer nicht abreißenden Kette von unkontrollierbaren Lachanfällen. Taxifahrer luden ihre Fahrgäste ab, und ich schlurfte an ihnen vorbei und hatte es ganz und gar nicht eilig, irgend jemandem den wahren Hintergrund von Seans Beobachtertätigkeit mitzuteilen. Ich begriff, daß ich gut daran täte, Mark glauben zu lassen, die Polizei sei ihm und Phil auf den Fersen, damit er Jeffs Wohnung verlassen und wenigstens so lange untertauchen würde, bis ich meinen Job im Haus seines Vaters erledigt hatte. Schwindlig vor Erleichterung und Adrenalin, stieg ich in den Transporter, doch kaum hatte ich die Tür zugezogen, als ich eine Möglichkeit erblickte, wie ich alles wieder ins Lot bringen könnte. Ich mußte die Tragetasche aus dem WH Smith holen und Richard die Briefmarken zurückgeben. Sara kannte ihn, und wir würden zusammen hingehen und ihm alles erklären. Alles würde wieder gut werden.

Ich lief zurück in den Laden und wandte mich ohne Umschweife zum Zeitschriftenstand. Ich hatte Sorge, daß ein professioneller Tragetaschendieb mir zuvorgekommen sein könnte, aber die Tasche stand noch an Ort und Stelle, und so schnappte ich sie mir und verließ wieder den Laden, während mein Herz versuchte, aus dem Brustkorb auszubrechen. Niemand verfolgte mich, und als ich wieder im Transporter saß, zog ich das Album aus der Tasche, aufgeregt wie ein kleiner Junge nach seinem ersten Ladendiebstahl.

Regen floß an der Windschutzscheibe herab, und die Straßenbeleuchtung projizierte ihn auf das Album, umhüllte den blassen Ledereinband mit einem illusionären Überzug aus geschmolzenem Plastik. Auf das Schweinsleder waren die Initialen MRB gedruckt, und das Album enthielt zwei Dutzend Zellophanhüllen mit Briefmarken, die sorgsam und in Reihen auf steife Pappe geklebt waren. Regenwasser rann durch die obere Fensterabdichtung ins Wageninnere, um mir auf den Schenkel zu tropfen, und als ich die Gummileiste wieder festdrückte, fühlte sie sich so weich und klebrig an, daß man einen Fingerabdruck damit hätte nehmen können. Ich hielt eine der Seiten ins Licht der Straßenlaterne und betrachtete die gesammelten Gesichter eines toten weißen Mannes mit vorspringendem Bart. Im Aquariumlicht waren die Briefmarken eine leichte Enttäuschung. Sie mußten Mark sehr viel bedeutet haben, aber wem seine Sammlerleidenschaft fehlte, dem waren sie nichts weiter als alte Papierfetzen und Klebe. Hunderte von Sizilianern sehen die Tränen einer Gipsmadonna, aber der Reporter vom ›Time Magazine‹ kommt mit dem Hubschrauber eingeflogen und sieht gar nichts. Ich erwog, Richard das Album sofort zurückzugeben, ohne Sara erst mitzunehmen. Und wenn ich das getan hätte, dann hätte ich mir einen ganzen Haufen Ärger erspart. Statt dessen stopfte ich das Album unter meinen Sitz und fuhr zurück zu Jeffs Wohnung, weil ich hoffte, sie würde sich dort noch mit Mark aufhalten.

10

In das Karree bei Jeffs Wohnung einbiegend, sah ich, daß das Licht in der Wohnung brannte. Als ich unter meinem Sitz nach dem Album tastete, stieß ich mit den Fingern auf ein Stück bloßgelegtes Futter, also trennte ich den Saum noch ein wenig weiter auf und schob das Briefmarkenalbum zwischen den Stoff und den Metallrahmen, an dem die Federn hingen. Dann sprintete ich durch den Regen ins Haus. Meine Innereien hingen durch, als der Fahrstuhl mich fünfzehn Meter in die Höhe wuchtete, und sobald die Türen im vierten Stock mit einem Schmatz aufgingen, hörte ich Musik: Jamiroquai in voller Lautstärke, die akustische Entsprechung eines Kids, das sich mit dem Markierstift auf der Venus von Botticelli verewigt.

Mark tanzte mit geschlossenen Augen in der Mitte des Wohnzimmers, die obere Zahnreihe im klassischen Überbiß des weißen Mannes in die Unterlippe geschlagen. Der gelbe Teppich lag zusammengerollt an der Wand, und ich sah, daß der Rotweinfleck der vergangenen Nacht gleich bis auf die Sackleinenunterlage durchgesickert war, so wie das Blut aus einer Schnittwunde das Gazenetz des Pflasters tränkt. Von Sara war nichts zu sehen. Ich rief Mark beim Namen, aber er hörte mich nicht, daher ging ich zum CD-Player und schaltete ihn aus. Er drehte sich um und mußte, hoffnungslos besoffen, einen Ausfallschritt machen, um sein Gleichgewicht zu halten, während sein Sehapparat sich auf meine Person einstellte. Ich beschloß, meinem ursprünglichen Plan zu folgen und ihm zu sagen, daß die Polizei im Bahnhof gewesen sei, damit er sich aus der Wohnung verzog.

»Andy. Öh, he, habt ihr sie gekriegt?«

»Nein, die Polizei war da«, log ich.

Mark war geschockt, und ich konnte beinahe schmekken, wie seine Hoffnungen sauer wurden. Eine weitere leere Wodkaflasche lag zu seinen Füßen auf dem Holzboden, mit dem Hals ins Nichts weisend. Schwer atmend wankte Mark auf mich zu.

»Er hat die Polizei geholt? Dad hat die Polizei geholt?«

»Sieht so aus. Du solltest lieber verschwinden.«

Etwas in ihm kam zum Stillstand.

»Dann muß Sara sie gerufen haben«, sagte er.

»Wo ist sie?« fragte ich. Er war so versunken, daß ich die Frage wiederholen mußte.

»Ist grad gegangen«, murmelte er. »Wir haben uns gestritten.«

Ich packte ihn an seiner Hemdbrust, spannte die grünen und gelben Streifen wie Erdkabel fest um meine Fäuste. In seinen sich weitenden Augen sah ich cremefarbene Wolken an den Rändern, von denen sich rote Blitze zur Iris verzweigten.

»Was heißt das, gestritten?«

»Ich hab sie nicht angerührt!« sagte er. »Sie hat gehört, wie Phil bei Dad angerufen hat, da hab ich ihr eben gesagt, daß er los ist, die Briefmarken für mich zu holen, und – na ja, sie wollte es Dad erzählen. Das mußte ich verhindern, deshalb hab ich ihr gesagt, daß du mit von der Partie bist. Und uns hilfst. Eigentlich dachte ich, daß sie nicht anruft, weil sie dich gern hat. Aber das war ihr ganz egal.«

Ein kalter Schauer lief mir über die Haut, und ich hätte Mark am liebsten vom Balkon gestürzt. Sara dachte, daß ich mit drinsteckte. Mir wurde ganz schlecht, und ich fragte Mark nach ihrer Telefonnummer. Er sagte, er hätte sein Adreßbuch verloren, daher ging ich in mein Zimmer, um zu sehen, ob sie irgendwas hinterlassen hatte. Das Bett war gemacht, aber eine Nachricht für mich war nicht zu sehen. Mit Schaum vorm Mund stürzte ich in die Küche und rief bei der Auskunft an, um Sara Carberrys Nummer in Dalston zu erfragen, bekam aber mitgeteilt, daß eine solche nicht verzeichnet sei. Als nächstes wollte ich Deans Nummer haben, aber Dean, selbstherrlicher Wichser, der er war, hatte sich natürlich aus dem Telefonbuch streichen lassen. Ich zwang mich zur Ruhe. Ich mußte nichts weiter tun, als Sara zu finden und ihr zu erzählen, was in Wirklichkeit passiert war, dann würden wir beide Richard die Briefmarken zurückgeben können.

Im Wohnzimmer fand ich Mark greinend vor, in der Hand eine Sichtpackung Dexedrin.

»Du solltest von hier verschwinden«, sagte ich. »Jeden Moment könnte die Polizei kommen.«

»Aber ich weiß nicht, wohin! Mein Vater hat mich nie geliebt! Darum hat er auch die Briefmarken nicht rausgerückt. Begreifst du das nicht?«

Mit dem starren Blick des schwermütig werdenden Betrunkenen gab Mark Richard für alles die Schuld. Das war der eine Fixpunkt in seiner Persönlichkeit.

»Ich werd nach Regent's Park fahren und ihn zur Rede stellen«, sagte er.

»He, wart mal. Das ist vielleicht keine so gute Idee.« Ich geriet in Panik, denn wenn Mark vor mir bei Richard war, dann steckte ich noch tiefer in Schwierigkeiten. Immerhin waren die Briefmarken noch immer in meinem Transporter. Mark würde nur in seine Privatklinik zurückkehren, Phil und ich dagegen würden in einem sehr öffentlichen Gefängnis landen. Mark hatte genügend Alkohol getrunken und Pillen geschluckt, um das Auftragen eines Hazchem-Warnsymbols an seinem Hemdrücken zu rechtfertigen, doch das hinderte ihn nicht, meine Sorge darüber, was er Richard sagen würde, zu spüren. Und selbstverständlich faßte er die Sache genau falsch auf.

»Gott, jetzt versteh ich!« krähte er. »Du arbeitest für meinen Vater! Du warst von Anfang an gegen mich.«

Mark war nicht mehr am Rande des Wahnsinns, er hing schon drüber, zappelte mit Armen und Beinen in der Luft. Ich konnte nicht allein mit ihm fertigwerden.

»Die Briefmarken hast du auch, nicht wahr?« blökte er. »Du hast gelogen. Du willst mich reinlegen. Das mit dem Anruf war ja deine Idee, Andy. Ich werd meinem Vater sagen, daß alles deine Idee war!«

Seine Paranoia lief heiß, ließ einen Dominostein des Verdachts gegen den nächsten fallen, und ich brauchte dringend Phils Hilfe.

Ich ging in die Küche und rief ihn an, aber eine Tonbandstimme teilte mir mit, daß es keinen Anschluß unter dieser Nummer gebe, und ich begriff, daß ich zu seiner Wohnung nach Hammersmith würde fahren müssen, um ihn zu holen. Als ich ins Wohnzimmer zurückkehrte, saß Mark auf dem Sofa und heulte wie ein verzogenes Kleinkind.

»Phil ist inzwischen in seiner Wohnung. Ich kann dich hinfahren, wenn du möchtest«, sagte ich.

Mark sah mich mürrisch an und erklärte, daß er sich

nicht vom Fleck rühren werde. Dem frischen Strom in seinen Augen nach zu urteilen, war das Dexedrin im Begriff, die Kontrolle seines Zentralnervensystems zu übernehmen. Mir war klar, daß ich Richard würde anrufen und ihm alles erzählen müssen, mit oder ohne Sara, also ging ich in die Küche, um die Nummer der Bowrings zu wählen. Mark folgte mir und wollte wissen, wen ich anriefe.

»Deinen Vater«, sagte ich.

»Nein!« schrie er.

Mark gab mir einen Stoß, so daß ich rückwärts taumelte und mit der Hüfte gegen ein Küchenelement knallte. Er packte das Telefon und riß es mitsamt Schrauben und Plastikpfropfen von der Wand. Mich hochrappelnd, warf ich einen Blick auf den Abdruck, den das Telefon an der Wand hinterlassen hatte – der blasse Umriß des Gehäuses neben der vielbegrapschten Tapete rundherum. Mark zog an der Schnur, bis sie riß, und dann schleuderte er das Telefon in meine Richtung. Die gewundene Verbindungsschnur zwischen Apparat und Hörer dehnte sich, aus dem Telefon wurde eine wirbelnde Bola. Ich duckte mich, und der Apparat zerbeulte die Mikrowelle, eine Millisekunde bevor der Hörer gegen den Brotkasten krachte. Mark kam herbei und schlug mich mit voller Wucht in den Magen. Ich bekam keine Luft mehr und krümmte mich, während er mit beiden Fäusten auf mich einprügelte. Ich tappte vorwärts und stieß ihn weg, worauf er zur Seite fiel und mit dem Gesicht gegen die Kante des Kühlschranks prallte. Blut rann ihm aus der Nase und über die Wange, dunkel und dickflüssig, als sei es ganz tief in seinem Körper entsprungen. Er brach zusammen und blieb auf dem Boden liegen, rieb sich Tränen und Blut ins Gesicht.

Ich stolperte ins Schlafzimmer und stellte fest, daß das dortige Telefon auch nicht mehr funktionierte. Auf irgendeine Weise mußte ich Richard erreichen. Mark allein in der Wohnung zurückzulassen war eigentlich das letzte, was ich wollte, aber ich hatte keine Wahl, und so humpelte ich die Treppe hinunter und wandte mich zur Telefonzelle an der Ecke. Ich hatte bleierne Seitenstiche von Marks Schlag, so daß jeder Schritt eine Willensanstrengung erforderte.

Ein Teenager in Snowboard-Klamotten hatte die Zelle besetzt, und ich wartete ein paar qualvolle Minuten, in denen ich meine schleichende Panik wegen Sara zu bekämpfen versuchte. Schließlich verlor ich die Geduld und klopfte ans Fenster. Der Jüngling faßte dies als Bedrohung seiner grünschnäbeligen Männlichkeit auf, warf mir einen giftigen Blick zu und hielt mir eine Handvoll Kleingeld vor die Nase, um mir sodann den Rücken zuzuwenden. Ich überquerte das Karree, um das Münztelefon in der Hotelhalle zu benutzen, und traf dort eine Skandinavierin an, die in ihrem pulverisierten Englisch versuchte, irgendwelche Buchungen für ihre Familie zu ändern. Sie hatte genügend Münzen für eine angemessene Nachbildung der Skyline von Manhattan vor sich auf dem Regal gestapelt. Verzweifelt kehrte ich zur Zelle an der Ecke zurück. Der Teenager telefonierte immer noch, und ich war drauf und dran, die Glaswand zu zerdeppern und ihm die Pickel aus dem Gesicht zu treten, als er endlich auflegte. Ich drängte an ihm vorbei und packte den herabbaumelnden Hörer, nur um gleich darauf festzustellen, daß sich kein Silbergeld unter dem Gewusel von Schlüsseln und Kupfermünzen in meiner Tasche befand. Scheine in meiner Brieftasche gab es auch keine.

Laut fluchend rannte ich zur Bank an der Hauptstraße,

wo ich meine Geheimzahl mit nie gesehener Geschwindigkeit eintippte. Nichts passierte. Ich drückte die Zahlen noch einmal und betrachtete eingehend die halbkreisförmigen Schmierspuren, die sich auf der die schwarzen Knöpfe umgebenden Metallunterlage angesammelt hatten. Die Bildschirmanzeige teilte mir mit, daß ich meine Nummer fehlerhaft eingegeben hätte. Ich war kurz vor dem Durchdrehen. Mark konnte inzwischen Jeffs Wohnung abgebrannt haben oder auf halbem Weg nach Regent's Park sein. Diesmal drückte ich mit aller Macht auf die Knöpfe, hielt sie nach unten gepreßt, bis mein Fingernagel weiß wurde. Bonanza. Die Maschine spuckte drei zerschlissene Zehn-Pfund-Scheine aus. Ich machte einen davon im Spirituosenladen klein und rannte zur Telefonzelle zurück. Während ich die Nummer der Bowrings wählte, fiel mir ein, daß ich bei der Vermittlung ein R-Gespräch hätte anmelden und dadurch zehn oder zwölf Minuten sparen können.

Ildikó war am Apparat. Sie klang ängstlich.

»Hi«, sagte ich. »Andy hier. Ist Mr. Richard da?«

Sie sagte mir, daß er ausgegangen sei, ebenso wie Emma.

Wo waren sie?

»Etwas nicht stimmen?« fragte sie.

Ich konnte Ildikó nicht sagen, was passiert war. Ich mußte Richard persönlich sprechen.

»Nein, nein, ist nicht so wichtig. Ich wollte nur sagen, daß ich morgen vielleicht etwas später komme. Ich muß noch ein paar Sachen besorgen. Farbe. Okay?«

Ich legte auf. Das Licht in Jeffs Wohnung war aus, und ich begann eben zu hoffen, daß Mark endlich verschwunden sei, als ich einen tiefgelegten Sportwagen auf der Nordseite des Karrees bemerkte. Er sah aus wie Richards Testosteronrakete, aber im eintrübenden Licht der Straßenlaterne war die Farbe schwer zu bestimmen. Der Wagen kam auf mich zu, der Motor protestierte brummend gegen die hartnäckige Vitalität des Besitzers. Ich versteckte mich hinter einem Jeep, und als der Wagen an mir vorbeistrich, warf ich einen raschen Blick auf den Fahrersitz (beziehungsweise die Fahrermatratze), aber der Winkel war zu spitz, so daß ich nicht mehr als eine verschwommene Hand am Lenkrad zu sehen bekam. Als das Auto sich entfernte, merkte ich mir die letzten drei Buchstaben des Nummernschilds: JBK, was einen unweigerlich an Jay Bloody Kay denken ließ, den charmefreien, gnomartigen Hutträger, der bei Jamiroquai den Affen machte. Sekundenbruchteile später verschwand der Wagen auf die Hauptstraße, und ich sagte mir, daß ich schon genauso paranoid würde wie Mark. Hunderte von klimakterischen Sting-Fans kauften sich tagtäglich solche Autos.

Als ich in Jeffs Wohnung zurückkam, entdeckte ich Marks Leiche.

11

Ich sah durch das Fischaugenguckloch und erblickte Phils riesige schwarze Pupille und den weißen Spinnaker seiner Nase. Als ich die Tür aufmachte, stürmte er an mir vorbei, und meine Beine zitterten so sehr, daß ich mich an der Wand festhalten mußte. Ich versuchte zu sprechen, aber meine Zunge versagte mir den Dienst. Phil bemerkte die Veränderung an mir, packte meinen Arm und schüttelte ihn.

»Was ist los?« fragte er. »Stimmt was nicht?«

Ich konnte nur in Richtung Wohnzimmer zeigen. Phil ging hin, und als er Marks Hinterkopf sah, rief er seinen Namen, genau wie ich es getan hatte. Dann schritt er um das Sofa herum, über die losen CDs hinweg, die den Boden bedeckten wie große Pailletten. Als er Marks Gesicht sah, schluckte er und griff nach seinem Handgelenk, um den Puls zu fühlen. Wiederum genau wie ich vorher.

»Da ist nichts«, sagte ich.

Phil ließ Marks Unterarm fallen und machte ein paar Schritte zurück, vorsichtig auftretend wie ein alter Mann auf glattem Untergrund.

»Ist er tot?« Sein Gesicht glich einer Schlitterbahn.

Ich nickte.

»Was ist passiert?«

»Er hat sich selbst umgebracht. Mit all den Pillen da. Die Flasche ist leer. Er war ganz schlecht drauf, als ich ihn hier zurückgelassen hab.«

Während ich die Worte noch aussprach, wurde mir eiskalt im Magen. Hatte unser Scharmützel Mark zum Äußersten getrieben? Herrgott, hatte sein Sturz gegen den Kühlschrank eine Gehirnblutung nach sich gezogen? Der Körper lag da, der Strom abgestellt, in der Bewegung eingefroren, und das Gesicht begann schon auszusehen, als sei es von einem gefühlsrohen Bildhauer aus Lehm geformt worden. Marks dicke Beine waren nach vorn ausgestreckt.

Phil zitterte, rang mit der nackten, unfaßbaren Tatsache des Todes. Während ich beobachtete, wie der Schock Phil ergriff, wurden meine eigenen Symptome gedämpft, und ich starrte plötzlich wie gebannt auf ein Heftpflaster am Zeigefinger von Marks rechter Hand. Der rosafarbene Stoff war um das untere Fingerglied gewickelt und hatte sich später am Rand aufgerollt, so daß ein von Klebstoff und Schmutz eingedunkelter Streifen Haut freilag, aber um mögliche Infektionen mußte man sich hier keine Gedanken mehr machen. In den Handteller dieses Toten war die Lebenslinie lang und tief eingegraben, ganz bis zum Ballen, und es war ein Schlag in die Fresse des Handlesegewerbes.

»Du hast Blut am Kinn«, sagte Phil.

Verwirrt ging ich zum Spiegel im Flur. Es stimmte. Da war eine rote Schmierspur seitlich am Mund. Ich hatte mir, ohne es zu merken, in die Lippe gebissen, und die Lippe war angeschwollen. Ich sah blaß und kriminell aus. Verbrecherfoto. Ich wischte das Blut mit dem Handrükken weg. Als ich mich umdrehte, sah Phil mich von der Tür aus stirnrunzelnd an. Der Flur war schmal, und die Wände schienen sich noch weiter auf mich zuzuschieben.

»Ich muß mir auf die Lippe gebissen haben. Als ich ihn gefunden hab«, sagte ich.

Phil riß seinen Blick von meinem Gesicht hin zu Marks Leiche und dann wieder zurück. Ich begann zu hyperventilieren.

»Was guckst du mich so an?« fragte ich.

Phil saugte an seinen neuen Zähnen. Wieder sah ich Marks Kopf gegen den Kühlschrank knallen und das Blut aus seiner Nase tropfen, aber ich versuchte das Bild zu verdrängen. Das Blut war aus seinem Gesicht verschwunden, Mark mußte also Zeit gehabt haben, sich zu waschen, bevor die Pillen gewirkt hatten.

»Hör zu«, sagte ich. »Ich bin weggegangen, um zu telefonieren, und als ich wiederkam, war Mark tot.«

»Warum hast du nicht einfach von hier aus telefoniert?« fragte Phil.

»Mark ist ausgerastet und hat das Telefon aus der Wand gerissen. Er dachte, daß ich für seinen Vater arbeite. Ich mein, du weißt schon. Daß ich Richard gesagt hätte, was ihr vorhabt und so.«

»Und, hast du das?«

»Ich wollte's, aber er war nicht da, hat wahrscheinlich nach seinem Sohn gesucht. Aber wo warst du eigentlich? Ich dachte, du würdest zu dir nach Hause fahren.«

»Ja, wie denn? Ich hab meine Schlüssel hier liegenlassen«, sagte Phil. »Und ich mußte die Bullen abhängen. Ich hab Glück gehabt, daß ich entwischt bin.«

»O Gott, wenn ich ihn nur nicht hier sitzenlassen hätte. Wenn ich hiergeblieben wäre –«

Tränen brannten in meinen Augen, und Phil führte mich zurück ins Wohnzimmer. Er ließ sich auf den Sessel sacken und umfaßte seine Knie.

»Scheiße, ich kann's einfach nicht fassen!« heulte er.

Während die Erregung bei Phil wuchs, wurde ich ruhiger, es war, als würden wir einen Staffellauf mit unserer

Hysterie veranstalten. Es hatte ihn jetzt voll erwischt, und er zog die Packung Dexedrin aus dem Chaos auf dem Couchtisch.

»Ich glaube nicht, daß wir hier jetzt irgendwelche Sachen bewegen sollten«, sagte ich.

»Warum nicht?«

»Naja, die Polizei –«

Er sprang aus dem Sessel.

»Vergiß die Polizei! Wenn wir die Polizei rufen, landen wir im Gefängnis«, sagte Phil. »Richard wird sagen, daß wir ihn entführt hätten. Sie werden nach Sündenböcken suchen.«

»Was ist mit Sara?«

»Sei nicht bescheuert! Wir können es niemandem sagen!«

Ich hatte immer noch nicht begriffen, was passiert war. Ich stand unter Schock.

»Was machen wir denn jetzt?« fragte ich.

Phil blickte hinüber zur Leiche, als rechne er damit, daß Mark vielleicht selbst eine Idee beizutragen hätte, und sah mir dann in die Augen.

»Wir lassen die Leiche verschwinden«, sagte er.

Mir wurde schlecht.

»Das ist doch verrückt«, sagte ich. »Es war eine Überdosis. Das ist nicht unsere Schuld. Wir können ruhig zur Polizei gehen.«

»Du würdest zehn Jahre kriegen!« fauchte Phil. »Was glaubst du, wie lange die brauchen würden, um uns mit den Anrufen in Verbindung zu bringen? Selbst bei deren Aufklärungsrate? Ich mein, guck dir an, wer wir sind! Ich bin wegen Diebstahl vorbestraft, und du bist Sozialhilfebetrüger. Wir müssen die Leiche loswerden. Wir haben gar keine Wahl.«

Ich war ziemlich von den Socken angesichts der Vehemenz, mit der er das Thema Polizei behandelte. Es erinnerte mich an Emmas Verhalten einige Stunden zuvor.

»Aber eine Obduktion würde uns entlasten«, sagte ich.

»Nie im Leben!«

Ich dachte, ich werde verrückt.

»Aber ich hab ihn nicht umgebracht, verdammt nochmal!« rief ich. »Warum sollte ich die Leiche beseitigen. Das ergibt doch keinen Sinn! Laß uns die Polizei rufen!«

Er drückte mich gegen die Wand.

»Du bist am Ausflippen, Andy«, sagte er. »Laß mich das Denken übernehmen, ja? Vertrau mir.«

Er war nicht bereit, auch nur einen Millimeter nachzugeben, und ich hatte Angst, daß er einfach verschwinden würde, wenn ich mich sträubte. Immerhin hatte ich die Schlüssel zur Wohnung, und ich hatte die Briefmarken genommen. Und ich hatte Marks Kopf gegen den Kühlschrank gedonnert.

»Ja, na gut. Meinetwegen.«

»Wo ist Sara?« fragte er.

»Mark meinte, sie sei aufgestanden, nachdem du weg warst. Sie hatte allerdings gehört, wie du den Anruf gemacht hast. Sie hat sich mit Mark gestritten, und dann muß sie Richard angerufen haben. Ich glaube, ich habe ihn eben gerade gesehen, wie er mit seinem Wagen weggefahren ist.«

Mein früherer Verdacht schien jetzt nur zu gerechtfertigt. Phils Gesicht zerlief für einen Moment, dann zuckte er die Schultern.

»Du hast einen Wagen gesehen, der so aussah wie seiner«, sagte er.

»Naja, ich –«

»Na gut, laß sie ihn angerufen haben. Laß ihn meinetwegen sogar hierhergekommen sein. Er wird geklingelt haben, und niemand hat reagiert.«

»Ich sag dir –«

»Noch ein Grund, die Leiche zu beseitigen. Hör zu, Andy, eins wollen wir uns doch mal klarmachen: Die Gesetze sind für Leute wie Richard Bowring gemacht. Wir sagen einfach, daß Mark in ziemlicher Erregung hier weggegangen sei, und das sei alles, was wir wüßten. Wenn es hart auf hart kommt, wird Sara bestätigen können, daß er in der Sache voll mit drinsteckte. Die Sache mit den Briefmarken.«

»Was ist, wenn wir beim Transportieren der Leiche erwischt werden?« fragte ich.

Wieder zuckte Phil die Schultern, eine Geste, die mich wütend machte. Er hatte für sich entschieden, was zu tun sei, und war nicht mehr bereit, irgendwelche Einwände zu bedenken.

»Wir sind am Arsch, wenn wir es nicht tun«, sagte er. »Wir laden ihn einfach irgendwo ab. Im Fluß.«

Als ich mir ausmalte, wie Phil und ich auf einer Brücke standen und uns mühten, Marks toten und unsachgemäß beschwerten Körper über das Geländer zu werfen, wurde mir wieder schlecht. Wenn ich mir nur eine Minute ruhigen Nachdenkens gegönnt hätte, wäre mir klargeworden, daß Phil Unsinn redete und daß es keine Alternative dazu gab, zur Polizei zu gehen. Vorerst aber stieg mein Gallenflüssigkeitspegel unaufhaltsam an, und ich rannte ins Bad.

Magensäfte beizten mir den Hals ab, als ich mich an der Kloschüssel festkrallte und loswürgte. Phil brachte immerhin noch so viel Verstand auf, mich meinem Geschäft zu überlassen, und hielt sich fern. Hinterher wusch ich mir Gesicht und Hände, was einige Zeit in Anspruch nahm, da ich versuchte, das Bild von Marks Leiche von der Innenseite meiner Lider abzuschrubben. Alles fühlte sich leer und unwirklich an in Jeffs hellem Badezimmer. Ich begann zu summen, aber dann erschien mir wieder Marks totes Gesicht mit den trocknenden Fischaugen, und ich keuchte vor mich hin, bis ich das Gefühl hatte, daß mein Körper sich von innen nach außen stülpte. Gegen allen anderen Schmerz unempfindlich, putzte ich mir so energisch die Zähne, daß mein Zahnfleisch roten Schaum absonderte, und ich erinnere mich noch, wie die Kaskade des rosa Ausspülwassers den Umriß des Chromabflusses verzerrte.

Ich weiß nicht, wie lange ich im Bad war, aber als ich ins Wohnzimmer zurückkehrte, war von Phil nichts mehr zu sehen. Ich bekam schon Panik, daß er sich davongemacht hätte, aber dann hörte ich ihn in der Küche Selbstgespräche führen. Hatte die Entdeckung von Marks Leiche ihm aufs Gehirn geschlagen? Ihm nachgehend, hörte ich gerade noch, wie er sich auf Marks Handy von jemandem verabschiedete. Ich fragte, mit wem er gesprochen hätte, wider bessere Einsicht hoffend, daß es Sara gewesen sei.

»Justin, Justin, mein Cousin«, sagte er. »Er hilft uns.«

»Du hast Justin davon erzählt? Ich glaub es nicht! Der Mann ist doch nicht ganz frisch im Kopf!«

Justin war ein unberechenbarer Irrer, dessen eh schon dürftiger Bezug zur Realität durch harte Drogen noch weiter gelockert worden war. Problematische Drogen. Während unserer abschließenden Europatournee war er gefeuert worden, nachdem er einen Fan in der Hotelhalle krankenhausreif geprügelt hatte. Ich erinnerte mich, Justin auf Deans Party gesehen zu haben.

»Er hat sich eingekriegt«, sagte Phil. »Hat Frau und Kinder. Er arbeitet als Schlachter bei seinem Onkel in Norwood.«

»Ja, wozu hast du ihn dann angerufen?«

»Hör zu, wir haben bei Dean letztens ein bißchen geklönt, ja? Und wie der Zufall so spielt, erzählt er mir, daß er in der Lage wäre, eine Leiche verschwinden zu lassen. Hatte allerdings genaue Vorstellungen über seine Klientel. Keine Frauen, nichts Perverses. Wörtliches Zitat. Komm, Andy. Justin gehört zur Familie, und es ist unsere beste Chance.«

»Du Penner, der hat doch nur angegeben«, sagte ich.

»Das hab ich zuerst auch gedacht, aber er meinte, daß er sowas andauernd macht. Er ist kein ängstlicher kleiner Wichser wie du. Und hast du einen besseren Plan?«

Bei einem normalen Fall von Überdosis lädt man die Leiche einfach auf irgendeinem Müllplatz ab oder läßt sie im Bad liegen. Das jedenfalls war die übliche Verfahrensweise in den Rockstarbiografien, die ich als Jugendlicher gelesen hatte. Wegen der angeblichen Entführung war das aber nach Phils Ansicht hier nicht möglich. Es mochte nur ein Streifen Zahnseide sein, den er mir anbot, aber es fühlte sich an wie ein Strohhalm, und ich brauchte gerade in diesem Moment etwas, an das ich mich klammern konnte. Ich erinnerte mich, wie Justin unseren Haufen mal in einen Club in Lewisham geführt und fast den ganzen Abend lang in ermüdendster Weise mit seinen Connections zur Polizei und zu kriminellen Kreisen im Südosten von London geprahlt hatte. Überraschenderweise aber erwiesen sich seine Behauptungen schon bald darauf als wohlbegründet, als nämlich North Ken sich wegen Trunkenheit am Steuer verantworten mußte und Justin einem empfänglichen Mitarbeiter der

Staatsanwaltschaft sechs Riesen in bar zukommen ließ, um dafür zu sorgen, daß der Polizei die Unterlagen abhanden kamen. Der Fall kam nie vor Gericht. Alles in allem war es wohl durchaus möglich, daß Justin eine Leiche verschwinden lassen konnte, aber wenn er die Wahrheit sagte über seine neue Nebentätigkeit, dann schien er sich sehr stark auf die Nichtexistenz des Heiligen Petrus zu verlassen, oder jedenfalls auf ausgesprochen großzügige Einlaßkriterien.

»Komm, Andy. Das klappt schon«, sagte Phil. »Wir treffen uns mit ihm in einem Pub in Norwood. Die Schlachterei ist nur ein Stück weiter die Straße hoch.«

Es klang überaus windig, aber ich erhob keine weiteren Einwände und versuchte statt dessen, mich ins Detail zu vergraben.

»Was hat er mit der Leiche vor?« fragte ich.

»Rümpfe. Von ausgeweideten Kühen und Schweinen. Weißt schon. Schafe. Sowas transportieren die doch ständig ab. Das merkt keine Sau, wenn auch ein paar Stücke Mark mit dabei sind.«

Das Bild prägte sich ein: Tierrechts-Doku und Wochenschau des Grauens, zusammengeschnitten im Stahlmagen eines Müllwagens. Erneut wurde mir schlecht, und erneut mußte ich mich ins Bad zurückziehen. Als ich fertig war, ging ich wieder in die Küche.

»Ich kann das nicht durchziehen, ich schaff's einfach nicht«, sagte ich.

»Klar schaffst du das. Es wird vorbei sein, bevor du es merkst. Nun komm.«

Ich folgte Phil ins Wohnzimmer, inständig hoffend, daß Marks Leiche inzwischen verschwunden sei. Sie war es nicht. Phil ging direkt auf sie zu und versuchte sie anzuheben.

»Hier, kannst du mal bitte mit anfassen?«

Ich blieb stehen. Phil versuchte so zu tun, als sei das Hantieren mit Leichen weiter nichts Besonderes, aber er übertrieb es, wodurch mein Gefühl einer sich ausbreitenden Irrealität noch verstärkt wurde.

»Reiß dich zusammen, Andy. Das hier ist nichts anderes als menschliche Altlast. Es ist keine Person mehr, okay? Es ist Beweismaterial. Denk daran.«

Ich fühlte mich überrollt und brauchte Zeit zum Nachdenken. Seufzend ließ Phil Marks Leib auf das Sofa zurücksinken. Ich war wütend und durcheinander, und ich gab Phil die Schuld dafür, weil er den Anruf gemacht hatte, ohne sich mit mir zu besprechen. Ich fragte ihn, wieviel Geld Justin verlangte.

»Dreihundert.«

»Wo wollen wir die hernehmen?« fragte ich.

»Na, ich hab sie nicht.«

»Das heißt, ich zahle, ja?«

»Scheiße, eh, auf uns warten zehn Jahre, und da machst du dir Gedanken um dreihundert Eier? Ich versuch uns hier aus der Scheiße rauszuholen; wenn du eine bessere Idee hast, dann sag ruhig Bescheid! Ich bin ganz Ohr. Ich kann mich auch verziehen und dich die Sache ganz allein händeln lassen. Ich mein, was sollte mich aufhalten? Es ist ja nicht so, daß Jeff *mir* die Wohnung geliehen hätte. Aber ich bin dageblieben, nicht wahr? Anders als deine scheiß Freundin.«

Er hatte nicht ganz unrecht. Ich wußte, daß ich verloren war, wenn er mich sitzenließ, und so sah ich mich am Rande eines gewaltigen Panikanfalls. Ich hatte keine Wahl als zu kapitulieren, also hob ich die Arme und schritt auf die feindlichen Linien zu.

»Okay. Ich hoffe nur, daß Justin es auch macht.«

»Er wollte am Telefon nicht darüber reden, aber ja, er wird es machen. Wir müssen es nur zu ihm hinschaffen.«

Ich zuckte bei dem wiederholten Gebrauch des Neutrums zusammen. Für mich war Mark immer noch sehr anwesend, wie ein glückloser Schwede, den man mal in München kennengelernt hat und der nun London besucht und was zum Übernachten braucht.

»Wie kriegen wir ihn nach Norwood?« fragte ich.

Phil kratzte sich an den Anfängen eines kratzigen neuen Barts.

»Wir bringen ihn mit dem Fahrstuhl runter, wenn alles ruhig ist. Klemmen ihn uns zwischen die Arme, schmeißen ihn in den Transporter und fahren los. Du parkst ihn am besten genau vor dem Haus.«

Als ich vom Balkon hinunterblickte, sah ich, daß das Karree wie üblich voller Autos stand, daher blieb mir nichts anderes übrig, als in zweiter Reihe zu parken und zu riskieren, festgekrallt zu werden. Selten zuvor war mir der Mangel eines integrierten Personenbeförderungskonzepts für London so schmerzhaft bewußt geworden. Es waren immer noch Fußgänger auf dem Platz, und es versprach eine hochheikle Angelegenheit zu werden, Mark an ihnen vorbeizubugsieren, ohne entdeckt zu werden. Doch als ich wieder nach drinnen ging, hatte ich eine Idee.

»Wir können ihn im Lieferantenfahrstuhl nach unten bringen«, sagte ich. »Der wird nachts nicht benutzt. Und er geht nach hinten raus.«

Phil war einverstanden, ich machte mich auf, den Transporter umzuparken, und sackte mit dem Fahrstuhl langsam bis ins Erdgeschoß hinunter, Übelkeit über Übelkeit zu einer Lasagne des Elends schichtend. Draußen vor dem Hotel entstiegen Touristen einer purpurroten Kutsche, und Privatautos schlichen ums Karree auf der Suche nach Sex oder einem Parkplatz. Es roch nach Normalität, und ich atmete ein paar Liter der kalten Nachtluft ein, bevor ich den Transporter in die schmale Straße hinter dem Gebäude fuhr. Ich parkte direkt neben der Ladezone. Als ich in die Wohnung zurückkam, klopfte Phil mir auf die Schulter, als hätte ich gerade eine unerwartet gute Runde Golf gespielt, aber diese Fassade der Geselligkeit am neunzehnten Loch wurde Lügen gestraft durch eine Ader an seiner Schläfe, die trommelnd seinen wahren Zustand anzeigte. Sie pulsierte über den Knochen hinaus, schnörkelig wie ein Bungeeseil im Aufwärtsschwung.

»Ich glaub wirklich nicht, daß ich das auf die Reihe krieg«, sagte ich. Irgendwas in mir war zum Erliegen gekommen.

»Sicher tust du das. Wenn es vorbei ist, schließt du es einfach weg. Nach einer Weile wird es sich so anfühlen, als sei es jemand anderem passiert.«

»Das bezweifle ich, Phil. Das bezweifle ich echt.«

»Denk dran, wir haben ihn nicht umgebracht. Wir retten nur unsere Haut.«

Wir tranken Whisky, und Phil schüttete etwas davon auf Marks Hemd. Falls jemand uns sah, würde er, so hofften wir, wegen des Geruchs annehmen, daß Mark sturzbesoffen sei. Dann drückte Phil mit dem Daumen Marks Augenlider nach unten und zog seine lockigen Haare nach vorn über die Wangen. Die Ringe um die Augen waren dunkler geworden, so als hätte Mark irgendwie noch eine weitere durchzechte Nacht in der letzten halben Stunde untergebracht. Es kostete mich eine Riesenanstrengung, Phil dabei zu helfen, ihn hochzuheben.

Seinen Anweisungen folgend, kniete ich mich aufs Sofa und legte mir Marks Arm um die Schulter. Marks Hand fühlte sich heiß an, viel heißer als meine, und das erschreckte mich, weil ich erwartet hatte, daß sie kalt geworden sein müßte. Später erfuhr ich, daß sich der Körper unmittelbar nach dem Tod erst einmal aufheizt, daß die Zellen weiterarbeiten, ein Effekt, der als postmortale Wärmeerhaltung bezeichnet wird.

Wir hatten ihn halb vom Sofa aufgerichtet, als Mark plötzlich laut rülpste.

Ich sprang entsetzt zurück und wartete darauf, daß der Zombie die Augen öffnen und die Gabe des Sprechens wiedererlangen würde. Phil trat vorsichtig einen Schritt auf Mark zu und zwang sich, das Lid über einem toten Auge anzuheben.

»Alles klar. Das ist nur Gas«, sagte Phil. »Entweichendes Gas. Kein Grund zur Panik.«

Ich atmete ein paarmal tief durch. Marks Körper war schwer, aber zu zweit konnten wir ihn anheben und ohne allzu große Probleme, seine Füße über den Boden schleifend, durchs Zimmer bugsieren. Mark war noch recht geschmeidig, aber sein Kopf hing auf einer Seite herunter, worauf ich Phil aufmerksam machte.

»Das ist gar nicht schlecht«, sagte Phil. »Da kann niemand sein Gesicht sehen, wenn die Haare nach vorne hängen.«

Wir lehnten Mark gegen die Wand im Flur, und im Spiegel erschienen wir drei wie eine etwas körnige Wiedergabe einer Polizeigegenüberstellung. Im Unterschied zu Phil und mir sah Mark beneidenswert friedlich aus. Ich machte die Wohnungstür auf, fand das Treppenhaus leer, rannte den Gang hinunter und drückte den Abwärtsknopf des Lieferantenfahrstuhls. Ich war bereit, ein falsches Lächeln aufzulegen und zu behaupten, ich sei hier als Überstunden schiebender Maler beschäftigt, falls jemand mich zur Rede stellen würde, doch der Fahrstuhl war leer. Wir schleiften Mark den Treppenflur entlang und hievten ihn hinein, bevor sich die narbigen grauen Türen hinter uns schlossen, leise zischend wie Treibsand. Ich hatte plötzlich das Gefühl, etwas Kostbares verloren zu haben, etwas, das ich niemals zurückerlangen würde; dasselbe Gefühl hatte ich immer gehabt, bevor ich auf die Bühne mußte.

Jetzt kam der gefährlichste Teil. Falls jemand Mark von nahem zu sehen bekam, war alles vorbei, denn obwohl wir Mark nicht umgebracht hatten, führten wir uns exakt so auf, als hätten wir's getan. Es gab einen unangenehmen Aufprall, eine Art Galgenfallbretteffekt, als der Fahrstuhl sich im Erdgeschoß niederließ. In einem kurzen Korridor gelandet, schoben wir Mark vorsichtig durch einige Schwingtüren und schleiften ihn die Stufen hinunter. Die Straße war leer, und ich hielt die Leiche aufrecht, während Phil die hintere Türklappe des Transporters öffnete. Mark schien jetzt noch schwerer als vorher in der Wohnung, und meine Muskeln waren fast am Zerreißen, als ich ihn mit einer Hand an der Wand abstützte. Wir hoben die Leiche in den Wagen, und Phil warf eine Staubdecke darüber. Hinters Lenkrad kletternd, kreuzte ich die Finger, bevor ich den Schlüssel im Zündschloß drehte, doch zum Glück sprang der Transporter auf Anhieb an, und als wir losfuhren, setzte sich die Angst allmählich und kräuselte in regelmäßigen, gesitteten Wellen durch meinen Körper.

12

Hochspannung knisterte mir durch Hals und Schultern, als ich den Transporter ins lebhafte Getümmel der Park Lane fädelte, da mir bewußt war, daß der kleinste Verstoß gegen die Straßenverkehrsordnung uns ins Gefäng nis bringen konnte. Von Tyburn Gate aus fuhr ich mit knapp 50 km/h nach Süden, wiederholt aufgeschreckt vom unhöflichen Gehupe nachfolgender Verkehrsteilnehmer. Auf dem Beifahrersitz bearbeitete Phil einen Kaugummi so intensiv, daß seine Kiefermuskeln sich zu verknoten schienen, und er konnte nicht eine Sekunde lang seine Füße stillhalten. Als ich am Hyde Park Corner zu schnell abbog, rutschte Marks Leiche hinter uns über den Boden, und ich blickte in den Rückspiegel, in Schrecken versetzt von der Vorstellung, daß sein lebendtotes Gesicht gleich hinter mir auftauchen würde.

Sobald ich den Blick von der Straße genommen hatte, rutschten wir über einige schraffierte Fahrbahnmarkierungen. Phil schrie auf, ich riß uns wieder auf die richtige Spur und versuchte ihm klarzumachen, daß es mir lieber wäre, wenn alle meine Mitfahrer sich unauffällig verhielten. Die Leiche lenkte jede unserer Bewegungen. Phil verrenkte sich auf seinem Sitz, um zu sehen, ob sie noch vollständig bedeckt war. Als Toter hatte Mark eine stärkere Präsenz denn als Lebender, jetzt wieder hörte ich seine Stimme im Kopf, wie sie greinend seinen Vater verfluchte.

Wir fuhren an der Südwestmauer des Buckingham Palasts vorbei. Die Stachelrollen der Kindheitserinnerungen waren inzwischen durch elektrifizierte Drahtverhaue aufgemotzt worden. Phil suchte die Straße nach unmarkierten Polizeiautos und den Himmel nach Hubschrauberunterstützung ab, murmelte dabei vor sich hin und malte sich vermutlich das kalte Klicken der Handschellen und die nächtlichen Schreie im Flügel aus, Schreie, die schon bald seine eigenen sein könnten und dann aber das Vergnügen Ihrer Majestät im gestreiften Schatten einer Zelle simulieren würden, während der heiße Atem eines echten Verbrechers auf seinem Rücken Blasen warf.

»Noch mehr scheiß Kameras!« sagte Phil. »Wie viele macht das jetzt? Ich bezweifle, daß wir seit Marble Arch auch nur eine halbe Minute *nicht* auf irgendeinem Bildschirm gewesen sind.«

Es war das erste Mal, daß Phil sich in meiner Gegenwart kamerascheu gab, aber ich teilte sein Unbehagen, als ich mir den Weg unseres Geistertransporters über diverse Monitore vor Augen führte: Marble Arch, Park Lane, Hyde Park Corner, Victoria.

»Warum muß immer *mir* sowas passieren?« klagte Phil, als gäbe es einen Gott im Himmel, der zwanzig Meter großen Fliegen die Flügel ausreißt.

»Es ist Mark passiert«, sagte ich. »Und jetzt sei ruhig und laß mich fahren.«

Auf einer von Camberwells Hauptverkehrsadern entdeckte ich einen Geldautomaten, der meine Sparkontokarte akzeptieren würde. Es schien sich hier um eine spezielle Art Jugendtreff zu handeln. Zwei Teenager in funkelnden Crosstrainers von Nike lungerten in der Nähe herum, offenbar in der Absicht, ihr Taschengeld ein wenig aufzustocken, aber irgendwas hatte ich an mir, das sie zurückweichen ließ, und diese Reaktion verstörte mich gehörig. Was war aus mir geworden? Würde es je einen Weg zurück geben zu dem unschuldigen Vergnügen, das ich empfunden hatte, als die alte Dame Phils hundert Pfund fand? Nach dem üblichen und daher beruhigenden Augenblick der Panik, daß ich meine Geheimzahl vergessen hätte, gab ich die Ziffern ein und holte ein paarmal tief Luft. Was auch immer sonst passieren mochte, ich war froh, zwischendurch etwas Normales zu tun (auf Knöpfe unter einem kleinen schwarzen Bildschirm drücken und Bargeld von einem Computer ausgehändigt bekommen), selbst wenn es die Halbierung meines Nettovermögens bedeutete.

Phil war in dieser Gegend aufgewachsen, und so folgte ich seinen Richtungsangaben durch die Seitenstraßen, den engen Saum von Herne Hill auftrennend, um mich durch schläfrige Reihenhaussiedlungen hindurchzuschlängeln, die unter dem riesigen Spinnennetz der über Südlondon gespannten Telefonleitungen dösten. Zuerst war ich froh, den Hauptstraßen entronnen zu sein, aber schon bald gingen mir die diversen Schwellen und Schikanen der Verkehrsberuhigungspolitik ganz schwer auf den Geist. Endlich kamen wir nach West Norwood, und als ich auf die Flachglaswüste der Hauptstraße abbog, tat ich dies mit der Sorgfalt eines Astronauten, der irgendwo im Weltraum andockt. In ihre tiefen Träume versunken, waren die anderen Autofahrer jederzeit für überraschende, unangekündigte Manöver gut. Mir aber hatte die Anspannung einen fünfzehn Zentimeter langen Nagel seitlich in den Hals getrieben, daher fuhr ich langsam und studierte die Ladenfronten, die sich zu meiner Rechten erhoben. Phil übernahm die linke Straßenseite, fast auf der Windschutzscheibe sitzend, das Gesicht so faltig wie ein Stadtplan. Der nervöse Tick in seinem Knie war den Rumpf hinaufgeklettert und tobte sich jetzt in seinem Mundwinkel aus. Ich erblickte eine Schlachterei und trat auf die Bremse.

»Ist es das?« fragte ich.

Es war eine muslimische Schlachterei.

»Natürlich nicht«, bellte Phil. »Dachtest du, wir müssen ihn erst ausbluten lassen? Ich hab doch gesagt, es heißt Vernon's.«

Wir fuhren weiter, vorbei an Discountklamottenläden und bankrottierenden Elektrogeschäften. Phil sah es zuerst: Vernon's Familienschlachterei, die Buchstaben in geschwungener blauer Serife. Als ich den Transporter zum Stehen brachte, sangen dessen abgenutzte Bremsbeläge die Totenklage.

Eine Neonröhre beleuchtete die Schaufensterauslage, die im wesentlichen aus leeren Stahltabletts bestand, umgrenzt von Miniaturhecken aus dekorativem Plastikgrün. Phil wies mich an, hinter einem dichtgemachten Juweliergeschäft in eine Gasse zu biegen, die so eng war, daß ich sie beinahe verpaßt hätte. Der Asphaltbelag war stellenweise abgetragen, und durch die entstandenen Löcher lugten die alten viktorianischen Pflastersteine hervor. Diese Gasse führte auf eine weitere, die parallel zur Hauptstraße verlief, die andere Seite der Einzelhandelsmedaille, eine heruntergekommene Ödnis, die allein der Anlieferung diente. Auf der linken Seite dieser Gasse reihten sich die ramponierten Stahlsicherheitstüren der Läden, deren Vorderseite auf die Hauptstraße von Norwood hinausgingen. Die rechte Seite wurde von der Wand eines neuen Großmarkts gebildet, dessen nackte blasse Steinfassade nur durch ein Dutzend Klimaanlagenauslässe aufgelockert wurde, die sich in Abständen von zehn Metern über die ganze Länge hinzogen. Am Fuß der Wand waren plattgetretene Pappkartons in dürftigen Einkaufswagen gestapelt, deren Seiten aus bloßem Draht bestanden, daneben rohrförmige Müllbehälter auf Rollen und große Holzpaletten. Ich fuhr im ersten Gang auf die Rückseite der Schlachterei zu, immer in dem unbehaglichen Bewußtsein, daß wir in eine Sackgasse eingebogen waren. Zwei die Spuren des Stadtverkehrs tragende Autos parkten eng an der Wand des Großmarkts, um das Passieren von Lieferwagen zu ermöglichen, von denen einer freilich unsere Weiterfahrt blockierte. Phil atmete viel zu schnell.

»Fahr ran und mach das Licht aus«, sagte er. »Das ist Justins Wagen.«

Der Transporter war ein schmutzigweißer vierrädriger Kasten, fast fünf Meter hoch. Ich parkte direkt dahinter, und mein Scheinwerfer fiel auf die Inschrift »Auch in Weiß erhältlich«, die irgendein schwarzfingriger Witzbold auf die schmierige Schiebetür gezeichnet hatte.

»Ich geh zum Pub und hole ihn, ja?« sagte Phil. »Du bleibst hier im Wagen.«

Ich beobachtete, wie Phil sich an den alten Gebäuden vorbei seinen Weg suchte, bis er hinter der Ecke verschwand. Der Mond umriß einen schwarzen Wolkenfetzen in Silber, und ich konnte mich etwa eine Minute lang zusammenreißen, aber dann gewann Marks Leiche Gewalt über mich, und ich glaubte, einen Hauch von Verwesung hinter dem Geruch von Farben und Chemikalien zu entdecken. Natürlich bildete ich mir das nur ein – Mark war ja erst seit ein paar Stunden tot –, aber ich war sicher, daß ich anfangen würde zu schreien, wenn ich auch nur eine Sekunde länger im Wagen bliebe. Ich öffnete die Tür und trat prompt auf ein Stück Styroporverpackung, das dort auf der Straße lag. Es zerbrach mit lautem Knacken, und abbröckelnde Fetzen landeten in einer Öllache, in der sich der Mond als schimmernder Sende-Schluß-Punkt spiegelte. Die Nacht war klar und die Luft so kalt, daß sie beim Einatmen in Hals und Nase kratzte. Mein Atem puffte aus dem Mund, um sogleich einzufrieren, und ich schlug die Arme um mich und stampfte mit den Füßen. Als ich durchs Rückfenster zu Mark hineinschaute, war da ein schwaches Leuchten auf der Staubdecke, aber es gab kein Besitzrecht auf Leben. Bestenfalls handelte es sich um ein wackliges Mietverhältnis, und ich begriff in diesem Augenblick, daß Sara und ich sterben würden wie alle anderen auch. Ich versuchte, die jäh aufsteigende Panik zu unterdrücken. Die ganze Welt drängte auf mich ein, geschrumpft auf die Größe des Vorzimmers einer Leichenhalle.

Phil und ich machten alles falsch.

Der Schock über Marks Tod hatte mein Urteil verwirrt. Justin war übergeschnappt. Ihm war allenfalls zuzutrauen, daß er einen Gummihandschuh würde verschwinden lassen können, nicht aber eine Leiche. Ich war ein Vollidiot gewesen, mich auf Phils unausgegorenen Plan einzulassen. Ich würde der Polizei alles erklären können, was passiert war. Sie würden Verständnis haben. Es war noch nicht zu spät. Ich wollte Phil an Ort und Stelle zurücklassen, zur nächsten Polizeiwache sprinten und auspacken.

Da war ein Geräusch hinter mir. Jemand bewegte sich an Justins Transporter entlang. Ich wich zurück in den Schatten und stolperte, hielt mich an einem verlassenen Einkaufswagen fest.

»Andy?« rief Phil. »Komm und faß mal mit an. Er ist vorne rum reingegangen.«

Ich war so froh, seine Stimme zu hören, daß ich umstandslos einknickte und ohne Murren folgte. Als Phil die hintere Tür meines Transporters öffnete, schauten die Sohlen von Marks Schuhen unter der Staubdecke hervor, und ich sah, daß unter den abgenutzten Gummiabsätzen Viertelmonde blassen Leders zum Vorschein kamen. Die Absätze mußten erneuert werden – oder auch nicht. Ich mochte die Leiche nicht noch einmal berühren, doch Phil wischte solche zarten Bedenken beiseite, indem er Marks Beine packte und sein Gesicht über den Boden des Transporters schleifte. Ich lehnte mich nach innen, um Marks Handgelenk zu fassen, das sich spürbar kühler anfühlte als noch in der Wohnung, und das war immerhin erfreulich. Als ich meinen Arm um seine Taille legte, merkte ich, daß sein Bauch hart wurde wie ein Sack Zement, den man im Regen hat stehenlassen.

»Er fühlt sich schwerer an«, sagte ich.

»Naja, er hat schließlich mit dem Rauchen aufgehört, nicht wahr? Da legt man immer ein paar Pfund zu«, ächzte Phil.

»Das ist nicht komisch«, sagte ich.

»Nichts ist komisch«, sagte Phil.

Während wir der Schlachterei entgegenschwankten und Marks kalte Locken mir bei jedem Schritt über die Wange wischten, stellte ich mir vor, daß die Leiche schwerer und immer schwerer würde, bis sie, im Bemühen um eine Selbstbestattung, durch die Asphaltdecke bräche. Ich behielt die Fenster über den Läden im Auge, doch es gingen keine Lichter an, und dann sah ich ein L aus weißem Licht, als knapp zehn Meter weiter vorn eine Hintertür aufging.

»Das wird Justin sein«, sagte Phil.

Phil stieß die Tür weit auf, und alle drei stiegen wir die Stufen hinauf, um uns dann seitwärts in einen weißgekachelten, von Stahl und Neonlicht geprägten Kühlraum zu schieben. Phil und ich lehnten Mark gegen einen Metalltisch, an dem eine Bandsäge angebracht war, und ließen ihn langsam zu Boden sinken, so daß sein Kopf am Gehäuse der Säge zu liegen kam. Von Marks Gewicht befreit, erlebte ich die seltsam schwebende Leichtigkeit, die man fühlt, nachdem man ein Kind stundenlang auf den Schultern getragen hat. Von Justin war nichts zu sehen, daher ging Phil zum vorderen Teil des Ladens, um ihn zu suchen.

Ein beißender Geruch drängte sich durch die Desinfektionsmittel, etwas widerlich Süßliches, das sich in meinem Rachen festsetzte, und einzelne Tropfen getrockneten Bluts glänzten auf dem Fußboden neben einem olivgrünen Abfallbehälter auf Rädern, der zur Hälfte mit gehäuteten Rümpfen gefüllt war. Ich schaute lieber nicht genau hin, weil ich befürchtete, neben Ochsenbein und Schweineschulter vielleicht auch Menschenkeule darin zu erblicken. Es war der Albtraum eines jeden Veganers. Vakuumverpackte Kissen mit Innereien waren längs der Wand neben einem losen Haufen von Schweinsfüßen angeordnet. Eine Lache blutigen Wassers auf dem Boden verzerrte das Neonlicht an der Decke zu einem Peitschenhieb weißer Elektrizität. Die Wendung »Kühl und trocken lagern« kam mir in den Sinn. In einer weiteren Kühlabteilung zur Rechten, vom Hauptraum abgegrenzt durch einen durchsichtigen Plastikvorhang, waren, wie ich mit flüchtigem Blick bemerkte, ausgeweidete Rümpfe von Schweinen, Kühen und Schafen in Reihen an den Hinterbeinen aufgehängt.

Justin kam durch eine Tür zu meiner Linken, die er zum Geräusch einer Toilettenspülung wieder zumachte.

»Wie geht's?« fragte er.

»Klasse«, log ich.

Es war eine dumme Frage. Was glaubte er wohl, wie es jemandem geht, der mitten in der Nacht eine Leiche durch London zu schleppen hat? Justin trug weiße Gummistiefel, Jeans und einen Parka, dessen Reißverschluß bis oben zugezogen war und sein Kinn verbarg. Er war größer als ich, etwa einsneunzig, und auf den langen Bikerhaaren saß eine mit einem plattgedrückten Logo bestickte Wollmütze. Wir gaben uns die Hand, wobei meine in seinem Riesenmolluskengriff glatt verschwand und seine knochenlosen Finger meine Knöchel knirschen ließen wie Murmeln in einer Socke.

»Meine . . . Hand«, ächzte ich.

»Tschuldigung«, sagte er.

Justin hatte mir nicht mit Absicht wehgetan. Vor langer Zeit hatte ihm mal jemand gesagt, daß er einen laschen Händedruck habe, und jetzt mußten wir eben alle dafür bezahlen. Justin war nicht gerade der Hellste, und gerade sah es so aus, als würde er versuchen, sich irgendeine Bemerkung einfallen zu lassen. Es gibt keine vorgeschriebene Etikette für Gelegenheiten dieser speziellen Art, aber das allein war es nicht. Irgend etwas stimmte nicht mit Justin, und ich wurde von der plötzlichen Furcht ergriffen, daß Phil Mark umgebracht hätte und mit Justins Hilfe jetzt mich ermorden wollte. Daß Mark und ich demnächst in einer Autobahnraststätte auf der M1 landen würden, als schwer auf den Magen schlagende Fleischpasteten. Dann sah Justin Mark, und sein Kinn prallte auf den Boden.

»Wer ist das?«

Was glaubte er, wer das war?

»Das ist der Typ«, sagte ich. »Die Überdosis.«

»Seid ihr bescheuert? Wieso bringt ihr den hierher?«

Ich begriff nicht.

»Aber Phil hat das doch mit dir abgesprochen«, sagte ich.

Justins Gesicht verfärbte sich gelblich-weiß, und er begann zu zittern. Ich erkannte die Symptome eines Schocks und fühlte, wie die Bodenfliesen unter mir nachgaben. Justin machte sich in die Hose – er hatte nur angegeben. Ich steckte in West Norwood mit einer Leiche, einem Aufschneider und einem leichtgläubigen Schwachkopf, und ich mußte den heftigen Drang bekämpfen, die Wand mit meinem Kopf einzuschlagen. Neben uns dreien sah Mark aus wie ein Gewinner. Keinen Augenblick zu früh kehrte Phil von seinem Ausflug in die vorderen Gefilde des Ladens zurück. Ich hatte den Wunsch, ihn zu schlagen.

»Hi, Justin«, schnarrte Phil. »Na? Dann laß uns mal loslegen.«

»Sch-schafft ihn hier raus!« stammelte Justin. »Hör zu, das hier bring ich nicht.«

»He, komm.« Phil klopfte ihm auf die Schulter. »Was ist los? Klar bringst du das. Das ist ein Klacks.«

»Ich sagte, wir könnten drüber reden. Scheiße, ey, du hast nichts davon gesagt, daß du die scheiß Leiche hierher bringst!«

Phils Hand rieb sein Wangenfleisch.

»Ich war diskret, nicht wahr? Ich wollte am Telefon nicht in die Einzelheiten gehen.«

»Du bist ein Vollidiot, Phil«, sagte ich.

Und ich ebenfalls, weil ich ihm vertraut hatte. Gehirnerweichend bescheuert. Justin ließ sich in einen Plastiksessel zurücksinken. Eine der Armlehnen war zerbrochen und sehr unzulänglich mit schwarzem Kreppband zusammengeklebt worden. Das Band hatte dem Druck nachgegeben und Ablagerungen von cremefarbenem Klebstoff auf der Lehne hinterlassen. Ich mußte an das Pflaster an Marks Finger denken, und die Wände drängten wieder auf mich ein.

»Ich kann das nicht«, sagte Justin. »Ich hab schon im Pub versucht zu sagen, daß ich das nicht will. Das ist mein Ernst.«

»Verfickt noch mal!« stöhnte Phil. »Du bist mein scheiß Cousin!«

»Hör zu, ich hab dich neulich nur aufgezogen, klar?«

»Tja, das ist dir ja sehr gut gelungen! Was sollen wir deiner Ansicht nach jetzt mit ihm machen? Draußen auf der Gasse abladen?«

»Nein! Nein. Aber ich kann euch nicht helfen. Ich kann's einfach nicht. Ich hab das noch nie gemacht, verstehst du?«

»Na und? Glaubst du, daß ich jeden verschissenen Tag irgendwelche Toten quer durch die Stadt zerre? Du hast gesagt, es sei ganz leicht.«

»Warum kannst du ihn nicht einfach in irgendeinen Container schmeißen oder so?« schlug Justin vor.

»Das geht nicht, okay? Ein bißchen komplizierter ist die Sache schon«, sagte Phil. »Deshalb liegen da ja auch dreihundert Eier für dich drin.«

»Das ist nicht genug«, sagte Justin. »Nicht dafür, ihn auseinanderzuschneiden. Dafür bräuchte ich mindestens drei Riesen. Als Entschädigung für das psychologische Trauma, weißt du.«

»Du Penner!« kreischte Phil. »Was soll das hier? Wir haben eine Abmachung!«

Sie waren einer verrückter als der andere, und ich war ein blinder Narr gewesen. Sara würde verheiratet sein und Kinder haben, wenn ich wieder aus dem Gefängnis käme. Ich sah mich durch eine kleine Pforte in einem großen Holztor treten, nicht mehr gewöhnt an so viel Licht und Weite, und vorsichtig erste Schritte mit Hilfe eines Gehgestells probieren.

»Hast du zweieinhalb Riesen?« fragte mich Phil.

»Leck mich am Arsch«, sagte ich.

Ich sank langsam zu Boden, wo ich Mark gegenübersaß. Es lag nicht am Geld. Justin war einfach nicht imstande, es zu tun. Er hatte nicht den Schneid. Ich konnte mir gut vorstellen, wie dieser Widerling im Suff versuchte, seinem miesen Job mit etwas krimineller Tünche einen glamourösen Anstrich zu geben. Phil redete auf ihn ein.

»Hör mal, zeig mir einfach, was zu tun ist, dann mach ich das selber, okay? Du kannst dich dann solange mit Andy in den Transporter setzen.«

Phil drückte den roten Knopf an der Bandsäge, aber als der Metallreifen sirrend zu Leben erwachte und seine Umrisse verschwammen, da sprang er erschrocken zurück. Saure Gallenflüssigkeit spülte über meine Mandeln, als ich mir die Verstümmelung vorstellte.

»Also, was würdest du mit der Leiche machen, eh?« sagte Phil zu Justin.

Die Haut um Justins Mund spannte sich.

»Das willst du gar nicht wissen, ehrlich«, sagte er.

»Wir fangen am besten schon mal an, ihn auszuziehen, Andy«, sagte Phil. »Kleider, Schmuck und so Zeug. Wir nehmen das alles und vergraben es, ja? Ich schneide ihm die Sachen vom Leib.«

»Nein«, sagte ich. »Wenn du ihn anrührst, gehe ich.«

Von einem Regal mit Sägen und Beilen nahm Phil eine große Schere mit dicken gebogenen Schneiden. Justin eilte herbei, ihm Einhalt zu gebieten.

»Moment«, sagte Justin. »Hier machst du das nicht, verdammt nochmal!«

Justin zerrte Phil von der Leiche weg, warf dabei erstmals einen näheren Blick auf Mark, packte dann mit seinen großen Händen dessen Kopf und versuchte ihn zu bewegen. Der Kopf war noch immer stark zur Seite gebogen, und es gab ein grausiges Knirschgeräusch, als Justin ihn mit Gewalt zurückziehen wollte. Er fuhr mit den Fingern über Marks Schädel und drehte sich dann langsam zu mir um.

»Was hast du gesagt, ist mit ihm passiert?« fragte er.

»Er hat ne Überdosis genommen«, sagte ich.

»Willst du mich verarschen? Wie hat er sich denn dann seinen scheiß Kopf eingedellt?«

»Wie meinen?« sagte Phil.

»Hör auf mit dem Scheiß! Ihr habt ihn umgelegt, stimmt's? Glaubt ihr, ich bin blöd oder was?«

»Das ist doch nur Rigor sowieso, oder?« sagte Phil.

»Nein, du Wichser! Jemand hat ihm den Schädel eingeschlagen.«

Phil schien niedergeschmettert, aber ich konnte es nicht glauben. Ich dachte, Justin versuche ein Ablenkungsmanöver, aber dann strich er Marks Haare glatt, zeigte auf eine Stelle am Hinterkopf, und ich fuhr mit den Fingern über einen Wulst von der Größe einer Alp. Überraschenderweise hatte es eines professionellen Schlachters bedurft, sie zu finden. Wir hatten nicht einmal nachgesehen. Mark war erschlagen worden, und meine Gedanken drehten sich rückwärts wie ein Planwagenrad in einem Western. Da war schmieriges Blut an meinen Fingern. Ich wunderte mich, daß es nicht mehr war.

»Ich will, daß ihr verschwindet«, sagte Justin. »Sofort.«

13

»Raus!« fauchte Justin uns an.

Wir waren unfähig, uns zu rühren oder auch nur ein Wort rauszubringen. Justin drückte Phil gegen die Wand und riß ein langes Tranchiermesser von einem daneben hängenden Magnetstreifen. Als Phil protestieren wollte, schnitt er ihm das Wort ab, indem er mit der Messerspitze die Anmutung einer Acht vor seinem Gesicht beschrieb.

»Schon gut, schon gut! Wir gehen!« sagte Phil.

Ich konnte kaum atmen – ein Passagier auf einem sinkenden Ozeandampfer, der sein Gesicht an den Fries des überfluteten Tanzsaals preßt. Phil rief mir zu, ich solle ihm helfen, Marks Leiche wegzubringen, und dann grub sich Marks zerschlagener Kopf in mich hinein, und wir traten den Rückzug an. Ich war so aufgeputscht, daß der Leichnam sich leicht und schlaff anfühlte wie ein altes Kissen aus einem nicht mehr bewohnten Zimmer. Justin knallte die Tür hinter uns zu, ich rutschte auf einem nassen Pflasterstein aus und stolperte gegen seinen Transporter. Er dröhnte wie eine Baßtrommel, und Phil warf mir wüste Schimpfwörter an den Kopf. Marks Körper rutschte ab, und der Kopf stieß mit einem leisen Eierschalenknacken auf den Boden. Phil war immer noch am Fluchen, als wir Mark in den Transporter geschoben hatten und rückwärts aus der Gasse setzten. Ich schrie ihn an, die Klappe zu halten, und bog von der nächsten Gasse aus auf die Norwooder Hauptstraße.

»Was ist passiert, Andy? Was war los? Bist du zurückgekommen und hast Mark im Bett mit Sara erwischt? War es das? Haste dir irgendwas geschnappt und ihm eine verpaßt?«

»Ich hab ihn nicht angerührt!« rief ich.

»Was zum Teufel war denn dann? Paß auf!«

Ich schleuderte um einen Radfahrer herum.

»Bitte keine weiteren Kollateralschäden, wenn's irgend geht.«

Schweiß trat auf meine Stirn, und als ich ihn wegwischte, fühlte die Haut sich kalt an wie Porzellan.

»Scheiße, wir haben die verdammte Leiche wegbewegt!« sagte Phil. »Da kann man uns wegen Begünstigung drankriegen. Wir müssen ihn beschweren und in den Fluß schmeißen.«

Vor meinem inneren Auge sah ich Richards Wagen ums Karree kreisen, die leere Tablettenschachtel an einer Schnur hinter sich her ziehend.

»Wir können gar nichts in den Fluß schmeißen«, sagte ich. »Das ist genau das, womit wir Richard den größten Gefallen tun würden.«

Richard hatte Mark umgebracht und uns obendrein noch eine Falle gestellt. Es mußte so gewesen sein, ich spürte es im Urin. Richards Art, alles unter Kontrolle haben zu wollen; der Anblick seines Wagens im Karree kurz nach Marks Ermordung ... Es war so klar wie eine Dia-Vorführung: Richard nimmt Saras Anruf entgegen, fährt dann zur Wohnung und macht eine tierische Szene; Mark schlägt seinen Vater; ein Kampf; in Panik arrangiert Richard die Überdosis-Szene. Und zwei Schwachköpfe fallen darauf rein.

»Richard?« sagte Phil.

»Natürlich. Wir würden ihm helfen, damit durchzukommen. Ich hab dir doch gesagt, daß ich ihn auf dem Karree gesehen hab.«

Phil sah mich mit kranken, müden Augen an, aus deren riesigen Pupillen winzige Lichtpfeile herausschossen und sich in meine gruben wie die Striche auf einem Kompaß. Er schluckte verwirrt.

»Du hast ein Auto gesehen, das aussah wie seins.«

»Ich hab das Nummernschild gesehen. Irgendwas mit JBK. Wir werden nachsehen müssen, aber ich bin sicher, daß es stimmt.«

Phil wand sich auf dem Beifahrersitz. Da er kein Kaugummi mehr hatte, nahm er seine Unterlippe.

»Scheiße, und wenn er's wirklich war?« fragte Phil. »Was ist, wenn er der Polizei von uns erzählt hat?«

»Das wird er wohl inzwischen getan haben, wenn er nicht blöd ist. Uns die Schuld in die Schuhe schieben. Aber bei ihm zu Hause werden sie nicht nach uns suchen, oder?«

Die Straßenlaternen besprühten den Asphalt mit gelben Regenspänen. Nördlich des Flusses bewegte sich der Verkehr langsamer, stockend, dann wieder einen neuen Anlauf nehmend, wie ein verwundetes Tier, und die Fahrt nach Regent's Park wurde zur Wasserfolter in der kollektiven Waschanlage der abendlichen Stoßzeit. In den Autos um uns herum polierten die Leute ihre eigenen Sorgen auf: Bankrott, ein vermurkstes Facelifting. Nichts, was nicht in Ordnung zu bringen gewesen wäre. Ganz anders bei uns. Meine Nerven lagen in Fetzen, und ich bezweifle, daß mein Puls während der Fahrt zum Haus der Bowrings je unter Galopptempo fiel. Auf der Ladefläche des Transporters wurde unterdessen das Blut in Marks Adern immer zäher. Es war eine Sache gewesen, daß wir versucht hatten, einen Fall von Überdosis loszuwerden; aber einen Mord zu vertuschen, das war etwas ganz anderes. Mord. Mark war ermordet worden! Ich versuchte, diese Vorstellung – nein, diese Tatsache – in den Kopf zu bekommen, und hätte mich dafür ohrfeigen können, daß ich auf das ganze bühnenreife Arrangement mit der Tablettenflasche hereingefallen war.

Es war schon elf Uhr, als wir ankamen. Polizei war nicht zu sehen, aber bei den Bowrings waren das Erdgeschoß und der erste Stock hell erleuchtet. Richards Sportwagen parkte ein Stück weiter, und mein Scheinwerfer prallte von seinem Nummernschild ab: irgendwas JBK.

»Jay Bloody Kay«, sagte ich. »Siehste? Ich hab dir gesagt, daß es Richard war.«

Phils Adamsapfel hüpfte wie ein Jojo, um etwas Speichel in seinen Mund zu pumpen, aber ich war merkwürdig ruhig, ähnlich wie im Bahnhof, als Sean mir auf die Pelle gerückt war – standfest wie ein Brummkreisel in einer abstürzenden 747. Richard war also zurück in seiner Villa, während wir den Leichnam seines Opfers an seinem Fenster vorbeikarrten. Wir hatten ihm direkt in die blutigen Hände gespielt, und die Scheibenwischer des Transporters fuchtelten uns tadelnd vor der Nase herum.

»Was ist mit Sara?« fragte Phil. »Wenn sie Richard angerufen hat, kann sie beweisen, daß er wußte, wo Mark zu finden war. Das wäre immerhin ein Anfang.«

Da war was dran. Wir mußten Richard irgendwie dazu kriegen, daß er einknickte und der Polizei ein Geständnis ablegte. Sara kannte Richard seit ihrer Kindheit, wenn er also überhaupt ein Gewissen besaß, an das man appellieren konnte, dann war sie die Person, es zu probieren. Phil hatte ihre Nummer nicht und wollte Dean anrufen, um ihn danach zu fragen, aber jeder Anruf auf Marks Handy wäre zurückzuverfolgen gewesen, daher suchten wir eine Telefonzelle und zwängten uns zu zweit hinein. Phil gab mit schwankendem Zeigefinger Deans Nummer ein, bekam das Besetztzeichen zu hören und betätigte zweimal die Wahlwiederholung. Ich machte mir Sorgen wegen seines Gesprächs mit Justin, das er von der Wohnung aus geführt hatte, aber daran war jetzt nichts mehr zu ändern, und so hielt ich die Klappe. Ein Steppenläufer aus Kassettenband wehte über den Bürgersteig, taumelte gegen einen Laternenpfahl und wandte sich Looping drehend dem Rinnstein zu.

Ein Streifenwagen kam die Straße entlang und schien abzubremsen, als er auf der Höhe des Transporters war, doch zum Glück fuhr er dann doch weiter, um irgend jemand anderem den Abend zu versauen. Als die Vermittlung uns mitgeteilt hatte, daß Deans Telefon ausgehängt war, schlug Phil vor, daß wir uns in seiner Wohnung in Hammersmith verkriechen sollten, um nochmal alles zu durchdenken.

»Dafür ist keine Zeit«, sagte ich. »Wir müssen hin zu Dean und ihn notfalls aufwecken.«

Phil war einverstanden, doch bevor wir die Zelle verließen, rief ich noch Jeffs Nummer an, um zu sehen, ob Sara eine Nachricht auf dem Anrufbeantworter hinterlassen hatte. Da war aber nur eine Anweisung von Emma Bowring, daß ich eine Heizung neu zu streichen hätte. Sie beklagte sich, daß ich sie verschrammt hätte, und ihre milde Verstimmung erinnerte mich daran, was für angenehme Alltagssorgen es doch waren, die Phil und ich inzwischen weit hinter uns gelassen hatten. Auf der Fahrt nach Shoreditch wieselten meine Gedanken wie eine Laborratte in einem Labyrinth, blieben immer wieder in irgendwelchen Sackgassen stecken, bis wir endlich vor

Deans Haus waren und ich mir einen dunklen Parkplatz abseits der Straßenlaternen suchte. Wir tarnten, so gut es ging, die Umrisse von Marks Leiche, indem wir noch eine zerknitterte Plane auf den Scheiterhaufen warfen; trotzdem war mir nicht wohl dabei, den Transporter ohne Aufsicht zurückzulassen. Weder mit Alarmanlage noch mit gültiger Steuerplakette ausgerüstet, hätte er ebensogut die Aufschrift Insecuricor auf den Seitenwänden tragen können. Was war, wenn er gestohlen wurde?

»Das ist dann deren Problem, oder?« sagte Phil. »Dann können sie Mark ein Loch graben und uns die Mühe abnehmen.«

Ich keuchte, als wir die Treppe hochstiegen, meine Beklemmung hatte sich im Vergleich zum Abend davor verzehnfacht, und als Phil auf den Klingelknopf von Deans Wohnung drückte, wäre ich am liebsten geflüchtet. Phil wollte gerade ein zweites Mal klingeln, da öffnete Dean die Tür mit einem Grinsen, das für jemand anderen bestimmt war. Als er realisierte, wer wir waren, verschwand es. Der blasse, verschwollene Zustand seines Gesichts ließ wenig Zweifel daran, daß er weitere vierundzwanzig schlaflose Stunden auf seine Körperuhr geladen hatte.

»Hey, Phil und Andy«, sagte er. »Alles klar bei euch? Ich glaube, ich hab letzte Nacht eine neue persönliche Bestleistung erzielt. Wie seid ihr hergekommen?«

»Mit dem Auto«, sagte Phil.

»Ach ja? Besorgt euch was zu trinken, ich bin dann gleich bei euch«, sagte er.

Dean verschwand in einem Badezimmer. Was sollten wir sagen, wenn er uns nach Mark fragte? Wir hatten uns keine Geschichte zurechtgelegt, und ich versuchte, mich in aller Eile mit Phil zu verständigen, aber er ging nicht darauf ein, sondern schob mich in den Wohnbereich, wo eine Reihe von Langstreckenfeiernden im Dämmerlicht verstreut lagen.

Die Luft war mit verschütteten Drinks und altem Rauch geschwängert, die Aschenbecher auf der Glastischplatte liefen über. Ein Mädchen mit glänzenden, einen Meter langen schwarzen Haaren lag auf einem Liegekissen, ihr Minirock war wenig mehr als ein Stück Saum. Eine Kerze von der Größe einer Fünfliter-Farbdose brannte auf dem Fußboden neben dem schwarzen Sofa, auf dem, beleuchtet von einer funzeligen Rattanbodenlampe, ein ganz magerer Mann saß. Das war Neil Cheston, der DJ mit den grauen, in zwei Rattenschwänzchen gepferchten Haaren. Sein Name mochte zwar klingen wie das Wort chasten, doch von Mäßigung war nichts zu sehen in seinem Gesicht, dessen Haut so ausgebleicht war und die Augen darin so rot, daß er in einer endlosen Blitzlichtblüte zu existieren schien. Als ich hallo sagte, hob er den Kopf.

»Kennst du Phil Jessup?« fragte ich ihn.

Neil war vermutlich zu weggetreten, um sich an das Datum von heute zu erinnern, geschweige denn an einen Sänger von gestern, aber Phil war immer noch ein bißchen beleidigt, und ich wollte ihn aufmuntern.

»Hi«, sagte er, indem er einen komplexen rituellen Händedruck in Szene setzte, der Neil noch mehr Rätsel aufgab.

»Freudmich«, murmelte Neil, sich den Hauch eines abwesenden Grinsens abringend.

Ich dachte mir, daß Neil Saras Nummer vielleicht wüßte, und wenn ich sie bekommen konnte, ohne daß Dean mitkriegte, daß ich sie nicht hatte, wäre mir das sehr recht gewesen. Die Aussicht, daß Neil elf Ziffern im Tollhaus seines Kleinhirns würde festnageln können, schien freilich nicht sehr günstig, doch als ich ihn danach fragte, zog er einen Psion-Organizer aus seiner Hosentasche, gab schwankend, aber ohne mit der Wimper zu zucken, Saras Namen ein und zeigte mir seinen kleinen Bildschirm, nicht ohne Stolz über seine Leistung. Ich merkte mir die Nummer. Fantastisch, wie Mark zu sagen pflegte. Endlich klappte mal was. Ich dankte Neil, verabschiedete mich und wollte eben Phil von dem Mädchen auf dem Liegekissen wegzerren, als Dean aus dem Bad kam.

»Wie war's denn im Kasino?« fragte er. »Mark ist doch ein herrlicher Typ, findet ihr nicht? Total offen und so.«

Ich verzichtete darauf, Dean zu erklären, daß Mark momentan so zugeknöpft war, wie es nur geht.

»Weißt du, wo Mark ist?« wandte sich Dean an Phil. »Ich war eigentlich mit ihm und Sara verabredet und konnte ihn auf seinem Handy nicht erreichen.«

Dean rieb sich die Nase, und ich kaute meine Wangen.

»Er hat in Andys Wohnung übernachtet und ist dann gegen Mittag gegangen«, antwortete Phil.

Ich merkte mir, was Phil gesagt hatte, da ich Sorge hatte, daß er es vergessen würde. Wir hatten jetzt eine Geschichte, an die wir uns halten mußten, und ich fragte mich, wie oft wir aufgefordert werden würden, sie zu erzählen und auszuschmücken.

»Wir dachten, daß er vielleicht hier ist«, sagte ich. »Deswegen sind wir eigentlich auch hergekommen.«

Dean grunzte und fragte Phil, wo wir jetzt hinwollten.

»Zu mir nach Hammersmith«, sagte Phil.

»Ihr könntet mich nicht zufällig nach Chelsea mitnehmen, oder? Falls es kein zu großer Umweg ist?« fragte Dean. »Ich muß mich da mit jemandem treffen, und ich sollte wohl besser nicht selber fahren.«

Chelsea lag mehr oder weniger auf unserem Weg, daher war es unmöglich, Dean seine Bitte abzuschlagen, ohne daß er Verdacht schöpfen mußte. Das Abbruchunternehmen legte die Lunte, und unsere Aussicht auf ein reibungsloses Entkommen fiel zusammen wie ein gesprengtes Hochhaus.

»Klar«, sagte Phil. »Gar kein Problem.«

Phils Gesichtsblässe nahm einen Stich ins Grünliche an. Dean hatte ihn auf dem falschen Fuß erwischt, und unsere einzige Hoffnung war, daß es uns gelingen würde, Dean auf den Vordersitz zu lotsen und ihn die ganze Zeit abzulenken. Falls er sich zufällig umdrehen und die Umrisse von Marks Leiche erblicken sollte, würden wir im Gefängnis landen.

Als ich hinter Dean und Phil die Treppe hinunterging, fühlte ich mich so machtlos wie ein Anarchist mit einem Strafzettel. Fast hoffte ich, der Transporter wäre »ohne Einwilligung des Besitzers entfernt« worden, aber er parkte immer noch im Schatten, also blieb mir nichts anderes übrig, als Dean die Beifahrertür zu öffnen. Phil stieg nach hinten, Dean setzte sich nach vorn, und ich hatte meine Finger in der Hosentasche weniger gekreuzt als ineinander verflochten. Zum Glück für uns reichte Deans Neugier wenig weiter als bis zu seiner Nasenspitze. Er befand sich gerade in einem fortgeschrittenen Stadium von Erfrischtheit und mußte unbedingt mit seinen ganzen neuen Projekten großtun, wobei er ganz vergaß, daß er mir am Abend zuvor schon alles haarklein berichtet hatte. Ich gab mir Mühe, fasziniert zu wirken, doch Dean meinte, ich schiene nervös, worauf ich vorgab, mir ein wenig Sorgen wegen Überschreitung des Alkohollimits zu machen. Phil saß vornübergebeugt auf dem Rücksitz, den Kopf zwischen Dean und mich gekeilt, um Dean den Blick auf Mark zu verdecken. Wir fuhren am West End entlang, und erst, als wir auf Höhe der Uferstraße waren, gab Dean ein wenig Ruhe und wandte seine Aufmerksamkeit Sara und unserem Ausflug ins Kasino zu.

»Ich bin selbst ein paarmal mit Mark dagewesen. Hat mich ein Vermögen gekostet. Mark schuldet mir sogar noch einen Tausender vom letzten Mal«, sagte er. »Aber wir hatten echt was zu lachen. Hat es Sara Spaß gemacht?«

»Schien so, ja«, sagte ich.

»Das ist gut. Genau das, was sie braucht. Sie war ein bißchen gestreßt gestern abend, fand ich. Sie arbeitet so viel. Ich sag ihr andauernd, sie soll mal ein bißchen lokkerlassen.«

»Absolut vernünftig«, sagte Phil.

»Seid ihr hinterher noch irgendwo hingegangen?« fragte mich Dean.

»Nein, nur noch ein bißchen zu mir«, sagte ich.

Ich spürte, wie er am liebsten in mich hineinkriechen wollte, um rauszufinden, ob sie über Nacht geblieben war. Da ihm das nicht möglich war, versuchte er's auf andere Weise.

»Hattet ihr nicht mal was miteinander, Andy, du und Sara? Als wir euer Video gedreht haben?«

»Ja, für zwei Minuten«, sagte ich. »Das ist lange her.« Es kam überhaupt nicht in Frage, daß ich meine Gefühle für Sara hier als emotionales Hors d'œuvre servierte.

»War aber ein schönes Video. Auch wenn ich es bin, der es sagt«, sagte Dean. »Eine Schande, daß die Single nie richtig gelaufen ist.«

»Der Song war okay. Es lag schon eher an deinem scheiß Video«, höhnte Phil. »Dieser Stierkampfkram, das war doch der letzte Scheiß. Ich hab Morddrohungen von der Animal Liberation Front gekriegt!«

Es war eine Erleichterung, das Thema Mark und Sara zu verlassen, und so stritten wir auf der gesamten Länge der King's Road über die Verdienste des Videos, bis wir einen Wohnblock in der Nähe von World's End erreichten. Sobald Deans Bergwandertrainers den Bürgersteig berührten, preschte ich davon, wie ein befreites Tier. Phil lachte.

»Was für ein Glück, daß er sich nicht umgedreht hat!« sagte er. »Ich dachte schon, wir wären am Arsch.«

Wir waren aber noch nicht über den Berg, obwohl es doch die ganze Zeit bergab ging mit uns. Etwas freundlicher gestalteten sich die Aussichten erst, als ich Saras Nummer von einer Telefonzelle aus anrief und ihre Mitbewohnerin mir mitteilte, daß Sara für ein paar Tage nach Wiltshire ins Haus ihrer Eltern gefahren sei, um eine Seminararbeit fertigzuschreiben. Ihre Hippiemutter und ihr Stiefvater machten Urlaub, und das Haus war leer. Ich war ganz aus dem Häuschen, Saras Aufenthaltsort erfahren zu haben, und glaubte zuversichtlich, den Weg dorthin wiederfinden zu können, da ich eins der glücklichsten Wochenenden meines Lebens dort verbracht hatte. Sara und ich waren durch die herbstliche Landschaft getigert, und sie hatte mir all die Namen der verschiedenen Bäume verraten. Die ich dann anschließend im Whirlpool gleich wieder vergessen hatte.

»Laß uns jetzt gleich hinfahren«, sagte ich. »Wir müssen aus London raus.«

»Ja? Es ist fast ein Uhr«, sagte Phil. »Bist du sicher, daß du es im Dunkeln findest? Morgen bei Tageslicht wär's doch sicherer.«

Wir beschlossen, die Nacht in Phils Wohnung zu verbringen und gleich morgen früh loszufahren.

14

Am Hammersmith-Kreisel bog ich unter der Überführung ab und fuhr am Labatt's Apollo vorbei. Dort hatten wir einst gespielt, waren alle vier in einer von der Plattenfirma organisierten Limousine vorgefahren, nicht ahnend, daß wir für derlei Extravaganzen letzten Endes selbst die Rechnung würden begleichen müssen. Heute kündigte das erleuchtete Vordach einen schlappen amerikanischen Singer-Songwriter an, und an einem der Stützpfeiler der Überführung war noch ein Stückchen des Mitte der Neunziger allgegenwärtigen Graffitos WER IST CHRISTIAN GOLDMAN zu sehen – eine Jux-Werbekampagne, die ihrem Autor noch immer keinen Plattenvertrag eingebracht hatte. Noch auf Jahre hinaus sollten die gemalten Worte die Brücken und Unterführungen Londons und New Yorks schmücken, am Ende weniger eine Frage darstellend als einen existentiellen Schrei.

Phil wohnte in einem viktorianischen Mietshaus, das zwischen dem Apollo und dem Hauptquartier von Polygram Records UK Ltd eingequetscht lag. Ich parkte in einer Sackgasse hinter dem Gebäude. Daran denkend, wie leicht Phil am Nachmittag in den Transporter hatte eindringen können, überprüfte ich mehrmals die Schlösser, bevor ich ihm um das Haus nach vorn folgte. Meine Sinne waren nach der Fahrt mit Dean dermaßen bloßgelegt, daß ich alles mit einer scharfen, fast schmerzhaften

Klarheit wahrnahm, und während Phil in seinen Taschen nach dem Schlüssel wühlte, starrte ich auf seinen neben die Klingel geklebten Nachnamen, dessen Buchstaben aus dem blauen Plastikstreifen herausdrängten und sich in Helligkeit auflösten. Wir gingen hinein, stiegen über tückische Haufen von Reklamepost hinweg und mußten einen schlecht beleuchteten Schockkorridor voller nierenfeindlicher Fahrradlenker und nach Schienbeinen schnappender Pedalen passieren, bevor es die Linoleumtreppe hinaufging.

Phils Wohnungstür führte direkt in ein kleines Wohnzimmer. Als ich eintrat, schlug mir helles Licht entgegen, als wäre ich in eine leere Disko mit eingeschaltetem Stroboskop geraten. Ich war verwirrt und brauchte einen Augenblick, um zu begreifen, daß das Licht von draußen kam, kostenlose Unterhaltung, bereitgestellt von den aufgeblendeten Scheinwerfern der Autos, die keine zehn Meter entfernt in Augenhöhe auf der Überführung vorbeirasten. Phil zog einen dünnen Vorhang vors Fenster, um die pulsierende Grellheit zu zerstreuen, und knipste eine mickrige Sechzig-Watt-Birne an, die in der Mitte des Zimmers von der Decke hing. Das Fenster sah aus, als sei es seit Ewigkeiten festgeklemmt, aber die Wohnung gab einem durchaus das Gefühl einer Zuflucht, und ich begann, mich geringfügig zu entspannen.

Das Wohnzimmer war nach internationaler Studentenart eingerichtet. Obwohl Phil erst wenige Monate darin wohnte, war der Boden von so vielen Schichten plattgedrückter Imbißverpackungen, Tragetaschen, zerdrückter Dosen und vergilbter Musikzeitschriften bedeckt, daß die Bude nicht nur nach einer Putzkolonne, sondern noch dringender nach einem Archäologen verlangte. Über einem braunen Kordsessel mit schwankender Rückenlehne (auf den Armlehnen trocknete eine Kruste hell glänzenden Schmutzes fest) hing dasselbe zerrissene Sex-Pistols-Poster, das sämtliche von Phils diversen Behausungen seit seiner Teenagerzeit geschmückt hatte. Die vier angenagten Ecken des Posters bezeugten manch eiligen Abschied von einer sehr kurzfristigen Wohnstatt im Laufe der Jahre. Ich stellte mir vor, wie jedesmal vier anilingelbe Fetzen Papier als Andenken an sein flüchtiges Bewohnen an der Wand zurückblieben und mit jedem neuerlichen Aufbruch die abgerissenen Dreiecke auf einen Nullpunkt hin zusammenliefen. Mit der Metamorphose des Posters vom Rechteckigen ins Oktogonale hatte die Aufforderung des »Never mind the bullocks« eine ganz neue Bedeutung angenommen und durfte ohne weiteres als Phils Bitte um Nachsicht verstanden werden angesichts all der Rückschläge, die er in den zurückliegenden Jahrzehnten hatte hinnehmen müssen.

Phil kroch in das durch eine Balsaholztür abgeschirmte Küchenkabuff und versuchte den Boiler zu entzünden, indem er ein Streichholz nach dem anderen in das kleine Loch hielt. Ich lehnte zitternd an dem ganz überflüssigen Kühlschrank und beobachtete seine Bemühungen, bis endlich die winzigen Düsen zischend Feuer fingen. Eine Flasche Claymore-Whisky stand auf dem Abtropfbrett, und Phil stocherte am Fuß einer wackligen Pagoda unabgewaschenen Geschirrs nach einem Paar geeigneter Trinkgefäße. Er schien sich sicherer zu fühlen in seinem Schlupfwinkel, ich aber wurde nur allzubald von einem neuerlichen Anfall von Übelkeit geschüttelt.

Ich fand das Badezimmer und riß an einer weißen Nylonlampenschnur, die auf dem Weg ans untere Plastikende immer dunkler wurde. Über meinem Kopf sprang ein Ventilator an, dessen beigefarbene Lüftungsschieber mit echt städtischer, dunkler Flechte besprenkelt waren. In diesem muffigen, fensterlosen Raum versuchte ich ohne Erfolg, mich zu übergeben, während ich kaltes Wasser laufen ließ und auf die glasierte Wandverkleidung starrte, hinter der eine gesunde Schimmelkultur aus einem unzulänglich angebrachten Dichtungsstreifen ausbrach. Getrocknete Zahnpastaspritzer sprenkelten den Spiegel, der mir mein Gesicht als eine blasse Maske mit zwei eingekerbten furchtsamen Augenlöchern zurückwarf. Ich bespritzte es mit Wasser und erwog sogar, den uralten Stummel, der Phil als Zahnbürste diente, zu benutzen.

Ins Wohnzimmer zurückgekehrt, bekam ich von Phil einen dunkelblauen Becher mit der goldenen Aufschrift Arsen gereicht. Wir führten uns den Claymore zu Gemüte und rauchten Phils Tabak, und als wir diesen verbraucht hatten, ging ich runter zur Tankstelle und kaufte neuen – der Lungenkrebs war auf der Hitliste meiner Sorgen rapide gefallen. Als ich die Wohnung wieder betrat, fand ich Phil über ein Omnichord, ein kleines, tragbares japanisches Keyboard, gebeugt, seine kreativen Unzulänglichkeiten mit einem Taschendiktafon aufnehmend, das er mit Klebestreifen auf dem Rand des Instruments befestigt hatte.

»Laß bloß ab«, sagte ich. »Hör zu, ich glaube, ich geh morgen zur Arbeit. Ich will die Schuld in Richards Gesicht sehen.«

»Da spricht der Alkohol aus dir. Was ist mit der Polizei? Nein, das ist zu gefährlich.«

Wir nuckelten am Claymore und diskutierten die Sache, bis Phil gegen drei Uhr auf eine Weise zu gähnen anfing, als wolle er seinen Unterkiefer absprengen, und dabei ein paar recht wahllos angeordnete Zähne mit hohem Amalgamanteil entblößte, die sich hinter den neuen vom K-Mart versteckten. Er schwankte ins Schlafzimmer, und ich saß da im vom Stroboskop zerschossenen Wohnzimmer, unfähig zu schlafen. Ich dachte an Sara, die jetzt vermutlich in demselben Bett schlummerte, das wir an jenem Wochenende, als ich mit ihr im Haus ihrer Eltern war, geteilt hatten. Sie hatte sich, da ihr das leere Haus unheimlich war, eng in meine Arme geschmiegt, und ihre übertriebenen Ängste waren der Auftakt zu unserem Liebesspiel gewesen. Jetzt war sie ganz allein im Haus, und ich malte mir aus, wie sie Notizen an den Rand ihres Buches kritzelte, unwillig, die Nachttischlampe auszuschalten, bevor nicht die Buchstaben auf der Seite zu zappeln begannen wie Elritzen in verschütteter Milch. Ich sehnte mich nach ihrem nackten Körper, aber ich hing zusammengesackt in Phils Sessel und sah die Scheinwerferlichter über die Decke wischen; es war, als würde nicht nur das Zimmer, sondern das ganze Gebäude sich um sich selbst drehen.

Als ich am Morgen erwachte, hatte ich den Kopf voll mit kaputtem Spielzeug und sah Phil am rußverschmierten Fenster stehen, Tee trinkend und die Stirn runzelnd auf der Suche nach dem Haarriß, an dem seine Kopfschmerzen aufhörten und die Außenwelt anfing. Ich brauchte eine Weile, um meine Brille auf dem Fußboden neben einem Stuhl zu finden. Hinter den doppelverglasten Fenstern kam der Autoverkehr auf der Überführung zum Stillstand, wodurch der Streßpegel der Fahrer in den fünf Sekunden, die sie brauchten, um sich bremsend in den Rückstau einzureihen, von null auf sechzig hochschnellte. Als ich mich aufsetzte, dröhnte mein Kopf von dem düsteren, rhythmischen Schlagen des Claymore. Phil versuchte, seine Brust freizubekommen, ein Unterfangen, das vergleichbar schien mit dem, die Teergruben von La Brea auszubaggern, und meine eigenen Atemwege waren schwarz tapeziert von all den Zigaretten, die ich geraucht hatte.

»Ich krieg es einfach nicht in meinen Kopf, daß Mark tot ist«, krächzte Phil.

»Wem sagst du das«, erwiderte ich. »Wir hätten nichts anrühren dürfen, und schon gar nicht ihn wegschaffen. Wir haben echt Scheiße gebaut.«

»Wir hatten keine Wahl!«

Phil war angespannt und gereizt, und ich war mir sicher, daß er schon gut und gern eine trübe Stunde lang über alles nachgegrübelt hatte. Ich schlürfte lauwarmen Tee und beschloß, zur Arbeit zu gehen. Falls die Bowrings mich noch nicht verdächtigten, in die Sache verwikkelt zu sein, würden sie es todsicher bald tun, wenn ich nicht bei ihnen aufkreuzte. Außerdem wollte ich sehen, in welcher Verfassung sich Richard befand, und etwas Zeit zum Nachdenken haben, ohne daß Phil dazwischenredete. Als ich ihm meinen Entschluß mitteilte, war er so skeptisch wie am Abend zuvor. Schließlich glaubte er immer noch, daß die Polizei in der Marylebone Station gewesen war.

»Was ist, wenn sie dich über Jeff ausfindig gemacht haben?« fragte er.

»Das ist ein bißchen weit hergeholt. Wie auch immer, ich muß erst Richard von Angesicht zu Angesicht sehen. Nur um sicher zu sein.«

Ein Handy zwitscherte in Phils Jackentasche. Marks Handy. Meine Nackenhaare richteten sich auf, und Phil machte eine zuckende Bewegung nach vorn.

»Geh nicht ran«, sagte ich.

»Glaubst du, ich bin bescheuert?«

Das Telefon nahm eine Nachricht entgegen, und als Phil sie abgespielt hatte, sagte er, es sei Dean gewesen, der um Marks Rückruf bitte. Ich spielte sie mir selber noch einmal vor und fand, daß Dean besorgt klang.

»Es ist keine Nachricht von Richard da. Man sollte meinen, daß er inzwischen mal das Handy angeklingelt hätte«, sagte Phil. »Um herauszufinden, ob Mark in Sicherheit ist.«

Ich war noch nicht drauf gekommen, aber Phil hatte recht: Richard hatte nicht angerufen, weil er wußte, daß sein Sohn tot war. Mir war schlecht, und meine wunden Lungen knisterten wie Bonbonpapier. Schlimmer noch, mein T-Shirt stank nach Marks beißendem Haaröl. Ich zog es aus und warf es in die Ecke, aber der Geruch blieb an mir haften, und ich hatte die Horrorvorstellung, daß er immer stärker werden würde, bis ich daran erstickte. Als ich Phil um Ersatz bat, machte ich die Entdeckung, daß sein Schlafzimmer wenig Aussichten hatte, für einen Bildbericht in einer von Emmas Wohnzeitschriften ausgewählt zu werden. Zwei Kleiderhaufen lagen auf dem Boden, und während Phil sich daran machte, in dem einen herumzuwühlen, sah ich seine alten Bühnenklamotten, in eine Plastikschutzhülle mit Reißverschluß gepackt, an einer Chromstange hängen. Staub lag auf den Schulterstücken, und durch das trübe Plastik erkannte ich die Fransen der Wildlederjacke, die er sich in Paris gekauft hatte. Ein zerschlissenes Paar Turnschuhe lag draußen auf dem Fenstersims, sein Gnadenbrot als Taubenabschrecker fristend.

»Dieser Haufen hier ist einigermaßen sauber.« Phil roch prüfend am Ärmel eines grauen Sweatshirts.

»Was verstehst du unter sauber?« sagte ich. »Ich kann fühlen, wie die Hitze davon abstrahlt.«

Beim Gedanken an Verrottung fiel mir Marks Leiche draußen im kalten Transporter ein.

»Genau das Richtige«, sagte Phil, ein rosa T-Shirt in die Höhe haltend.

Es hatte kaum meine Größe, und ich vermutete, daß es als Trophäe von irgendeiner Teenybopper-Eroberung her übriggeblieben war, aber ich zwängte mich hinein und machte mich zum Aufbruch bereit. Es gab nicht mehr viel zu tun bei den Bowrings, daher sagte ich Phil, daß ich bis mittags zurück sei, und versprach, daß wir dann sofort nach Wiltshire aufbrechen würden. Meine Entschlossenheit spürend, gab Phil sich geschlagen, ließ sich in den Sessel sinken und starrte hinaus auf die Überführung. Das T-Shirt schnitt mir in die Achseln, als ich auf meinem Weg die Treppe hinunter ein wenig die Arme schwang.

Draußen schien die Luft wärmer, aber der Himmel hatte die Farbe einer ausgeschalteten Neonröhre. Ich kontrollierte erst einmal den Transporter, und ein Blick auf Marks verhüllte Leiche genügte, mein Herz rasen zu lassen. Die Umrisse unter der Plane waren für mein Gefühl durchaus zu erahnen, deshalb stieg ich in den Wagen, um die Tarnung zu verbessern. Ich war auf den Geruch von Fäulnis vorbereitet, aber es waren nach wie vor Farbe und Chemikalien, die die Luft schwängerten, als ich die Abdeckung anhob, um einen unseligen Blick auf Mark zu erhaschen. Ich arrangierte ein paar weitere Farbkanister und eine kleine Trittleiter um ihn herum. Als ich versehentlich mit der Hand seinen Arm streifte, spürte ich, daß er entsetzlich kalt war unter dem Stoff. Meine Werkzeugtasche unter den Arm klemmend, stieg ich eiligst aus, kaufte mir einen für vier Stunden gültigen Parkschein, klebte ihn hinter die Windschutzscheibe und schloß den Transporter wieder ab.

Eine schmutzige Kirche grenzte an die andere Seite des Überführungsbogens, und ich erwog sogar für einen Moment, hineinzugehen und für Marks Seele zu beten. Echte Zeitverschwendung. Eine imaginäre Gottheit anzurufen, während einem eintausend Autos über den Kopf hinwegbrausen, das wäre das gleiche, als würde man versuchen, einen Papierpfeil durch eine Lawine hindurchfliegen zu lassen. Ein kleiner Trost für den Pfarrer lag vermutlich in der Tatsache, daß er keine Dachdeckerrechnungen zu bezahlen hatte, weil der über ihm vorbeiziehende Verkehr jedes Jahr für eine neue Bleischicht sorgte. Nachdem ich das gehirnerweichende Tohuwabohu namens Hammersmith Broadway betreten hatte, stand ich an der Ampel vor einer Lastwagenladung von Strafgefangenen, die von der Sicherheitsfirma Group 4 hinter getönte Scheiben gesetzt worden waren, und mich flog der ernüchternde Gedanke an, daß ich nur allzubald ihren beschränkten Ausblick teilen und den Shareholder-Ertrag verbessern würde, wenn ich nicht sehr vorsichtig war. Auf der anderen Seite des Kreisels rannten zwei höchstens achtjährige Kinder zwischen den fahrenden Autos herum, um deren Windschutzscheiben für ein paar Pfennige zu putzen, und ein Streifenwagen fuhr an ihnen vorbei, ohne anzuhalten.

Im Zug der Hammersmith and City Line gab ich mich dem lähmenden Gefühl der Vereinzelung hin, das den Erwerb einer U-Bahn-Fahrkarte begleitet, und warf einen gründlichen und nüchternen Blick auf die Sachlage. Ich hatte mich immer als einen guten Menschen betrachtet, doch diese Einschätzung war jetzt schwer in Einklang zu bringen mit dem Diebstahl der Briefmarken und der Fahrt nach West Norwood. Meine ethischen Grundsätze schienen ähnlich verläßlich zu sein wie die Raumstation MIR. Ich jagte den Gedanken hinterher, der mir durchs Gehirn rumpelte: Falls wir verhaftet würden, war Phil derjenige gewesen, der die Anrufe gemacht hatte. Ich würde nicht wegen Beihilfe zur Erpressung belangt werden, sondern nur wegen unterlassener Meldung. Kein Grund zur Sorge in dieser Hinsicht.

Und doch sorgte ich mich, denn aller Dampf der Selbsttäuschung reichte nicht aus, die Falten meines Fehlverhaltens ganz glattzubügeln. Die Gesichter der anderen Fahrgäste kratzten an mir wie kleine Pfoten des Verdachts, aber der Gedanke an die Briefmarken war eine weitaus größere Qual. So edel meine Absichten zur fraglichen Zeit gewesen sein mochten, ich hatte die Briefmarken nicht zurückgegeben, und jetzt war Mark tot. Das sah nicht gut aus, das sah nach mindestens fünf Jahren aus, und ich schalt mich dafür, daß ich die Briefmarken nicht aus dem Transporter rausgenommen und versteckt hatte. Aber wo? Die Haltestellen schossen vorbei, und die Werbetafeln auf den Bahnsteigen bogen sich mit muskelbepackten männlichen Torsi, deren Aufgabe anscheinend darin bestand, aller Welt die Defizite von Leptosomen meines Schlages deutlich zu machen. Ich stieg an der Baker Street aus und passierte die konvexe Linse von Sherlock Holmes' Vergrößerungsglas in einer groß aufgeblasenen viktorianischen Federzeichnung, die die Wandkacheln schmückte. Ein Straßenmusiker sang, daß er uns nicht wehtun wolle, daß er uns nicht zum Weinen bringen wolle und daß er seinen Schmerz hinunterschlucke. Schlucke meinen, dachte ich. Schlucke meinen.

Ich nahm eine andere Bahn nach Regent's Park, und in einer ruhigen Straße nicht weit von den Bowrings entfernt traf ich auf einen alten Mann in einem Fischgrätmantel, der mitten auf dem Bürgersteig stand. Er war vornübergebeugt und murmelte, eine Hand seitlich ans Gesicht gehalten, vor sich hin, offenbar von unsagbarem Leid ergriffen. Ich wurde meinerseits von Mitgefühl ergriffen. Das gewaltige Ohr des Mannes schien immer noch zu wachsen, obwohl seine Knochen doch schon am Schrumpfen waren, und ich war drauf und dran, ihn zu fragen, ob ich ihm in irgendeiner Weise behilflich sein könne, als ich sah, daß er in ein Mobiltelefon sprach.

Ich drängte weiter über das Yorker Pflastergestein, nicht mehr als flüchtige Schattenflecke werfend, und bog in die Halbkreisstraße ein. Als ich das Bowringsche Haus erblickte, sank mir der Mut, und ich verlangsamte meinen Schritt. Von Polizei war nichts zu sehen, aber Angst und Schrecken stiegen in meinem Hals auf, als ich auf die Haustür zuging und den Klingelknopf drückte. Was ich da tat, war verrückt; nicht nur leichtsinnig, sondern geradezu aktiv selbstzerstörerisch. Wenn nun die Polizei tatsächlich nach mir suchte? Schon wollte ich wieder kehrtmachen, als Richard Bowring die Tür öffnete.

Ich war erschrocken, aber nicht mehr als Richard. Sofort sah ich die Angst in seinen Insektenaugen. Angst und etwas, das ich für Schuld hielt. Er hatte offensichtlich nicht geschlafen, so abgespannt sah er aus, und hatte es sogar versäumt, seine Haare einzuölen. Wir standen da und sahen uns an, beide unsicher.

»Ich dachte, Sie wären fertig«, sagte er.

»Ist eigentlich nur noch der Sims übrig und hier und da was auszubessern«, erwiderte ich. »Dann sind Sie mich los.«

Widerborstige Haarsträhnen flatterten über seine Ohren, und er strich mit der Hand darüber, ein wenig Fassung zu gewinnen. Dann öffnete er den Mund, um etwas zu sagen, besann sich aber und drängte an mir vorbei auf die Straße. Richard hatte den silbernen Glanz von Reichtum und Macht verloren. Ildikó war nirgends zu sehen, daher ging ich ins Eßzimmer und versuchte mich zu beruhigen, während ich mir die farbverschmierte Malerhose über die farbverschmierte Jeans zog. Für Londoner Verhältnisse war das Haus außergewöhnlich still. Dies war die Art von Stille, die man kaufen kann, ein Schweigen, das wirklich Gold ist. Stille, die viel Geld und in diesem Fall vielleicht auch ein Menschenleben gekostet hatte. Die Staubtücher lagen noch so da, wie ich sie am vergangenen Nachmittag angeordnet hatte, und es fiel schwer zu glauben, daß ich eins von der gleichen Sorte als improvisiertes Leichentuch für Richards Sohn benutzt hatte. Ich dachte an Marks Leiche in meinem Transporter und an die Briefmarken.

Die Briefmarken.

Die Schweinsledermappe drehte sich auf einem Plattenteller in meinem Kopf. Nicht einmal Phil wußte, daß ich sie hatte. Was sollte ich damit tun? Sie anonym zurücksenden? Wegwerfen? Ich sah die Polizei einen glücklichen Fund auf irgendeiner Müllkippe machen, und einen übereifrigen Weißkittel, wie er mit seiner Pinzette einen Spritzer von Farrow and Bell hergestelltem Taubenweiß von einer der Albumseiten pult. Mit viel Mühe den aufsprudelnden Brunnen der Paranoia zustopfend, begann ich einen weiteren Anstrich auf den Sims aufzutragen, wobei ich mich auf einer über Tapezierböcke gelegten Bohle voranarbeitete. Die Tür hinter mir ging auf, und Emma Bowring stand im Zimmer, bekleidet mit einem schwarzen ärmellosen Trikot und einem Paar Leggings. Sie hatte sich in ihrem kleinen Fitneßstudio im ersten Stock betätigt, und ihre gelben Haare kulminierten in einer Reihe von nassen Vogelfedern.

»Morgen, Andy«, sagte sie. »Alles in Ordnung?«

Emma keuchte noch ein wenig nach ihren Anstrengungen, und sie wirkte besorgt. Wußte sie von Marks Tod?

»Alles klar. Ähm, irgendwas Neues von Mark?«

Sie bewegte sich träge auf mich zu; eine seichte Person, die durch seichtes Wasser watet.

»Er war's, der hinter der ganzen Sache steckte«, sagte sie. »Jemand hat Richard angerufen und es ihm erzählt. Eine junge Frau.«

Meine Kehle wurde eng. Es war nicht mehr, als ich vermutet hatte, dennoch war es schmerzhaft, bestätigt zu bekommen, daß Sara Richard angerufen hatte, obwohl Mark ihr einigen Grund zu der Annahme gegeben hatte, daß ich in die Sache verwickelt war.

»Mark ist dann also in Sicherheit?« fragte ich.

»Tja, das wissen wir nicht, nicht wahr? Die Frau sagte, Mark hielte sich in einer Wohnung in Kilburn auf, aber da war niemand, als Richard die Polizei hingeschickt hat. Vielleicht war der Anruf ein Schwindel.«

Ich drehte mich um und klatschte noch etwas Farbe auf den Sims, damit Emma mein Gesicht nicht sehen konnte. Richards Kaltblütigkeit machte mich sprachlos: Er hatte seinen Sohn getötet, uns die Falle gestellt und dann die Polizei gerufen. Phil hatte ganz recht gehabt, was Richards Einfallsreichtum betraf. Wären wir selbst zur Polizei gegangen, hätten wir beide für Lichtjahre in den Bau wandern dürfen. Zu meinem Glück klingelte jetzt das Telefon. Emma ging ran, und ich hörte, wie sie dem Anrufer sagte, daß Richard im Büro sei, später aber aufs Land fahren würde. Sie gab die Nummer von Foxton Hall durch. Ich rechnete damit, daß sie, nachdem sie aufgelegt hatte, nach oben gehen würde, aber statt dessen kam sie ins Eßzimmer zurück. Sie schien angespannt, und ich fragte sie, was die Polizei gesagt hätte.

»Sie können nicht viel tun«, sagte sie. »Mark gilt als erwachsen, und von Rechts wegen gehören die Briefmarken ihm. Ich sag Richard die ganze Zeit, daß er sie wahrscheinlich verkauft hat und jetzt im Ausland Ferien macht.«

Das Wort Briefmarken traf einen Nerv und bohrte sich glatt hindurch.

»Was für Briefmarken?« fragte ich, nicht schnell genug.

Es war das erste Mal, daß sie mir gegenüber die Briefmarken erwähnt hatte, und ich argwöhnte, daß es ein Trick sein könnte. Ich stand in zwei Meter Höhe, und die Bohle verwandelte sich in ein Hochseil.

»Die Briefmarkensammlung, die Mark als Kind hatte«, sagte sie. »Wir sind zwar nicht ganz sicher, aber wir glauben, daß sie gut und gern zwanzigtausend wert sein könnte.«

Sie zündete sich eine Silk Cut an.

»Richard raucht wieder«, sagte sie. »Er hat versucht, sich auf diese kleinen Zigarren zu beschränken, aber was soll man erwarten. Es ist ja nicht nur die Geschichte mit Mark. Er hat übermorgen eine große Präsentation auf Foxton, und das macht ihm Magengeschwüre. Da werden hundert Leute aus London erwartet.«

»Ach ja? Worum geht's denn da?«

»Er will das Hauptgebäude in einen Health-Club verwandeln. Es ist tierisch teuer in der Unterhaltung, und wir sind ziemlich pleite.«

Ich war von den Socken.

»Sie machen wohl Scherze. Was ist mit diesem Haus?«

»Der Mietvertrag läuft in ein paar Jahren aus. Deswegen war er auch so pampig wegen der Renovierung. Jetzt hat er wegen dieser Gesundheitsfarmsache eine Gesellschaft mit einer malayischen Gruppe gegründet. Wenn das funktioniert, sind wir aus dem Schneider. Wenn nicht, wer weiß?«

Wenn es nicht funktionierte, standen die Chancen meiner Schätzung nach acht zu fünf, daß sie ihn innerhalb eines Jahres verlassen würde.

»Geld ist nicht alles«, sagte ich.

Ich war einige Jahre reich gewesen, die qualvollsten Jahre meines Lebens.

»Ich meine, nehmen Sie Mark«, sagte ich. »Er hat trotzdem so seine Probleme, nicht wahr?«

Sie blies Rauch in meine Richtung.

»Mark war schon immer nicht ganz richtig im Kopf, und jetzt ist er völlig außer Kontrolle geraten«, sagte sie. »Doktor Leffler sagt, daß er in einer Scheinwelt lebt. Eigentlich tut er mir fast leid. Neulich kam er zum Essen her und hat Richard beschuldigt, Geld aus dem Treuhandvermögen zu stehlen. Vor all unseren Gästen. Richard mußte Marks Taschengeld kürzen, um zu versuchen, ihn wieder in die Klinik zu bringen. Haben Sie eigentlich die Heizung gestrichen?«

Ich hatte nicht daran gedacht.

»Also wirklich, Andy. Eine erschreckende Ungenauigkeit im Detail.«

Ich bat sie, meine Farbschale aus der Fünfliterdose auf dem Fußboden aufzufüllen, worauf sie durchs Zimmer schlitterte und mir ein interessantes Beckenprogramm bot, als sie sich vornüber beugte.

»Das ist genug Farbe«, sagte ich.

Als sie sie mir heraufreichte, stieß ich mit der Schale gegen den Sims, und eine Handvoll Farbe spritzte mir über die Malerhose.

»Scheiße!«

»Wie süß«, sagte sie. »Ich glaube, Sie sind tatsächlich rot geworden.«

Emma ging in die Küche, um eine Rolle Papiertücher zu holen, und ich kletterte die Trittleiter hinunter, wobei ich den Schritt meiner Malerhose hochhalten mußte, um die Farbpfütze nicht auf den Boden tropfen zu lassen. Ich stand da mit einem Gefühl des Ausgesetztseins, bis Emma zurückkehrte

»Sie sollten es lieber selber machen«, sagte sie.

Als ich mir den Schritt abtupfen wollte, wurde alles nur noch schlimmer, und die Nässe sickerte durch den Stoff hindurch in meine Jeans.

»Warum hören Sie eigentlich immer klassische Musik?« fragte Emma.

Auf Classic FM wurde Ravels *Bolero* gespielt.

»Weil sie mir gefällt, nehme ich an«, sagte ich.

»Waren Sie je in einer Band?« fragte sie.

Der Zeiger auf meinem Paranoiazähler rauschte durch den roten Bereich und ward nicht mehr gesehen.

»Äh, warum fragen Sie?«

»Sie sagten, Sie seien früher Musiker gewesen, wissen Sie noch? Und Sie sind nicht unbedingt der Orchestertyp.«

»Ja, naja, ich war bei Overload. Haben Sie wahrscheinlich nie von gehört.«

Sie schluckte und schob sich ein paar freihängende

Haare hinters Ohr. Es war erkennbar eine echte Überraschung für sie. Zum ersten Mal, seit ich sie kannte, fehlten ihr die Worte.

»Geht's Ihnen gut?« fragte ich. »So schlecht waren wir denn auch nicht, oder?«

»Nein. Nein, überhaupt nicht. Ich glaube sogar, ich habe die CD noch«, sagte sie.

Emma verließ das Zimmer und rannte mit hysterischer Vitalität die Treppe hinauf.

Drei Minuten später kam sie zurück, die *Luxury Amnesia*-CD in der Hand.

»Sehen Sie? Ihr hattet diesen einen Song. Ein echter Ohrwurm.«

»Nicht ganz so lästig wie Darmwürmer, immerhin.«

Sie mühte sich, die Töne mit ihrem dünnen Alt zu finden, und brachte einen ziemlich grausamen Murks zustande.

»Gott, Sie müssen stolz sein«, sagte sie. »Immerhin haben Sie eine Spur hinterlassen.«

»Vielleicht einen kleinen Fleck.«

»Warum ziehen Sie die Latzhose nicht einfach aus?« fragte sie.

Ich hielt sie immer noch nach vorn gewölbt, in der vagen Hoffnung, daß sie dann schneller trocknen würde.

»Ich faß mal mit an«, sagte sie.

Emma kniete sich vor mich hin, und ich mußte schlucken, als sie die Malerhose vorsichtig, um keine Farbe an ihre Finger zu bekommen, an meinen Beinen herunterkrempelte und mir dabei auf den Schritt starrte. Falls Emma daran dachte, einen Groupie-Impuls zu befriedigen, dann war sie drei Jahre zu spät dran. Vor Verlegenheit und auch ein bißchen Wut errötend, stieg ich aus der Malerhose. Sie warf sie auf ein Staubtuch und blickte dann hinauf zu mir.

»Der Sänger war entzückend. Seid ihr immer noch befreundet?« fragte sie.

Ich hatte das magenstürzende Gefühl, daß Emma alles wußte und daß sie sich einfach Zeit nahm, um mich so richtig schön in die Enge zu treiben. Katzen spielen mit der Maus, bevor sie sie töten, nur darum, weil das ausgeschüttete Adrenalin deren Fleisch zarter macht.

»Wir haben den Kontakt verloren. Phil ist nach Amerika gegangen.«

»Tatsächlich?« sagte sie.

»Ist ewig her.«

»Sie sind so angespannt, Andy. Lassen Sie mich Ihren Nacken massieren . . . Da, mein Gott, die Muskeln sind ja total verknotet!«

Mir war schwindlig. Ich wollte glauben, daß sie mich nur neckte und sich jeden Moment umdrehen, aus dem Zimmer gehen und mich wie einen Narren dort stehenlassen würde. Statt dessen legte sie ihre Hand auf meinen Schwanz und drückte ihn beinahe mechanisch, ihren eigenen Sex-Appeal messend, als sei es der Reifendruck an ihrem Auto.

»Moment mal«, sagte ich. »Wir können doch nicht –«

Aber es klang überhaupt nicht wie meine Stimme. Es klang, als würde ein weit entfernter Bauchredner sprechen. Emma knetete weiter, bis es mir scheißegal war, ob der Bauchredner erwürgt wurde oder nicht.

»Natürlich können wir«, sagte sie. »Küß mich.«

So beschämend es ist, es läßt sich nicht drum herum reden, daß ich Emma Bowring gevögelt habe, und zwar einen Tag nachdem ich beschlossen hatte, daß ich den Rest meines Lebens mit Sara zusammensein wollte. Ich könnte sagen, daß ich Angst hatte, Emma würde mich mit Marks Verschwinden in Verbindung bringen. Ich könnte sagen, daß ich durch den Sex einen psychologischen Vorteil ihr gegenüber zu erlangen hoffte, damit sie dann aufhören würde, mich wegen Phil zu löchern. Ich könnte auch sagen, daß ich einfach vorübergehend den Verstand verlor, und alles das wäre wahr. Wahr ist aber auch, daß ich erregt war, als Emma ihre kleine Zunge in meinen Mund steckte. Ihre Lippen waren dünner als Saras, und ich weiß noch, daß sich das seltsam anfühlte. Dann ließ Emma die Druckknöpfe an ihrem Trikot aufspringen und zog es sich über die linke Brust, und ich sah die Wölbung ihres Nippels durch den weißen Stoff ihres Sport-BHs. Ich sonderte einen erstickten Laut ab, als Emma ihre Titte freilegte, sie mit der Hand umfaßte und knetete. Gegen meinen Willen wollte ich an ihrem Nippel saugen. Ihrem ironischen Lächeln entnahm ich, daß Emma noch alles voll unter Kontrolle hatte.

Sie krallte sich mit ihren lackierten Nägeln an meine Unterhose, bis mein Schwanz, eine elastische Senftopfüberraschung, ins Freie schnellte, woraufhin sie ohne jeden Anspruch auf Finesse daran zu hantieren begann. Ich hob sie hoch, und sie wickelte, sich an mich pressend, ihre Beine um meine Taille. Die Jeans auf Knöchelhöhe schlotternd, schwankte ich sechs oder sieben Schritte weit mit ihr zum Tisch. Mit knapper Not gelang es mir, sie auf die Tischkante zu plazieren, bevor wir zusammenbrachen. Emma warf sich zurück auf die Platte und schälte sich aus ihren Leggings.

»Worauf wartest du, Andy? Eine offizielle Genehmigung?«

Ich schob meinen Schwanz in sie hinein, und sie hakte

ihre Beine um meinen Rücken und zog mich an sich heran. Ich legte los. Sie hielt mich mit ihren Beinen fest.

»Du darfst nicht in mir kommen«, sagte sie.

Ihr Bauchnabel war so tief wie die zugeknotete Öffnung eines Luftballons.

»Okay«, sagte ich.

»Versprochen?«

Ich nickte, und sie schob mich mit den Beinen von sich. Sie drehte sich um und legte sich bäuchlings auf den Eßtisch, sich an dessen Kante festhaltend. Während ich mich niederkauerte, um sie von hinten zu nehmen, fragte ich mich allerdings auch, was zum Teufel ich da eigentlich mache.

»Zieh mich an den Haaren«, stöhnte sie.

Verwundert tat ich wie geheißen, zerrte mit jedem Stoß an ihren dicken Locken. Sie forderte mich auf, fester zu ziehen. Ich sah aus dem Fenster auf das graue Stückchen London, dann blickte ich hinunter auf meinen Schwanz, wie er in Emma hinein- und herausglitt und fühlte mich wie ein müder Akrobat. Da war ein weißer Streifen an ihrem Steißbein, und ich kam zu dem Schluß, daß das die Stelle sein mußte, an der der direkte Kontakt mit der Sonnenbank der Tätigkeit der UV-Strahlen in die Quere gekommen war. Emma hatte die auf den Bermudas erworbene Bräune künstlich aufgemöbelt, denn der Rest ihres Körpers zeigte sich in gleichmäßigem Karamel. Ich vögelte sie jetzt schneller, und schon bald spürte ich, wie meine Schenkel naß wurden. Für einen Moment dachte ich, sie hätte sich bepinkelt, aber es fühlte sich nicht nach Urin an. Es war dickflüssiger, klebriger.

»O Gott! Nicht aufhören!« rief sie. »Das ist immer so.«

Es war, als wäre ein Brunnen angesprungen da unten, und es spornte mich an, wie einen Lachs, der flußaufwärts hüpft. Dann packte sie meine Hüften, grub ihre Nägel tief ein. Ich schrie auf vor Schmerz, und sie stieß mich zurück, aus sich heraus.

»Hat mein Trikot was abgekriegt?« fragte sie über die Schulter. »Hol doch mal die Küchenrolle, ja?«

Ich schüttelte verblüfft den Kopf. Sie tastete auf ihrem Rücken nach einem Spermaband, das nicht vorhanden war.

»Ich bin gar nicht gekommen«, sagte ich.

Ich fühlte mich so unbehaglich wie ein Fitneßgerät. Aus der Diele kam ein Geräusch, und Emma stieg schnell in ihre Leggings zurück. Ich zog meine Jeans hoch und hatte den Reißverschluß gerade rechtzeitig oben, bevor Ildikó im Mantel in der Tür auftauchte und Emma fragte, ob sie irgendwas für sie einkaufen solle. Emma schüttelte den Kopf. Als Ildikó das Haus verließ, gestattete sie sich ein leises Aufseufzen.

»Das war vielleicht ein Glück!« sagte ich. »Meine Fresse, eine Minute früher –«

»Immer mit der Ruhe. Ich hätte sie gehört.«

Emma saß auf dem Eßzimmertisch, ließ die Beine baumeln. Mit einem schmalen Wegwerffeuerzeug zündete sie sich eine Silk Cut an, und ich schnorrte ihr eine ab.

»Ich dachte, du rauchst nicht«, sagte sie.

»Nur bei besonderen Gelegenheiten.«

Emma krümmte eine ihrer Augenbrauen, wie um zum Ausdruck zu bringen, daß sie weder die Abstinenz im allgemeinen noch meine sexuelle Leistung im besonderen allzu hoch einschätze. Dann klingelte das Telefon, und sie rannte nach oben, um an den dortigen Apparat zu gehen. Ich besserte die Schramme an der Heizung aus, wobei ich mich schäbig und leer fühlte, mir aber einzureden versuchte, daß dieser Sex keine Rolle spiele, weil ich ja gar nicht richtig mit Sara zusammen war. Und ich war schließlich nicht gekommen, das hieß, nach Clintonschen Maßstäben war praktisch nichts vorgefallen. Aber es spielte doch eine Rolle, und obwohl ich den Beweis für Richards Schuld in seinem Gesicht gesehen zu haben glaubte, war ich jetzt noch mehr durcheinander als vor meiner Ankunft. Als Emma zwanzig Minuten später wieder nach unten kam, umgezogen und mit gefröntem Haar, wirkte sie wie eine andere Person. Ich sagte ihr, daß ich nochmal herkommen müsse, um meine Sachen abzuholen, weil die Batterie meines Transporters leer sei, und es störte sie kein bißchen.

»Du kannst morgen kommen und alles fertigmachen, wenn du willst«, sagte sie. »Dann hab ich noch die Möglichkeit, vorher zur Bank zu gehen. Dann bezahl ich dich morgen.«

Ich war perplex. Vorher hatte sie was von mir gebraucht, jetzt aber wollte sie mich aus dem Haus haben, und es gab nichts in ihrem Verhalten, das darauf hingedeutet hätte, daß wir vor einer halben Stunde Sex gehabt hatten. Wenn nicht gewisse Details, wie der weiße Streifen an ihrem Steißbein, das Gegenteil bezeugt hätten, hätte das Ganze auch ein bloßer Traum von mir sein können.

»Du mußt mich für seltsam halten«, sagte sie. »Es ist nur so, daß Richard und ich uns kaum noch anrühren. Er sagt, es ist wegen dem Streß, den er mit den Geschäften hat, aber es liegt nicht nur an ihm. Ich habe ein Problem mit Intimität. Mein Vater hat mich nicht mehr angefaßt, nachdem ich in die Pubertät gekommen bin. Er konnte mit meiner Sexualität nicht fertigwerden. Und das ist wohl auch der Grund, warum ich einen älteren Mann geheiratet habe . . .«

In diesem Sinne fuhr sie noch eine ganze Weile fort, bis sich der Eindruck aufdrängte, daß derlei Einsichten sich der Überweisung einer beträchtlichen Geldsumme von Richards Konto auf das eines Seelenklempners verdankten. Nach fünf Minuten Beichte war ich bereit zu glauben, daß sie mich nur gevögelt hatte, um jemanden zum Reden zu haben, dessen Honorar nicht so teuer kam.

»Ist schon gut«, sagte ich, als sie einmal innehielt, um Atem zu schöpfen. »Was mich betrifft, so ist es nie geschehen.«

»Versprochen?«

Ich nickte, und sie schien sich ein wenig zu beruhigen. Dann packte ich meine Sachen weg und fand mich gleich darauf von des Transporters stiller Fracht durch das unterirdische Personenbeförderungssystem hindurch gen Hammersmith zurückgewirbelt.

15

In einer Wohnung im Erdgeschoß von Phils Haus gähnte und kratzte sich ein Mann mit Weste im kalten Schein des Mittagsfernsehens, in seliger Ahnungslosigkeit über die fünfzehn Meter von seinem Fenster erkaltende Leiche. Ich kaufte einen neuen Parkschein, und als ich den Transporter öffnete, löschte der erste kurze Blick auf Mark den Morgen aus und verstärkte das Gefühl wunder Leere, gegen das ich angekämpft hatte. Phil ließ mich ein und erwartete mich auf dem Treppenabsatz, hin- und herblickend im Hausflur wie ein Tenniszuschauer im Schnellvorlauf. Ich roch einen schweren Fall von Hummeln im Hintern.

»Wo bleibst du so lange? Ich dachte schon, du seist verhaftet worden, verdammt!«

Er ließ mich die Lage in Regent's Park beschreiben und vernahm mit Vergnügen, daß Richard richtig fertig ausgesehen hatte. Ich erzählte Phil alles mit Ausnahme des sexuellen Zwischenfalls, teilweise weil ich mich schuldig fühlte, teilweise aber auch, weil ich mir nur zu gut vorstellen konnte, wie er Sara alles brühwarm weitergeben würde. Er lief in seinem winzigen Wohnzimmer auf und ab, während ich seine Fragen beantwortete.

»Wir holen Sara ab und gehen mit ihr zu Richard«, sagte er. »Klingt doch so, als würde er jeden Moment zusammenbrechen.«

Ich zuckte die Schultern. Mir schien das eine ziemlich lose, eine hoffnungslos optimistische Strategie zu sein.

»Wenn wir Sara alles erzählen, wird sie versuchen, uns zur Polizei zu schicken«, sagte ich. »Wenn sie sie nicht selber verständigt, heißt das.«

»Das wird sie nicht tun. Sie steht auf dich!«

»Wir haben uns jahrelang nicht gesehen, und dann haben wir eine Nacht miteinander verbracht, das ist alles. Wenn ich mit Marks Leiche im Haus ihres Stiefvaters auftauche, dann wird sie zur Polizei gehen. Ich würd's auch tun.«

»Wird sie bestimmt nicht! Sie war dabei, als wir die Sache geplant haben, weißt du nicht mehr? Du mußt ihr einfach nur erklären, wie das alles passiert ist.«

Phil warf jegliche Zweifel, die er gehabt haben mochte, in eine Sporttasche, aber als er, seine Begeisterung zu befeuern, einen alten Police-Song vor sich hin summte, schnitt der alte Doktor Freud eine Kerbe in seine Zigarre angesichts dieser unbewußten Assoziation. Ich fürchtete mich vor der Fahrt hinaus aufs Land. Ein Pinguinmännchen sucht sich einen perfekten Kieselstein und rollt ihn seinem Weibchen vor die Füße, was aber würde ich Sara zu Füßen legen? Die Leiche ihres Kindheitskameraden. Der Gedanke an das weißliche Nichtbermuda-Dreieck am Ansatz von Emmas Wirbelsäule ließ mir die Knie schlottern. Ich hatte seit vierundzwanzig Stunden nichts gegessen, daher machte ich in der Küche eine Dose Baked Beans ausfindig und wühlte in einer Tüte Weißbrot, ob etwa eine Scheibe zu finden war, die sich noch nicht in Penicillin verwandelt hatte. Beim Umrühren der Bohnen auf dem Herd beobachtete ich, wie die Spitze des Holzlöffels eine Reihe von Nullen auf dem Boden des Topfes beschrieb. Die Zukunft war orange.

Im Wohnzimmer gab Phil sich eine Dröhnung MTV, der Ton war leise gestellt und dafür waren seine eigenen Vocals drübergelegt, die ausnahmslos jeden Act als epigonal abtaten, wobei er diskret übersah, daß wir so ziemlich alles, was von uns je erschienen war, irgendwo geklaut hatten. Ich klatschte ihm zwei klebrige Klackse zuckriger Bohnen in eine angeschlagene Müslischüssel und machte, ungeachtet seiner Proteste, dem Sky-TV-Begräbnis der Popmusik ein Ende. Phil hatte es eilig und rührte sein Essen kaum an. Als ich meine Nahrungsaufnahme beendet hatte, gingen wir hinunter zum Transporter, und ich mußte mich zwingen, die Tür aufzuschließen. Drinnen herrschte ein übler Geruch, daher drehte ich trotz der Kälte das Seitenfenster herunter, als wir unter der Unterführung hindurch den Kreisel in Richtung Westen verließen. Ich konnte meine Bedenken nicht abschütteln.

»Betrachte dies einfach als das Fahrzeug eines Bestattungsunternehmens«, schlug Phil vor. »Man sieht diese Dinger doch andauernd. Diese kleinen Transporter, wo Private Ambulance draufsteht? Die kutschieren unzählige Leichen durch die Gegend. Nicht anders als wir.«

»Von ein ganz klein bißchen Papierkram abgesehen. Hör zu, Phil. Ich bring's nicht über mich, Sara davon zu erzählen. Ich möchte sie aus der Sache raushalten.«

»Ich sehe nicht, wie das gehen soll, mein Alter. Aber mach dir keine Sorgen. Du findest schon den richtigen Dreh mit ihr.«

Phil versuchte, ein mitfühlendes Gesicht aufzulegen, aber das hatte ich in den australischen Soaps schon besser gesehen. Während er sich eine neue Zigarette mit dem Stummel ihrer Vorgängerin anzündete, tastete ich unter meinem Sitz nach dem Album, das ich irgendwo auf dem Land verstecken zu können hoffte. Als wir London auf der Autobahn verließen, brach die Sonne durch einen Riß in der Wolkendecke und ließ die Fensterfront eines Bürogebäudes golden aufglühen und glitzern. Ich mußte hinsehen, und Phil flippte aus.

»Vielleicht könntest du ab und zu mal einen Blick auf die Straße riskieren? Den Laster hast du um einen scheiß Millimeter verfehlt!«

Um sich zu beruhigen, begann er auf seinem Omnichord zu spielen und in sein Diktafon zu singen. Ich bat ihn, Ruhe zu geben, worauf er zwar beleidigt guckte, aber immerhin das Instrument zurück in seine Sporttasche packte.

»Siehst du die ganzen Reifenspuren?« fragte er.

Da war eine ganze Reihe von schwarzen, breit schraffierten Strichen auf dem blassen Straßenbelag, dort, wo die Antiblockier-Bremssysteme zum Einsatz gekommen waren.

»Siehst du, wie sie immer irgendwie in Richtung Leitplanke ausscheren? Nun, da ist auch jedesmal ein neues Stück drin, nicht wahr? Wo der demolierte Abschnitt ersetzt worden ist. Da fragt man sich doch, was mit den Autos passiert ist. Wenn du verstehst, was ich meine.«

Wir fuhren schweigend weiter, jeder mit seinen eigenen Gedanken und Ängsten ringend. Phil holte die Überreste des Claymore aus seiner Sporttasche und gluckerte die letzten paar Schlucke weg, während ich mir einen Weg aus dem Schlamassel auszudenken versuchte, der nicht über Sara führte. Wenn es zum Allerschlimmsten kam, so meinte ich, konnten Phil und ich die Leiche immer noch im Wald vergraben und bei unserer Story bleiben, daß Mark um die Mittagszeit Jeffs Wohnung verlassen hätte. Damit würden wir allerdings auch

Richard davonkommen lassen, und ich wußte genau, daß ich mit dieser Schuld nicht würde leben können.

Die Entfernungen zwischen den Ausfahrten wurden immer größer, bis wir schließlich bei Hungerford die Autobahn verließen, um in die Welt der Minikreisel einzufahren. Es war nicht so sehr eine ländliche Gegend, eher ein wohlhabender, weit auseinandergezogener Vorort – SW 197. Das Verkehrsaufkommen nahm drastisch zu, und wir schlängelten uns durch einen weiteren Gänseblümchenkranz von Minikreiseln, um die Stadt zu umgehen. Man durfte getrost darauf wetten, daß diese Gegend bei der letzten Wahl einen Tory nach London geschickt hatte, und ich hatte ein bißchen Sorge, daß man uns für New-Age-Reisende halten und wir an einem der denkmalsgeschützten Galgen landen würden, die ich auf meinen Spaziergängen mit Sara wiederholt gesehen hatte.

»Drück mal ein bißchen auf die Tube«, sagte Phil.

Meine schwindenden Geduldsressourcen angreifend, erklärte ich ihm, daß man gut daran tut, etwas vorsichtiger zu fahren, wenn man eine Leiche an Bord hat, zumal diese erheblich mehr Gewicht habe und somit Fliehkraft entwickle als ein Gummigerippe, das vom Rückspiegel baumelt.

»Versuch doch einfach mal, die Aussicht zu genießen. Guck dir die Bäume an«, sagte ich.

»Ich kann die beschissenen Blätter zählen bei der Geschwindigkeit, die du fährst.«

Phil fing wieder an, auf seinem Keyboard herumzumachen, und ich wollte ihm gerade meine Meinung dazu sagen, als ich zu meiner Überraschung feststellen mußte, daß sich die Melodie in meinem Gehörgang festsetzte. Wie ein Ekzem.

Ich war ziemlich sicher, daß ich den Weg zum Haus wiederfinden würde, und als wir das weithin erkennbare Denkmal von König Alfred im Zentrum von Pewsey erreichten, nahm ich die zweite Ausfallstraße. Nach einer Meile bog ich am Ende einer Feuersteinmauer links ab und folgte einer gewundenen, von hohen Hecken begrenzten Landstraße, die praktisch einspurig war. Wir kamen an einem großen, mit grauem Stroh gedeckten Cottage vorbei, dessen Zickzackmuster auf dem Dach Phil an ausgefeilte Hiphop-Haarschnitte erinnerte. Es wurde minütlich dunkler, und ich befürchtete schon, ich hätte die falsche Abbiegung erwischt. Dann erkannte ich die beiden großen Bäume auf dem Hügel jenseits des Grundstücks von Saras Eltern wieder, und gleich darauf erschien das Haus selbst hinter einem fünfstängigen Gatter, das eine Lücke in der Hecke ausfüllte.

»Das ist es«, sagte ich.

»Du wirst es ihr sagen müssen«, sagte Phil.

»Ich versuch's.«

In einiger Entfernung von der Landstraße stehend, hatte das moderne zweistöckige Haus ein flaches Dach und etwas irgendwie Herrenloses. Man hätte es weniger als freistehend denn als abgeschnitten bezeichnen wollen. Das Erdgeschoß war mit Beton verputzt, das Obergeschoß in verwitterte graue Schindeln gewickelt. Es war kein Auto zu sehen, aber die Garagentüren waren geschlossen. Ich suchte eine Gelegenheit, den Transporter außer Sichtweite der Straße parken zu können, und fand einen kleinen Weg ein Stück weiter die Straße hinauf. Er führte am Rande eines Waldes entlang, und ich steuerte uns durch die von Autoreifen gelegten Zwillingskanäle, die einen mohikanischen Grasstreifen begrenzten. Ich drehte den Motor ab, schloß die Türen so leise wie möglich und warf noch schnell einen Blick auf Marks Leiche, um mich davon zu überzeugen, daß sie sich in den Kurven nicht von der Stelle gerührt hatte. Phil und ich gingen dann über den leicht abfallenden, unebenen Rasen hinweg auf das Haus zu. In den Fenstern war kein Licht, und aus dem Schornstein stieg kein Rauch auf. Eine Reihe von hohen Koniferen stand hinter dem Haus. An der Vordertür hing ein Klopfer in der Form eines in die Wellen tauchenden Delphins. Ich betätigte ihn und rief Saras Namen. Keine Antwort.

Die Garagentür ging mit metallischem Quietschen auf, ich schaltete das Licht an. Es stand nur ein Auto drin, ein uralter Chrysler mit platten Reifen und rostgesprenkelter Karosserie. An einigen Stellen war das Metall so löchrig und spröde wie ein Brandy-snap-Pfefferkuchen. Hellgrüner Schimmel war an einem alten Sofa hinaufgekrochen und überlagerte das William-Morris-Gewebe, Natur, die sich gegen ihre Repräsentation behauptet, und ein Windsurfbrett mit einem abgewickelten Segel lag hinter dem Auto. Phil und ich gingen zur Hintertür des Hauses, und als ich an der Wand entlangwischte, hatte ich Krümel von weißer Farbe an den Fingerspitzen. Es war alles düsterer und heruntergekommener, als ich es in Erinnerung hatte, doch andererseits hätte das Haus das gleiche auch von mir sagen können. Ich trommelte gegen die Hintertür und rief nach Sara. Es hatte allmählich den Anschein, als sei sie gar nicht da, und ich empfand ein süßsaures Gemisch aus Erleichterung und Enttäuschung.

»Ist egal«, sagte Phil. »Wir können Mark hierlassen, während wir uns Richards Bude angucken.«

»Äh, ja. Na gut. Wo willst du ihn hintun?«

»Hinter das Windsurfbrett in der Garage«, sagte Phil.

»Hast du gesehen, wie der Staub da draufliegt? Das ist seit Jahren nicht mehr benutzt worden.«

Es wurde schon ziemlich dunkel, und wir würden Marks Leiche nur ein paar Meter vom Transporter aus tragen müssen, also fuhr ich diesen rückwärts an die Garage heran. Der Boden war gefroren, es war daher ein Glück, daß wir nicht vorhatten, Mark zu beerdigen. Vorläufig. Die Leiche war inzwischen steifer geworden und schien weniger zu wiegen – als sei Mark in die Hände eines Präparators geraten. Einer seiner Schuhe fiel herunter, und ich schob ihn in den Wagen zurück. Als wir im Innern der Garage waren, bemerkte ich, daß seine Finger und Ohren blau getönt waren, und ich machte Phil darauf aufmerksam.

»Tja, er hat nie wie das blühende Leben ausgesehen, nicht wahr?« sagte Phil. »War aber kein schlechter Drummer. Hab ich das je erwähnt?«

Wir legten Mark hinter das Surfbrett und breiteten das helle Segel über ihm aus. Die Garagentür schloß mit einem satten Klacken, das mehr Abgeschlossenheit versprach, als es einlösen konnte, und ich stellte den Transporter wieder auf dem Weg ab. Als wir zurück über das Gras trotteten, das sich steifer als Teppichfliesen anfühlte, lag eine fürchterliche Traurigkeit in der kalten Landluft.

»Was ist das?«

Phil zeigte auf ein trübes, briefmarkengroßes Lichtrechteck, das durch eine Lücke in den Koniferen hindurchschimmerte. Es war ein Fenster, und ich wollte schon in Panik geraten, als mir einfiel, daß Sara mir einst die alte Scheune gezeigt hatte, die von ihrem Stiefvater in ein Aufnahmestudio umgebaut worden war. Er war Tontechniker, und im Gedächtnis geblieben war er mir in erster Linie wegen der bestickten Weste, die er bei der einzigen Gelegenheit getragen hatte, da wir uns begegnet waren. Mein Herz klopfte – ich war sicher, daß Sara dort war.

»Du wartest im Wagen«, sagte ich. »Es geht besser, wenn ich mit ihr allein spreche.«

Als ich durch die Koniferen schritt, stieß ich mit dem Kopf gegen eine Traube von stählernen Windglockenspielen, die es sich nicht nehmen ließen, auf meinen Nerven herumzuklimpern. Die Scheunentür öffnete sich auf einen dunklen Raum voll mit prädigitalem Gerümpel aus den achtziger Jahren: schrottreife Synthesizer, Verstärker, ein Atari-Keyboard und mit Staubpelzen bedeckte Lautsprecher. Licht kam nur aus dem Kontrollraum, eine an die gegenüberliegende Wand gesetzte Glaskabine. Sara saß darin, mit hochgesteckten Haaren an einem PC arbeitend, und ihr Anblick raubte mir den Atem. Ich rief sie, doch sie konnte mich nicht hören, weil der Kontrollraum schallisoliert war. Als ich die Tür aufmachte, fuhr Sara erschrocken herum, doch ihr Blick wurde weicher, als sie mich erkannte.

»Andy! Was machst du denn hier? Gott, hast du mich erschreckt!«

Ich ging zu ihr und küßte sie, und ihre Haut war weich und warm.

»Ich wollte dich nur überraschen.«

»Na, das ist dir jedenfalls gelungen!« lachte sie, den Schreck abschüttelnd. »Woher wußtest du, wo ich bin?«

»Deine Mitbewohnerin hat es mir gesagt.«

»Und da bist du gleich runtergefahren? Ich dachte, du würdest vielleicht doch ein bißchen mehr Widerstand leisten.«

»Ich wollte dich sehen. Ist das so schlimm?«

»Nein. Nein, vermutlich nicht. Warum guckst du denn so verängstigt?«

Meine Angst als Furcht vor Zurückweisung mißverstehend, nahm Sara mich in die Arme, und wir küßten uns. Mein Körper versteifte sich, als ich mich an Emmas trockene Papageienzunge erinnerte. Ich war verabscheuungswürdig.

Die helle Honigwabe eines Gasboilers glühte wie ein Miniaturfegefeuer in der Kabinenecke.

»Geht's dir gut, Andy? Du siehst müde aus.«

»Ach, das kommt von der Fahrt. Wie bist du hergekommen?«

»Bus und Taxi. Es ist ein ziemlicher Streß, aber ich hab viel zu tun, und in London bin ich verrückt geworden. Ich mußte mal runterschalten. Nach der Trennung von Dario war ich völlig durcheinander. Dann kam die Sache mit Dean, und ich möchte einfach nicht noch einen Fehler machen. Ich hab mir gedacht, ich sollte mal eine Weile mit mir allein sein. Bevor ich mich auf eine neue Beziehung einlasse.«

»Ich hab das versucht, und es ist Scheiße. Man muß halt ein Risiko eingehen.«

»Ich will nur nicht verletzt werden, das ist alles.«

Ich hatte ein schlechtes Gewissen, da ich genau wußte, daß die Anwesenheit von Marks Leiche in der Garage ihres Stiefvaters sie weit mehr als nur verletzen würde. Dann tauchte Phils Gesicht aus der Dunkelheit jenseits der Doppelfenster auf, wie ein weißes Etwas, das aufs Fenster eines Tiefseetauchgeräts zutreibt. Saras Mundwinkel fielen um zwanzig Grad nach unten, und der Zauber war gebrochen. Ich war stinksauer auf Phil, daß er nicht im Transporter geblieben war.

»Was macht der denn hier?« fragte mich Sara.

Phil kam in die Kabine, ließ seine billigen Zähne aufblitzen.

»Hi, Sara. Was macht die Seminararbeit?« fragte er.

Er kam noch unechter rüber als der Piltdown Man.

»Weißt du, daß dieser widerliche Scheißkerl Marks Vater angerufen und die Briefmarken verlangt hat?« sagte sie zu mir.

Ich schluckte, betroffen von der Heftigkeit ihres Zorns.

»O Gott, Andy. Du hast doch damit nichts zu tun, oder?« fragte sie.

»In gewisser Weise«, sagte ich. »Phil war im Transporter, als ich von der Arbeit kam, und da hab ich ihn bis zur Station mitgenommen.«

»Ich glaub es nicht!« stöhnte sie. »Ich dachte, Mark lügt mich an.«

Der Gasboiler hatte die Luft im Kontrollraum ausgetrocknet. Phil spielte mit den Hebeln auf dem riesigen, nicht angeschlossenen Mischpult, stellte die Höhen für eine Session ein, die nie stattfinden würde. Sara wandte sich ihm zu.

»Du bist doch ein echtes Ekelpaket! Du wolltest Mark ausnehmen, stimmt's?«

»Mach mal halblang«, sagte Phil.

»Man kann nicht einfach hergehen und anderen Leuten was wegnehmen!« schrie Sara. »Hat dir deine Mutter das nicht beigebracht?«

»Es wäre alles in bester Ordnung, wenn du dich nicht eingemischt hättest«, sagte Phil. »Wir haben die scheiß Briefmarken ja nicht mal gekriegt!«

»Wo ist Mark?« fragte Sara mich.

Mein Herz schlug gegen meine Rippen, als würde es Auslaß begehren.

»Nun, was ist?«

Der Augenblick dehnte sich, und Schweiß schlug meine Stirn in Klarsichtfolie. Sara blies sich den Pony aus den Augen.

»Er ist verschwunden«, murmelte ich.

»Was soll das heißen, verschwunden?«

»Als ich in die Wohnung zurückkam, war er nicht mehr da.«

Es war die erste ernsthafte Lüge, die ich ihr je aufgetischt hatte. Meine Knie wollten nachgeben, aber jetzt ging Phil in dic Offensive.

»Jetzt komm mal wieder runter, ja? Mark hat sich verdrückt, weil du Richard angerufen hast«, sagte er. »Und du hast ihm auch Jeffs Adresse gegeben, stimmt's?«

Phil knirschte mit den Zähnen, aber Sara ließ sich nicht einschüchtern.

»Ja, natürlich, du Wichser! Ich hab mir Sorgen gemacht um Mark. Und außerdem wollte ich nicht, daß du Andy da mit hineinziehst.«

»Du hast dich selbst auch mit reingezogen, würd ich meinen!« sagte er. »Du warst ja da, als Andy die Idee hatte.«

»Phil, laß mich doch mal für eine Minute mit Sara allein reden«, sagte ich.

Er blies sich noch ein wenig auf, aber dann verließ er doch die Scheune in der Hoffnung, daß ich jetzt reinen Tisch machen würde. Als ich Saras Hand ergreifen wollte, entzog sie sie mir.

»Es tut mir leid«, sagte ich. »Das ist alles meine Schuld.«

»Es ist nicht deine Schuld. Es ist Phils Schuld, verdammt nochmal. Du warst einfach nur dumm. Als wenn man seine Hand in den Müllzerkleinerer steckt und ihn dann anstellt, du Dussel.«

»Ich hatte keine Wahl. Ich mußte ihm helfen.«

»Ach, ich bitte dich. Wann wirst du endlich erwachsen?«

»Aber er ist wirklich übel dran. Mark ist verschwunden, und wenn ihm irgendwas passiert und das mit den Anrufen herauskommt –«

»Das ist mir schon klar, aber Phil hat das alles verdient, was ihm da blüht, der kleine Scheißer. Er ist eine reine Verschwendung von Kohlenstoff.«

Wenn sie nur wüßte, würde sie das gleiche von mir denken. Sara sah die Verzweiflung auf meinem Gesicht und hielt sie für Zerknirschung.

»Ist schon gut. Ich beruhige mich gleich wieder«, sagte sie.

»Ich mein, Phil hat die Briefmarken nicht eigentlich gestohlen. Und ich bin froh, daß du da bist. Ehrlich.«

Sie küßte mich wieder, aber ich kam mir wie ein Betrüger vor.

»Mark taucht schon wieder auf, du wirst sehen«, sagte sie. »Als Kind ist er andauernd weggelaufen. Laß uns zum Haus gehen. Ich werd sogar versuchen, Frieden mit Phil zu wahren, wenn du dich dann besser fühlst.«

Phil stand schlotternd vor der Hintertür und legte ein verkniffenes Lächeln auf, als Sara uns beide nach drinnen führte. Das Haus war so kalt, daß ich verstehen konnte, warum Sara im Tonstudio gearbeitet hatte. Die schwächliche Zentralheizung brauchte bestimmt einen ganzen Tag zum Aufheizen. Sara ging erst einmal nach oben, um nach dem Heißwassertank zu sehen.

»Hast du's ihr gesagt?« fragte Phil.

»Wie denn, zum Teufel? Du hast doch gesehen, wie sauer sie ist wegen der Anrufe.«

»Du mußt es ihr sagen, Andy. Du mußt.«

Was ich wirklich tun mußte, war, dem Klang seiner

Stimme zu entfliehen, bevor ich mich gezwungen gesehen hätte, ihm die Fresse zu polieren, daher ging ich ins Wohnzimmer mit dem modernen Kamin und der abgestandenen Luft. Und den roten Tapeten. Die Farbe war mit einer geradezu schlachthausreifen Bedenkenlosigkeit auf die Wände geklatscht worden, eine Eigenleistung, die der Manson-Family durchaus würdig war. In meinem Innern tobte das Chaos, ich war zerrissen von Wut und Selbstverachtung. Sara hatte recht. Wenn Phil die Anrufe nicht gemacht hätte, wäre all das nicht passiert. Aber ich wußte auch, daß ich selbst eine Hauptrolle in dem Unheil, das sich während der letzten vierundzwanzig Stunden entfaltet hatte, spielte. Ein Elchkopf hing an der Wand, und die Zimmertemperatur war so niedrig, daß man meinen konnte, das Tier sei, aus der Steppe kommend, durch die Wand gebrochen, steckengeblieben und erfroren. Ein leuchtend buntes, gerahmtes Poster einer elefantennasigen Hindu-Gottheit hing dem Elch gegenüber, die wütenden Augen und die blaue Haut deuteten darauf hin, daß sie den Winter in Wiltshire alles andere als zuträglich fand. Ein offener Schlafsack lag auf einem der Sofas wie die Haut eines Nylontiers. Auf dem Kaminsims stand eine armselig gefertigte, aber zweifellos benutzbare Huka neben einem Buddha, dem ein ausgebrannter Räucherstab aus dem Schmerbauch stak. Phil kam hereingeschlendert und setzte sich auf einen Stuhl, der die Form eines riesigen Baseballhandschuhs hatte. Ich war immer noch wütend auf ihn, und er war ausnahmsweise so einsichtig, die Klappe zu halten. Dann hörten wir Sara die Treppe herunterkommen.

»Sei nett«, wies ich ihn an. »Und mach keinen Fehler.«

Sara kam ins Zimmer, einen zusätzlichen Pullover tragend.

»Es ist so kalt!« sagte sie, sich ein Lächeln für Phil abringend. »Mach doch mal ein Feuer an. Andy und ich kümmern uns um den Tee.«

Sie führte mich in die Küche, wo ein Stahlwasserhahn in die Spüle tropfte. Eine Scheibe Brot, die vergeblich versucht hatte, Ratten anzulocken, lag zusammengerollt neben einem Messer auf dem Schneidebrett, und der begehbare amerikanische Kühlschrank beherbergte so viele leicht verderbliche Waren mit längst abgelaufener Frischhaltefrist, daß ein Besuch der UN-Waffeninspekteure jederzeit anstehen mußte. Sara und ich hatten in dieser Küche zusammen gekocht, uns in jener Sommernacht die Geschirrtücher auf die nackten Körper gezwiebelt, doch als sie mich jetzt in den Arm nahm, kam es mir nicht recht vor. Ich war ein Betrüger und hatte sie nicht verdient.

»Warum das lange Gesicht? Ich hab doch gesagt, ich freu mich, daß du hier bist«, sagte sie.

»Sara, ich –«

»Was?«

»Nichts«, sagte ich und versuchte zu lächeln.

Sara machte eine Kanne Tee, und ich trug das Tablett ins Wohnzimmer, wo Phil mit einigen von Spinnweben bedeckten Scheiten und Zeitungen des letzten Jahres einen Brennhaufen gebastelt hatte, und als er ihn anzündete, ging Cherie Blairs verschüchtertes Lächeln in Flammen auf. Der soziale Kitt der englischen Teezeremonie half, die Differenzen zwischen Sara und Phil zuzukleistern, aber die Leiche in der Garage ließ den kollektiven Kompaß von magnetisch Nord abirren. Ich erwartete fast, daß der Tee aus dem Schnabel strömen und die Tasse um ein paar Zentimeter verfehlen würde, und dann klingelte das Telefon.

16

»Das ist wahrscheinlich Mama.« Sara nahm den Hörer ab.

»Oh, hallo«, sagte sie.

Es war offensichtlich nicht Mama, und ich erlitt einen akuten Panikanfall.

»Mir geht's gut«, sagte Sara. »Ehrlich. Ich brauchte nur mal Ruhe, um meine Arbeit fertigzumachen.«

Der Anrufer bestritt den Löwenanteil der Unterhaltung, während Sara nur die Augen verdrehte und mit dem Zeigefinger eine Kreisbewegung beschrieb. Die Angst kroch mir durch alle Poren, bis sie endlich auflegte.

»Das war Dean«, sagte sie. »Er klang ein bißchen, als wollte er den Verstand verlieren.«

»Verlieren? Was man nicht hat, kann man auch nicht verlieren«, sagte Phil.

Sara lachte, aber ich konnte mir nicht mehr als ein hohles Kichern abringen. Dean war also noch im Rennen, oder glaubte es jedenfalls zu sein. Dennoch war ich froh, daß der Waffenstillstand zwischen Sara und Phil hielt und daß ich ihr nichts von Mark erzählt hatte. Mein Instinkt hatte wenigstens in dieser Hinsicht funktioniert.

»Wie sieht es mit eurem Hunger aus? Ich fürchte, ich hab nicht viel hier«, sagte sie.

»Mach dir keine Gedanken«, sagte Phil. »Wir fahren nach Pewsey und kaufen was ein. Was hältst du denn davon, Andy?«

Ich stimmte bereitwillig zu. Phil fand es genauso schwierig wie ich, Sara etwas vorzumachen, und ich hatte Angst, daß er plötzlich mit der ganzen Geschichte herausplatzen würde. Als wir unseren Tee ausgetrunken hatten, bestiegen wir zwei wieder den Transporter.

»Wir können es ihr nicht sagen«, sagte ich. »Es geht einfach nicht, okay?«

»Reg dich ab, wir müssen's auch nicht«, sagte Phil. »Das ist genau das, was ich dir sagen wollte. Ich hab eine scheißgeniale Idee. Paß auf, Richard hat Mark umgebracht und versucht, es uns anzuhängen, richtig?«

Ich nickte. »Ja und?«

Die Scheinwerfer des Transporters strichen über die Garagentore.

»Also kehren wir die Sache jetzt einfach um. Fahren Marks Leiche rüber nach Foxton Hall und legen sie ihm in den Garten! Soll er sehen, wie er damit klarkommt. Wir drehen den Spieß um und müssen weder Sara noch der Polizei was sagen. Bin ich ein Genie oder was?«

Da mir Phils messerscharfer Verstand abging, war ich nicht sogleich überzeugt.

»Ich weiß nicht«, sagte ich. »Zu Richards Haus fahren mit der Leiche hinten drin? Das gefällt mir nicht. Was ist, wenn er den Transporter wiedererkennt?«

»Okay, okay!« sagte er. »Dann fahren wir eben gleich morgen früh los, um uns erstmal das Gelände anzugukken. Suchen uns eine geeignete Stelle aus. Wenn es dann dunkel ist, fahren wir zurück und legen Mark irgendwo ab, wo ihn der Gärtner finden kann. Du mußt zugeben, das ist gut.«

Phil war völlig begeistert, und je mehr ich darüber nachdachte, desto stichhaltiger erschien mir der Plan. Ich würde Sara alles beichten können, sobald Richard hinter

Gittern saß. Sie würde Verständnis haben, sagte ich mir, obwohl in diesem Moment der Mond ein Loch durch die Wolken pulte, um unser Fahrgefühl auf der Straße nach Pewsey zu trivialisieren. Phil wartete im Wagen, während der Komiker an der Kasse des nicht übermäßig superen Markts (auf dem Schild draußen stand Elvis Patel at Gracelondis) die Strichcodes der von mir ausgewählten Artikel mit dem roten Strahl seiner Laserpistole einscannte. Dann fuhren Phil und ich denselben Weg auf der Graphitstraße wieder zurück, zwischen den Holzkohlebäumen hindurch, und arbeiteten an der Feineinstellung unseres Plans. Die Koniferen beim Haus erhoben sich vor dem Nachthimmel wie eine gefrorene Flutwelle tiefster Finsternis.

Sara hatte inzwischen geduscht und öffnete auf mein Klopfen hin die Haustür mit nassem Haar, ein Ohr knetend, um die Restwasserbestände herauszulocken. Sie gab mir einen Kuß, und wir gingen alle in die Küche. Die Heizung schien allmählich etwas ausrichten zu können, aber wir drängten uns trotzdem um den Herd zusammen, um unter abwechselndem Rühren ein paar Nudeln zu braten und über die Vergangenheit zu reden, eine Vergangenheit, die so weit entfernt schien, daß sie anderen Leuten hätte gehören können. Sara erinnerte sich daran, wie wir drei uns einmal in einem Hotelzimmer in Barcelona verkrochen hatten, eine Horde von Fans draußen vor dem Fenster. Sie imitierte Phil, wie er durch den Netzvorhang spähte und die Menge durchzählte. Als Lee, der Schlagzeuger, aufgewacht war und in unser Zimmer kam, hatten Phil und ich ihn, ohne ihm etwas von den Fans zu sagen, in Unterhosen hinaus auf den Balkon geschoben und die Tür hinter ihm zugemacht. Er hatte auf allen vieren über unseren Balkon und über die Brüstung in sein eigenes Zimmer kriechen müssen, während zweihundert Mädchen sich die Lunge aus dem Hals schrien. Keiner von uns wußte, was aus Lee geworden war. Er war einfach verschwunden, nachdem er seinen Namen auf dem Anschlagbrett eines Pubs entdeckt hatte, als Antwort auf eine Multiple-Choice-Frage im Rahmen irgendeines Quizspiels – und zwar als falsche Antwort.

»Was ist der Unterschied zwischen einem Schlagzeuger und einem Rhythmusgerät?« fragte Phil.

»Dem Rhythmusgerät muß man die Information nur einmal einhämmern«, stimmten wir unisono mit ein.

»Wie viele Bassisten braucht man, um eine Glühbirne auszuwechseln?« fragte ich.

Sie hatten die Antwort vergessen.

»Keinen«, sagte ich. »Der Keyboarder kann das mit der linken Hand nebenbei machen.«

Für einige Stunden konnte man fast vergessen, daß Mark tot in der Garage lag, aber der Streß, die Wahrheit vor Sara verbergen zu müssen, machte sich doch bemerkbar, und es kam mir vor, als würden wir alle auf einem gefrorenen See um ein Feuer herum tanzen. Als es auf Mitternacht zuging, legte Sara den Kopf auf meine Schulter, und Phil häufte noch ein paar Scheite aufs Feuer, bevor er in den Schlafsack kroch, den Reißverschluß von innen zuzog und dann die Augen schloß, um den toten Beats in seinem Kopf zu lauschen. In der Hoffnung, daß er an unseren für den frühen Morgen geplanten Aufbruch denken würde, trug ich Sara mehr oder weniger die Treppe hoch, um sie auf ein Doppelbett zu legen und die kalten schweren Decken über ihrem vollständig bekleideten Körper auszubreiten. Ich küßte sie, und sie zog mich an sich.

»Willst du mich hier erfrieren lassen?« fragte sie.

Ich dachte an Marks kalten Leichnam draußen in der Garage unter dem dünnen Segel.

»Komm rein«, sagte sie.

Ich legte mich neben sie, in voller Montur.

»Warum konntest du Phil seinen Scheiß nicht einfach allein bauen lassen?« fragte sie. »Laß die Verlorenen sich selbst verlieren.«

Sara lag ziemlich still, den Kopf auf meine Brust gelegt und meinen Arm um sich geschlungen. Nach einer Weile begann sie regelmäßiger zu atmen, und ich paßte meinen eigenen Atem ihrem an, um ihr beim Einschlafen zu helfen. Mein unter ihr liegender Arm war ihr schon längst vorangeeilt, aber das war mir egal, selbst als die in der Matratze gespeicherte Kälte meine Knochen erreichte. Als ich schon dachte, daß Sara eingeschlummert sei, bewegte sie sich auf mir, und ich fühlte ihre Brust gegen meine Rippen drücken und ihr Knie sich an meinen Unterleib schmiegen. Ich streichelte ihre Haare, und als sie sich wärmesuchend an meinen Körper schlängelte, wurde ihr Atem abgerissener. Plötzlich fühlte ich den eisigen Schock ihrer Hand wie eine 240-Volt-Überraschung unter meinem T-Shirt. Als wir uns küßten, wollte ich ihr sagen, daß ich sie liebte. Wir drängten uns aneinander, atmeten schneller. Ihre Finger zerrten meinen Gürtel auseinander und zogen an meinem Reißverschluß. Sara zog die Knie an die Brust und streifte ihr Höschen ab, um sich dann auf mich zu kauern, sich an mir zu reiben, die Decken zeltartig über uns gewölbt. Es war zu kalt, um irgendwelche Zeit zu vergeuden. Das Blut pochte mir in den Ohren, als Sara mich in sich hineingeleitete. Sie stützte sich mit den Armen ab, und ich bäumte mich auf, ließ meine Schenkel gegen ihren Hintern klatschen. Ein grenzenloses Vibrieren kündigte das Nahen meines Orgasmus' an, ich versuchte ihn zurückzuhalten, aber jetzt begann Sara, ihre Hüften kreisen zu lassen, und ich kam fast augenblicklich.

Ich empfand eine teenagerhafte Niedergeschlagenheit, doch Sara schien es locker zu nehmen. Vielleicht faßte sie es bei einem Mann meines Alters als Kompliment auf. Sie küßte mich, wir hielten uns umschlungen, und später liebten wir uns noch einmal. Hinterher betrachtete ich sie im Mondlicht, ich wollte in sie hineinkriechen, und alles andere sollte verschwinden.

»Du weißt nicht, wie sehr ich dich liebe«, sagte sie.

»Du machst was?« fragte ich.

»Weil ich es selbst nicht weiß«, fügte sie lachend hinzu. »Laß uns jetzt schlafen.«

Mein Herz war weggeschmolzen, aber zum Glück war Sara eingeschlafen, bevor ich Gelegenheit hatte, etwas sehr Törichtes zu sagen. Ich lag noch stundenlang wach, wie mir schien, dachte an Marks Ermordung und an unsere Pläne, ihn zu rächen. Es kam mir vor, als sei Mark hier bei uns im Zimmer, doch hatte ich keine Angst. Als Kind hatte ich mich vor der Dunkelheit gefürchtet, und wenn die Tür unseres Zimmers zugegangen war, hatten meine Schwester und ich uns flüsternd allerlei Geschichten erzählt, bis die Dunkelheit ihren Schrecken verloren hatte. Neben Sara liegend, war ich froh über das Schutzgefühl, das damit verbunden war, und kam zu dem unerfreulichen Schluß, daß ich unverhofft zum Schreckgespenst meiner eigenen Kindheitsalbträume geworden war.

Ich muß dann doch in einen leichten Schlummer versunken sein, denn irgendwann in der Nacht erwachte ich fröstelnd. Der Vollmond schien ins Zimmer wie der unliebsame Taschenlampenstrahl eines riesigen Polizisten. Ich sammelte ein rauhes Federbett und eine gehäkelte Überdecke vom Boden auf, und es war so still, daß mir unbehaglich wurde. Ich war an Verkehr gewöhnt, an Polizeisirenen, das Knattern eines Hubschraubers über dem Gelände. Hier war Saras Atem das einzige, was ich hörte. Sie hatte eine leichte Erkältung, und so gab es bei jedem Ausatmen ein Knistern, als würde jemand den Senderknopf des Radios auf der Kurzwelle immer hin und her drehen.

Der Fluß meiner Gedanken hatte sich wieder verlangsamt, und das sanfte Abgleiten in den Schlaf stand eben bevor, als ich ein Auto den Weg heraufkommen hörte. Der Fahrer schaltete herunter, um den Anstieg zu bewältigen, dann hielt der Wagen, und die Handbremse knirschte so laut und deutlich über das Zahnrad, daß man meinen mochte, er parke im Nebenzimmer. Ich tastete nach meiner Brille, zog meine Unterhose über und tapste den Treppenabsatz entlang, stieß mit der Hüfte gegen eine Kommodenkante und jaulte vor Schmerz kurz auf. Der Motor ging aus, und plötzlich fürchtete ich mich wieder vor der Dunkelheit, fürchtete mich wie damals als Kind oder wie in Jeffs Wohnung, kurz bevor ich Marks Leiche zum ersten Mal sah.

Ich ging ins Badezimmer, und die Fliesen schienen an meinen Fußsohlen festzufrieren, als ich aus dem Fenster schaute. Irgendein Jeep parkte auf dem Rasensaum neben dem fünfstängigen Gatter. Der Fahrer machte die Scheinwerfer aus, und als das blasse Innenlicht anging, bewegte sich jemand im Wagen. Eine Tür wurde zugeschlagen. War das die Polizei? Oder Richard? In der Hoffnung, daß es nur Einbrecher wären, rannte ich hinunter ins Wohnzimmer und schüttelte Phil am Arm. Im ersterbenden Feuerschein hatte sein Gesicht einen seltsam gesunden Glanz, aber ich bekam ihn nicht wach. Ich hörte Schritte von draußen und suchte vergeblich nach dem Schüreisen.

Ich erinnerte mich an das Messer auf dem Schneidebrett und wollte in die Küche laufen, doch als ich den Flur durchquerte, stieß ich mit dem Zeh gegen den schmiedeeisernen Schirmständer. Auf einem Bein hüpfend, fiel mir siedendheiß ein, daß wir vergessen hatten, die Haustür abzuschließen. Der Türknopf drehte sich, und die Tür ging auf. Jemand stand im Eingang. Es war der Umriß eines Mannes. Er legte den Kopf schief.

»Sara? Ich bin's. Dean.«

Dean schaltete das Flurlicht ein, und als er mich in meinen Unterhosen sah, fiel das Grinsen schneller aus seinem Gesicht als eine Guillotine, und seine schwarzen Rattenaugen bohrten sich in mich hinein. Die Tränensäcke darunter hatten sich zu einem neuen Paar Wangen ausgewachsen und würden schon bald nach Stützmaßnahmen verlangen.

»Andy? Was machst du denn hier?«

»Ich bin mit Phil rausgefahren«, sagte ich.

Dean taumelte auf mich zu und packte mein Handgelenk.

»Schläfst du mit ihr? Sag es einfach. Ich muß es wissen.«

Seine Finger gruben sich in mein Fleisch, und trotz seiner etwas undeutlichen Aussprache war sein Schmerz echt. Ich fühlte mich bloßgestellt, mir war kalt, und er tat mir ein bißchen leid.

»Äh, ja«, sagte ich. »Tu ich.«

Dean ließ mich los und machte einen Känguruhbeutel aus seiner Unterlippe. Seine Nase war eingedrückt und rot, und er begann daran zu reiben.

»Ich dachte's mir«, seufzte er. »O Scheiße, ich hab's mir doch gedacht.«

Eine grüne Mattglasbrandyflasche reckte den Hals aus der Tasche seines blauen Anoraks. Dean schwankte kaum merklich, wie ein Hochhaus im Sturm, und seine Augen schifften ein, zwei Tränen heraus.

»Ich hätte nicht herkommen sollen«, sagte er.

»Ist schon gut«, sagte ich.

»Ich sollte wohl lieber gleich nach London zurückfahren. Türen schließen selbsttätig, verstehst du?«

»Du fährst erstmal nirgends hin. Ich mach dir einen Kaffee.«

Ich konnte ihn nicht dem Spießrutenlauf unter den Pusteröhrchen von mindestens drei Polizeirevieren aussetzen. Außerdem hätte er irgendeinen glücklosen Fußgänger umnieten können.

»Mark ist nicht hier, oder?« fragte er.

Ich wehrte die Panik ab, während Dean seine triefende Nase hochzog.

»Nein«, sagte ich. »Ich weiß nicht, wo er ist.«

»Er ist irgendwie verschwunden. Du hast ihn nicht gesehen?«

»Nicht seit der vorletzten Nacht. Hör zu, ich muß mir schnell was anziehen«, sagte ich.

»Ist Sara oben?«

Ich teilte ihm mit, daß Sara schlief, und ging dann nach oben, um mich anzuziehen. Ich trug seit einer Woche ein und dieselbe Jeans, die sich kalt und schmierig an meinen Beinen anfühlte, als ich sie überstreifte. Als Sara sich rührte, erzählte ich ihr, daß Dean in betrunkenem Zustand aufgetaucht sei, und sie rieb sich die Augen, während sie die Nachricht verarbeitete. Wir lauschten, wie er unten herumpolterte.

»Dieser blöde Trottel«, sagte sie. »Denk dir nichts dabei, Andy. Das ist schon lange vorbei. Laß ihn sich in einem der Gästezimmer ausschlafen, ja? Ich hab jetzt keinen Nerv, mit ihm zu reden.«

Als ich Musik von unten hörte, ging ich hinunter, um Phil zu unterstützen, und fand ihn mit Dean im Wohnzimmer. Phil hatte seine liebe Mühe mit dem unerwarteten Besucher, und jegliches Mitgefühl, das ich für Dean empfunden haben mochte, löste sich schnell in Luft auf. Während er sich lautstark über einen Werbespot ausließ, den er in Mexiko zu drehen beabsichtigte, malte ich mir den hartnäckigen Bazillus aus, den er sich von einer am Straßenrand verkauften Tortilla einfangen würde, die unzulänglichen hygienischen Bedingungen in der Wellblechhütte, die ihm als Krankenhaus dienen, und die Behandlung, die ihm von einem linientreuen marxistisch-leninistischen Internisten zuteil werden würde.

»Ich wünschte, ich wüßte, wo Mark geblieben ist. Hat er dir irgendwas gesagt?« wandte er sich an Phil.

»Er war weg, als ich aufgestanden bin«, sagte Phil.

Deans Augenbrauen schnellten nach oben; als seine Brille die Nase herunterrutschte, schob er sie wieder hinauf.

»Aber sagtest du nicht, er sei gegen Mittag weggegangen?«

Phils Mund öffnete sich ohne Ergebnis. Er war nur eins der Löcher in seinem Kopf.

»Phil kommt kaum vor drei Uhr hoch«, sagte ich.

»Wißt ihr, wo er hin ist?« fragte Dean. »Er schuldet mir nämlich Geld. Und ich bin grad etwas knapp bei Kasse.«

»Ich hab keine Ahnung«, sagte ich. »Ich war früh weg, zur Arbeit.«

Ich spürte, wie das Fadenkreuz sich auf die Garage ausrichtete, und allmählich bereute ich, daß wir die Leiche dort untergebracht hatten. Wenn wir Mark nun nicht mehr dort rausbekommen würden? Phil und Dean machten den Brandy fertig, und ich sah zu, wie er es ihnen heimzahlte, Schluck für Schluck, Schlag für Schlag. Deans Augen fielen zu, was Phil aber kaum auffiel, da er selber nur noch grunzen konnte. Ich erinnerte ihn daran, daß wir am Morgen früh raus müßten, ging wieder nach oben und kletterte zu Sara ins Bett. Falls sich die Gelegenheit ergeben würde, wollte ich Marks Leiche aus der Garage holen und im Wald verstecken, bevor wir losfuhren. Entsprechend stieß ich meinen Kopf sechsmal gegen das Kissen. Eine angenehme Alternative zur Steinmauer.

Ich erwachte neben Sara, und die Holzjalousie ließ eine Art Lichtregal ins Zimmer fallen, das über den Teppich wanderte, aufs Bett kletterte und sich über Saras nackten Rücken schmiegte. Es war schon neun Uhr, und obwohl ich verschlafen hatte, war ich von einem seltenen Glücksgefühl erfüllt. Das Fenster war glitzernd beschlagen; ich stieg aus dem Bett, malte unsere Initialen auf die Scheibe und wischte sie wieder weg. Dann sah ich die Garage durch das nunmehr klare Glas, und der Gedanke an ihren Inhalt ernüchterte mich auf der Stelle. Dean hatte es in ein Schlafzimmer weiter unten auf dem Treppenflur geschafft. Sein Fitneßkörper war zum Tempel geworden, zum Schicksalstempel, und ich sah, wie er sich im Schlaf hin und her wälzte, um imaginäre Angreifer abzuwehren. Von seinem Zimmer aus war die Garage zu sehen, daher konnten wir es nicht riskieren, Marks Leiche zu bewegen. Ein Schwächeanfall der Blase oder ein den Schlaf beendender Anfall von Reue, ein kurzes »o nein!«, und Phil und ich konnten einem Mordprozeß ins Gesicht sehen. Ich sah mich schon auf der Anklagebank, der Richter verkündete das Urteil, und auf dem Zuschauerrang wurde eine in Tränen aufgelöste Sara von Dean Haas getröstet.

Ich stieg auf Zehenspitzen die Treppe hinunter, um Dean nicht aufzuwecken, wobei ich richtig kämpfen mußte, um meinen Rückfallraucherhusten zu unterdrükken. Im Wohnzimmer hing Phils weißer Arm aus dem orangenen Schlafsack, und jedesmal wenn er schnarchte, stupsten seine Finger gegen eine auf dem Teppich liegende Packung Marlboros, als sei seine Hand ganz scharf auf eine Runde Schlafrauchen. Ich ging in die Küche, füllte den Elektrokocher und suchte nach einem Becher und einem Teebeutel. Der rauschende Wasserkocher stellte sich mit einem Klicken ab, als Phil in die Küche kam, noch schwer beschäftigt mit der allmorgendlichen Erinnerungsarbeit, wer er denn sei, und die Finger furchten durch seine furchtbare Frisur, während er seine Persönlichkeit wieder zusammensetzte.

»Wie geht's?« fragte ich.

»Geht so.«

»Nicht so laut«, sagte ich. »Es ist schon neun Uhr, verdammt. Was machen wir mit Mark?«

»Lassen ihn in der Garage, würd ich sagen. Suchen uns eine Stelle auf Richards Grundstück, wo wir ihn abladen können, und werden ihn dann hoffentlich heute abend hinbringen.«

Phil kratzte sich am Hals.

»Weißt du, ich hab ein bißchen nachgedacht«, sagte er. »Vielleicht steckt Sara mit Richard unter einer Decke.«

»Sei nicht blöd!« sagte ich.

Wir hatten genug Sorgen, auch ohne uns paranoiden Fantasien hinzugeben.

»Was ist, wenn sie Dean von den Briefmarken und allem erzählt?« fragte er.

»Das macht sie nicht«, sagte ich.

Die lose Fracht auf dem Deck meiner eigenen Gedanken mit Mühe sichernd, reichte ich Phil einen Becher Tee (den schmutzigeren, mit Rücksicht auf seine eher unbefangene Haltung in Fragen der Hygiene), und sobald er diesen ausgetrunken hatte, ließen wir den Transporter im Leerlauf auf den Weg rollen und fuhren dann Richtung Pewsey. Mit ein bißchen Glück würden wir mit den Zeitungen zurück sein, bevor die anderen überhaupt merkten, daß wir weg waren.

17

Sonnenlicht schlug sich durch die Zweige am Rande der Straße, und als wir auf eine Anhöhe kamen, breitete sich vor uns ein Quilt aus Wäldern und Feldern aus. Ich war an solche Entfernungen nicht gewöhnt, und auch nicht an so viel Chlorophyll. Der Großteil meines Lebens war in Schwarzweiß abgelaufen oder bestenfalls in einem vorstädtischen Sepiabraun, aber das hielt mich nicht davon ab, mir ein Leben auf dem Land mit Sara auszumalen. Ein Leben inklusive Ententeich und womöglich ein paar biodynamischer Ziegen. Gesundheit. Früh ins Bett gehen. Kinder. Dann dachte ich an Mark, und der Reagenzglastraum zerschellte auf dem Labortisch. Phil nahm sein Omnichord zur Hand und fummelte an der Diktafonverbindung.

»Meine Fresse, Phil, leg das Ding weg. Ich halt das nicht aus so früh am Morgen. Und sonst auch nicht.«

Ich hatte einen Nerv getroffen. Er legte das Omnichord weg und saß kerzengerade, die Augen aufgerissen, während frische Bestürzung durch die Schluchten seines Innern wehte.

»Glaubst du, daß ich zu alt dafür bin?« fragte er. »Bring ich es nicht mehr? Sag mir die Wahrheit.«

Wir steckten mit einem halben Bein im Gefängnis, und Phil machte sich immer noch Sorgen um seine Karriereaussichten, aber er war so schutzlos wie eine Schnecke ohne Gehäuse, daher mußte ich Behutsamkeit walten lassen. Ich wollte nicht, daß er mir völlig aus dem Leim ging.

»Natürlich nicht«, sagte ich.

»Ich bin zu weit zurückgefallen, nicht wahr?«

»Wohinter zurück? Das ist doch kein Rennen. Da ist niemand, der mit der Ziel-Fahne winkt.«

Phil schien nichts von dem zu hören, was ich sagte. Er hatte einen großen Kopf, aber wenn er aufhörte, ihn aufzupumpen, schrumpfte er sofort auf Erbsengröße zusammen.

»Findest du, daß ich ein Verlierer bin?« fragte er.

»All die Leute, die sich unbedingt die besten Scheuklappen kaufen müssen, das sind, wenn überhaupt, die Verlierer. Immer im Kreis laufen, bis die Batterien alle sind.«

Ich hatte mich fast selber überzeugt, und er saß jetzt still und dachte darüber nach.

»Es gibt ein Leben nach dem Tod, Andy.«

»Weißt du das sicher?«

»Ja. Ich hab gesehen, wie Marks Gesicht blau wurde, und mir wurde klar, daß er woandershin ist. Er ist weitergezogen. Seine Energie, weißt du.«

»Viel Energie hat er jetzt nicht, es sei denn, Petrus dealt am Tor mit Amphetaminpillen.«

»Nein, ernsthaft. Die meiste Zeit sind wir nicht am Leben, stimmt's? Wir sind irgendwo anders. In der Zeit irgendwie. Dies ist also nicht unser normaler Zustand. Scheiße, das ist doch brillant!«

Phil schenkte mir ein einfältiges Lächeln, bevor er sich ins Schweigen eines blasierten Betrachters zurückzog, indes wir den Stadtrand von Pewsey erreichten und auch flugs durchstießen. Ich hatte Angst, irgendeinen Einheimischen nach dem Weg nach Foxton Hall zu fragen, weil wir dann später vielleicht wiedererkannt würden. Zum Beispiel im Vorfeld von Richards Mordprozeß. Ich konnte mir nur allzugut vorstellen, wie Richards vierzigköpfiges Anwaltsteam irgendeinen trunksüchtigen Provinzler dazu abrichtete, uns für fünfzehn Jahre aus dem Verkehr zu ziehen. Der Zeitungsladen schien mir die naheliegendste Quelle für eine amtliche topografische Karte zu sein, also parkte ich den Transporter und fühlte mich wie eine Stadtratte in meinen farbverschmierten Jeans. Phil schlug einen ähnlich schrillen Ton an, als wir über Pflastersteine schritten, die so rund und ländlich waren, daß sie von Hobbits hätten gelegt worden sein können. Ein rotgesichtiger Mann im Tweedjackett beobachtete uns von einem Busunterstand aus.

»Er guckt hier rüber«, flüsterte Phil.

Wir gaben uns alle Mühe, natürlich zu wirken, als wir den Zeitungsladen betraten, aber es kam einem vor, als würde man ein halbes Jahrhundert zurückversetzt. Der Mann, der sich seinen Pfeifentabak von der Oma hinter dem Tresen kaufte, wirkte so selbstgewiß wie David Niven, und ich beneidete ihn um seinen augenscheinlichen Seelenfrieden. Gläser mit Brausepulver und Gerstenzucker standen an einer der Wände, die Art von Süßigkeiten, die man nach Nettogewicht kauft, nicht nach dem Gewicht der Reklame und Verpackung. Auf einem Regal oberhalb einer Reihe von Puzzle-Zeitschriften fand ich eine Landkarte von Pewsey und Umgebung. Während ich mich hinter dem ländlichen Pfeifenkopf anstellte, durchblätterte Phil die lokale Zeitung, und ich konnte dem Aufmacher der ersten Seite entnehmen, daß ein nahegelegener Ort von einer Kriminalitätswelle heimgesucht wurde. Am Wochenende hatten zwei Teenager einen Briefkasten angezündet und waren vom Magistrat mit einer Geldbuße von einhundert Pfund belegt worden. Mein eigenes Käseblatt hatte in der Regel irgendeinen armen Rentner zu bieten, der für siebenundvierzig Pence abgestochen und liegengelassen worden war, insofern konnte hier schwerlich das rechte Heimatgefühl aufkommen. Geheimnisvolle Zigarettenmarken wie Sweet Afton waren neben den Automatenmarken, den großen körperschaftlich organisierten Killern, ausgestellt: Philip Morris, Peter Stuyvesant, Alfred Dunhill. Die Bundys hinter den Fahrradunterständen.

Der Pfeifenraucher und die Oma brauchten einc Ewigkeit, um ihr Geschäft über die Bühne zu bringen, während sie sich gegenseitig in der Überzeugung bestätigten, daß es ja fürwahr ein prächtiger Tag sei. Falls das noch lange so weitergehen sollte, würde der Tag womöglich noch auf dumme Gedanken kommen und sich als Woche bezeichnen, und jede zusätzliche Sekunde, die ich in dem Laden verbrachte, zog meine Angstschraube weiter an. Wenn jetzt Richard Bowring in den Laden käme? Im Radio warnte der Moderator vor Straßenarbeiten außerhalb von Marlborough und setzte uns davon in Kenntnis, daß vierzig Kilometer Eiswürfel just von der Antarktis abgefallen seien. Dann gratulierte er einem Ehepaar zur Geburt ihres Babys und schickte sich an, ihren Wunschtitel zu spielen, den Soundtrack ihrer ersten verliebten Stunden. Ich war vom Warten schon derart durch den Wind, daß ich, als ich den Moderator das Wort Overload in seinem West-Country-Akzent sagen hörte, zu halluzinieren glaubte.

Er spielte *Waterbed*, unseren einzigen Hit.

Als die ersten Takte erklangen, fühlte ich, wie mein Kopf explodierte. Die Akkordfolge A-D-A-D-A-E schien mir direkt auf die DNA geschweißt zu sein. Phil starrte mich mit offenem Mund an, während wir sein vergangenes Selbst die Worte singen hörten, die ich zuerst auf einen Verpackungskarton von Kentucky Fried Chikken geschrieben hatte, den zweifelhaften Nachgeschmack von des Colonels geheimem Rezept noch im Munde, während wir in unserem Transit-Transporter über eine zweispurige Straße irgendwo in, sagen wir, Lincolnshire donnerten. Jetzt kam alles wieder hoch (nun gut, die Chicken denn doch nicht): die Fettflecke auf der weißen Pappschachtel über meinem Kugelschreibergekritzel, mein über und über schmerzender Körper, der Traum von einem heißen Bad und Schlaf.

Ich hörte den Song zum ersten Mal seit acht Monaten wieder. Phil stierte das Radio an.

»Erinnern Sie sich noch daran? Hübsches Stück«, sagte der Pfeifenraucher zu der Oma.

»Mmm. Klingt ein bißchen wie diese neue Scheibe von Jamiroquai«, erwiderte die Oma.

Ich dachte, ich werde verrückt. Als der Pfeifenmann den Laden verließ, versuchte die Oma, ihr Lächeln aufrechtzuerhalten, spürte aber, daß irgendwas nicht in Ordnung war, und ihr Blick schnellte zwischen Phil und mir hin und her. Sie war Mitte sechzig, doch als ich an den Verkaufstresen trat, bemerkte ich, daß sie Trainingshosen von Tommy Hilfiger und fluoreszierende Turnschuhe unter ihrem Nylonkittel trug. Phil zitterte, und ich bezahlte schnell die Karte sowie eine Packung Superkings, um ihn dann hinaus auf die Straße zu bugsieren, während der Song in den Mittelteil ging.

»Scheiße, Andy. Das war zuviel«, sagte er. »Das war eine Botschaft von Mark!«

»Das war reiner Zufall.«

»Hör auf. Wann hast du's zuletzt im Radio gehört?« fragte er.

Ich tat so, als würde ich mir den Kopf zerbrechen, obwohl es mir noch ganz klar und schmerzhaft vor Augen stand: der Pub in Gospel Oak, das wiedererkennende Aufmerken des Barkeepers, meine heftige Verlegenheit.

»Äh, vor ein paar Monaten«, sagte ich. »Das bedeutet gar nichts.«

»O doch! Du wirst es sehen! Es bedeutet, daß Mark auf uns aufpaßt.«

»Das ist doch Blödsinn. Paß auf dich selber auf.«

Wir gingen zurück zum Transporter, versuchten uns einzupassen, zu lächeln wie unsere Mitpassanten. Das Nachbarschaftsgefühl (oder das Mißtrauen) ist auf dem Land ja stärker ausgeprägt. Sobald wir aber sicher im verrottenden Leib des Transporters geborgen waren, breitete ich die Landkarte über dem Lenkrad aus und stellte fest, daß Richard einen ansehnlichen Brocken von Englands grüner Erde besaß. Foxton Hall lag am Rande des Dorfes auf der anderen Seite von Pewsey, oder besser gesagt: Das Dorf lag am Rande von Foxton Hall. Wir fuhren los und steckten für eine Weile hinter einem schleichenden Pickup fest, an dessen Rückfenster ein alter Werbesticker zugunsten der Landschaftswanderei klebte. Darauf stand Hört uns zu, doch der Fahrer fuhr allein und schweigend vor sich hin. Als ich ihn überholte, verfehlte ich um Haaresbreite eine weißhaarige Spaziergängerin mit Hund; im Rückspiegel sah ich, wie sie mir noch kurz ihren Stock hinterherschüttelte, bevor sie in den Graben kippte.

»Blöde alte Schachtel«, sagte Phil. »Es ist doch nicht deine Schuld, daß da keine scheiß Bürgersteige sind.«

Nach ein paar Meilen fuhren wir plötzlich an einer langen Steinmauer entlang, hinter der sich Wälder erstreckten.

»Das ist Richards Grund und Boden«, sagte ich.

»Was, der Wald und alles?«

Der Wald zog sich von der Hauptstraße zurück, als es auf ein Eisentor zuging, das offenstand. Ein abblätterndes Schild auf einem kleinen Torhaus verkündete PRIVAT, die ehemals roten, jetzt ausgeblichenen Buchstaben hatten die Tönung von Rostschutzfarbe. Darunter in Schwarz: KEIN ÖFFENTLICHER WEG. In dem Moment, als ich auf einen Streifen von losem Kies bog, kam ein Transporter mit dem Interflora-Symbol aus dem Tor herausgeschossen. Ich trat hart auf die Bremse, und meine abgewetzten Reifen griffen verzweifelt nach den Steinen, während der Florist in Richtung Pewsey davonfuhr. Ich hatte gerade wieder den Gang eingelegt, als diesmal ein Landrover aus dem Tor bretterte, und ich erhaschte einen flüchtigen Blick auf Richard Bowrings gebräuntes Profil unter einem braunen Hut.

Starr vor Schreck, versuchte ich nach unten zu schrumpfen, während meine Adrenalindrüse mir Nacken und Schultern weichspülte. Phil fluchte, und ich sagte ihm, er solle das Maul halten. Meine Ohren waren gespitzt, warteten darauf, daß der Landrover knirschend zum Stehen käme, die Tür zuknallte und das Geräusch von Richards Schritten immer lauter würde, bis seine Hand meine Fahrertür aufrisse. Gnädigerweise aber bog Richard auf die Straße und beschleunigte, und ich hob den Kopf Millimeter um Millimeter, um durch das Lenkrad hindurch auf die Rückseite des Landrovers zu spähen, die eben im Nichts verschwand. Überglücklich, Richard verschwinden zu sehen, hob Phil die Hand, und ich (auch wenn ich mich jetzt schäme, es einzugestehen) erwiderte seine lachhafte High-Five-Geste.

»Was meinst du?« fragte ich. »Fahren wir rein?«

»Logisch. Besser kann's doch gar nicht kommen. Vielleicht wendet sich das Glück zu unseren Gunsten.«

Es war das erste echte Lächeln seit langem, das ich auf Phils Gesicht sah, und ich folgte dem Weg zwischen die Bäume, indem ich langsam über eine in den Asphalt eingelassene sanfte Bodenschwelle setzte. Die Zufahrt zog sich tief in den Wald hinein, und obwohl ich es auf der Karte gesehen hatte, war ich doch überrascht, wie groß das Grundstück war. Nach etwa hundertfünfzig Metern bogen wir scharf nach links und begannen, einem leichten Gefälle zu folgen. Ich rechnete damit, jetzt das Haus zu Gesicht zu bekommen, aber der Wald wurde nur noch dichter. Ich hatte keine Ahnung, was für eine Sorte Bäume da stand, und weiß es auch immer noch nicht, aber einige von ihnen trieben blaßgrüne Blätter aus. Älter aussehende Bäume mit dickeren Stämmen standen dazwischen, ziemlich verwachsen und mit Moos und Flechten bedeckt. Seitlich des Weges wuchsen zwei riesige Pilze aus einem vermoderten Baumstamm. Der mit Schlaglöchern übersäte Weg verengte sich, Äste und Zweige schrammten an den Seiten des Transporters entlang, wuchsen oberhalb zusammen und nahmen viel Licht weg. Mir wurde langsam unbehaglich.

»Ich hab genug gesehen«, sagte ich. »Wir können heute abend wiederkommen und die Leiche hier im Wald lassen.«

»Ach, komm«, sagte Phil. »Fahr noch ein bißchen weiter. Vielleicht gibt's weiter vorne noch eine bessere Stelle.«

Ich fuhr weiter, mich an die Hoffnung klammernd, daß Phil recht hatte, was die Wende unseres Glücks betraf.

»Moment mal«, sagte er. »Wer ist das?«

Ein alter Mann wanderte etwa fünfzehn Meter vor uns auf dem Weg entlang, und als er uns erblickte, winkte er. Ich wollte den Rückwärtsgang einlegen und schnellstens verschwinden, aber Phil bestand darauf, daß wir uns durchzubluffen versuchten.

»Sind wir eben falsch abgebogen. Was soll er machen? Uns erschießen?«

Ich fand, daß Phil ein bißchen vermessen wurde, aber ich war auch nicht scharf darauf, den gewundenen Weg rückwärts zurückzufahren, also blieb ich stehen. Die Schritte des Mannes patschten im Matsch, als er sich dem Beifahrerfenster näherte. Sein Gesicht war so verwittert, daß man meinen konnte, er lasse es über Nacht im Freien liegen.

»Tschuldigung, wir glauben, daß wir uns vielleicht verfahren haben«, sagte Phil.

Der Mann sah uns freundlich an.

»Nach Foxton Hall? Dann wollnse bestimmt zum Haupthaus. Einfach immer weiter diesen Weg.«

»Danke«, sagte Phil.

Der Mann berührte den Schirm seiner Mütze mit der Hand, die aufgesprungen war wie ein altes Stück Seife, und ich fuhr weiter. Ich begriff nicht genau, wie es hatte geschehen können, aber es schien, als seien wir aus dem Schneider.

»Was hab ich gesagt?« sagte Phil. »Ein Kinderspiel.«

Zur Linken erstreckte sich ein Stück Parklandschaft bis hinunter zu einem Bach, und dann sahen wir das Haus selbst, ein spröder weißer Klotz auf einer Anhöhe. Die Zufahrt wandte sich wellenförmig nach links, bis wir die Bäume verließen und auf einen Vorplatz mit geharktem gelben Kies gelangten. Das Haus hatte drei Geschosse sowie zusätzlich noch ein kleineres mit Mansardenfenstern über einer Art Brüstung. Von nahem sah man, daß das Gebäude eine Renovierung vertragen konnte. In recht naher Zukunft würde irgendein Bauunternehmer einen Mordsreibach machen, und es war offenkundig, daß die Unterhaltung der Anlage ein Heidengeld gekostet haben mußte. An der Rückseite des Hauses befand sich eine nicht ganz so traditionsverwitterte Stallabteilung, und daneben war Richard Bowrings Vorzeigesportwagen geparkt, eine eindringliche Erinnerung daran, warum wir hier waren. Ein großes Zelt bedeckte den halben Rasen auf der anderen Seite des Hauses, nahebei war eine Reihe von Firmenfahrzeugen geparkt. Stühle wurden ins Zelt getragen.

»Der Alte muß gedacht haben, daß wir Handwerker sind«, sagte Phil. »Du paßt hier genau rein, Andy! Wir könnten die Leiche hierher bringen und sie im Zelt lassen.«

Die Umstände waren wirklich günstig, und ich fühlte die Anspannung von meinen Schultern abfallen. Zum ersten Mal seit Norwood begann ich zu glauben, daß wir davonkommen könnten. Phil wollte sich ein wenig umsehen, und ich war einverstanden, kroch im ersten Gang über den Kies und parkte knapp zehn Meter hinter dem letzten der anderen Transporter. Der Wind trug einen Geruch von zersägtem Holz heran.

18

Als wir aus dem Transporter stiegen, kam uns ein Stallbursche mit einem Gummieimer und einem rosa Schwamm entgegen, wir zogen uns daher lieber in Richtung einiger Rhododendren zurück, die den Rasen begrenzten. Im Zelt waren die Caterer dabei, Tische und goldene Plastikstühle mit roten Kissen aufzustellen; beaufsichtigt wurden sie dabei von einer Matrone, die ein Kopftuch mit einem reiterlichen Motiv trug. Ein junges Mädchen mit einem braunen Pferdeschwanz kam an uns vorbei, eine Plastikkiste voller Gläser in den Händen. Phil lächelte ihr zu.

»Alles klar?« sagte er.

Zu seiner sichtlichen Zufriedenheit und meinem beträchtlichen Erstaunen lächelte sie zurück. Auf einem Podest an der Rückwand des Zeltes stand ein Mikrofon, vermutlich für Richards Präsentation am nächsten Tag, und das Ganze erinnerte mich daran, wie wir einmal beim Tanz in den Mai an der Oxford University in einem Zelt gespielt hatten, einer unserer übelsten Gigs. Gute Bezahlung, aber das Publikum interessierte sich nicht für die Band, und nach zwei Songs versuchten sie, uns von der Bühne zu johlen, scharf auf die Disko und darauf, die gemieteten Abendanzüge gegen Taft reiben zu lassen. Obwohl man ihnen kaum einen Vorwurf machen konnte angesichts des Sounds, den wir fabrizierten, erweckte der Anblick der losgelassenen Eliteferkel doch in mir den Wunsch, mich dem Klassenkampf anzuschließen.

Ich musterte das Zelt, ob nicht irgend etwas Improvisiertes oder Behelfsmäßiges Zeugnis von Richards geistigem Ausnahmezustand ablegen würde, doch alles schien so wohlorganisiert, daß man es kaum mit der Tatsache von Marks Ermordung in Einklang bringen konnte, einem Verbrechen, das doch dazu angetan war, den Himmel Blut regnen zu lassen. Die Matrone sah uns an und blähte die Nüstern, und als wir den Eindruck gewannen, daß sie tatsächlich im nächsten Moment anfangen würde zu wiehern, verließen wir schnell das Zelt. Wir gingen, Phil voran, an der Seite des Hauses entlang, vorbei an einer steinernen Statue einer altertümlichen Nudistin, und hinter einem der Fenster sahen wir einen stattlichen asiatischen Mann sitzen und Zeitung lesen. Er trug einen Tweedanzug, und das einzige, was fehlte, waren eigentlich Monokel und rosa Gin. Er winkte uns zu, wir winkten zurück. Es lief alles wie geschmiert.

»Was hab ich dir gesagt? Unser Glück hat sich gewendet«, sagte Phil.

Hochgestimmt fuhren wir von dannen, und Phil begann, Bryan Adams *18 Till I Die* zu singen, so wie früher, wenn in der Band alles gut lief. Der Ausfahrt entgegenstrebend, ging ich eine Linkskurve ein wenig zu schnell an, und als der Weg gleich darauf wieder nach rechts schwenkte, geriet der Transporter ins Schleudern.

»Paß auf!« schrie Phil.

Ich mühte mich, den Wagen unter Kontrolle zu bringen, versuchte gegenzulenken.

Der Landrover kam aus entgegengesetzter Richtung die Zufahrt hoch. Ich hatte den Transporter einigermaßen wieder in der Spur, sah aber den Landrover nicht, bis wir praktisch draufsaßen. Der Weg war zu schmal für zwei Fahrzeuge, also scherte ich nach links aus, wo die Bäume kleiner und jünger waren. Ich stieg auf die Bremse, und das Hinterteil des Transporters brach nach links aus. Niedrig hängende Zweige peitschten die Windschutzscheibe. Das Lenkrad ohne Wirkung herumreißend, sah ich den großen Baum schnell und drohend näherkommen, der Stamm wurde immer breiter, und die Risse in der Borke waren gut zu sehen unmittelbar vor dem Aufprall.

Ehe ich mich's versah, roch ich Erde und vermoderndes Holz, lag auf dem Bauch, buchstäblich meine Nase in die Natur haltend.

Meine Zähne waren locker, und ich schmeckte Blut im Mund. Mit meiner linken Schulter stimmte etwas ganz und gar nicht, sie schlug Funken vor Schmerz, als ich sie zu bewegen versuchte – die grelle, das Herz aussetzen lassende Qual eines Fahrradunfalls in der Kindheit –, als sei mein Arm verdreht und aus dem Schultergelenk gerissen und das Gelenk nunmehr eifrig damit beschäftigt, ein Gebiß zu schleifen. Von innen. Ich lag wimmernd da, betete, daß der Schmerz verschwinden möge, doch meine Schulter schlug weiter wie ein zweites Herz.

Ich hatte meine Brille verloren, daher konnte ich nicht allzugut sehen, meinte aber, Richard Bowring erkennen zu können, der über Phil kniete und ihn schüttelte, ein paar Meter von dem Baum entfernt, gegen den wir gekracht waren. Mit der rechten Hand berührte ich meine Stirn, und meine Finger waren voller Blut. Kratzer, dachte ich. Schnittwunden. Von der Windschutzscheibe? Mit den nervösen Fingern eines Experten für Bombenentschärfung untersuchte ich meinen Schädel auf angefallene Schäden und zuckte arg zusammen, als ich den superempfindlichen Aufprallpunkt oben auf dem Scheitel ertastete. Richard kam zu mir herüber, senkte sein Gesicht so weit, daß ich es trotz Kurzsichtigkeit erfassen konnte.

»Was zum Teufel macht ihr hier?« fragte er.

Er hatte eine dunkelbraune Warze mitten auf dem Kinn, und die Warze hatte eine Mulde, und aus der Mulde sproß ein einzelnes Härchen, schwarz und gewunden wie der Stiel eines verrotteten Apfels. Seitlich von seinem Mund gab es eine Hautpartie, die er mit dem Rasierer verfehlt hatte und wo graue Haare aus den Satsumaporen starrten. Ich zeigte auf Phil und versuchte, seinen Namen auszusprechen. Ich brauchte ewig, um das eine Wort zu bilden.

»Hat das hier was mit Mark zu tun?« bellte Richard.

Er wußte ganz genau, daß es was mit Mark zu tun hatte. Spielte er Theater für jemand anderen? Vielleicht hatte noch jemand mit im Landrover gesessen.

»Krankenwagen«, sagte ich. »Rufen Sie einen Krankenwagen.«

Phil schrie auf, und Richard ging zu ihm. Ich konnte mich nicht bewegen, ohne meine Schulterschmerzen weiter zu verschlimmern, daher versuchte ich, so still wie möglich liegenzubleiben. Dann hielt ein Hund sein Gesicht in meines, knurrte mich von ganz tief drinnen an, und ich wurde von urzeitlicher Angst gepackt. Ich blickte in dunkle Augen, die mich im Ganzen verschlingen wollten. Schwarzbraunes Fell und spitze Ohren, eingerahmt von den Zweigen der überhängenden Bäume. Die Rasse war gut zu bestimmen: Dobermann. Die Zähne mochten unter Zugrundelegung meiner genauen Genickmaße angeordnet und geschärft worden sein. Dampf stieg von der langen rosa Zunge des Hundes auf und wehte über eine winzige Kette gummiartiger schwarzer Gaumenknötchen hinweg, die vom Geifer glänzten. Jenseits der Zunge konnte ich den Anfang des geriffelten Schlundschlauches sehen. Gerade als ich fühlte, wie die Nahrungskette sich um meinen Hals legte und in die andere Richtung zu zerren begann, riß Richard den Hund weg und ersetzte dessen Gesicht durch sein eigenes. Er atmete zu schwer, und graue Haarstränge flatterten über seine Ohren. Er sah sehr müde aus.

»Wo ist Mark? Was ist passiert?«

Ich wußte nicht, ob ich ihm trotzen oder mich dumm stellen sollte. Oder vielleicht noch dümmer. Ich erinnerte mich, Marks Schuh hinten in den Transporter geworfen zu haben. Da lag er immer noch. Meine rechte Hand streifte meine im Laub liegende Brille; es gelang mir, sie aufzusetzen.

»Ich weiß nicht, was Sie meinen«, murmelte ich.

»Was habt ihr mit Mark gemacht? Meine Frau sagt, daß Sie ein Freund von ihm sind. Wo ist er?«

Er schüttelte mich, und der jähe Schmerz stürzte mich hinab in einen See von Tintenfischtinte, in dem ich ganz versank.

Als ich wieder zu mir kam, sah ich zwei Richards mit vier Jackenaufschlägen, darüber eine doppelte Dosis Himmel hinter einem Fischnetz aus zerbrochenen Zweigen. Beide Zahnreihen wackelten auf der linken Seite, das Innere meines Mundes war überdimensional und voller Blut. Ich hielt es fürs Beste, es herunterzuschlucken, um die Proteine bei mir zu behalten, denn ich hatte das Gefühl, daß ich bald alle Kräfte brauchen würde, die irgend verfügbar waren. Ich war wieder ein Kind, das in den Ferien in Suffolk mit den Zähnen eines gebleichten Schafsschädels klappert. Ich war ein Narr.

»Wo ist Mark?« fragte mich Richard.

Meine einzige Chance war, ihn zu überwältigen, aber mit einer mutmaßlichen Gehirnerschütterung und einem außer Gefecht gesetzten Arm waren die Aussichten dafür noch magerer als mein Aktienportefeuille. Und dann blickte ich an Richard vorbei und sah Phils Beine aus der Beifahrertür des Landrovers ragen. Er war grün mit einem cremefarbenen Dach – als Kind hatte ich genau so ein Spielzeugauto besessen. Phil tastete nach irgendwas, das auf dem Rücksitz lag, und um Richard abzulenken, versuchte ich mich an einem Todesröcheln, ließ mir das Blut aus dem Mund blubbern, aber es reichte nicht. Der Dobermann bellte und sprang umgehend auf Phil zu.

»Faß ihn, Rolf!« rief Richard.

Phil wand sich aus dem Fahrzeug, das Gesicht blutbefleckt. Mit überaus glückhaftem Timing schwang er das Bein und verpaßte dem Hund einen Tritt vor die Brust, einen Sekundenbruchteil bevor dieser seine Zähne in Phils Kehle versenkt hätte. Der Hund schoß steil in die Luft und landete dann auf allen vieren, wo er ganz still einen Moment verharrte – aufs äußerste verblüfft. Richard bewegte sich auf Phil zu, doch plötzlich blieb er stehen, als sei er am Rand einer Klippe angelangt. Phil hielt eine Schrotflinte auf seine Brust gerichtet. Durch die Bäume ging ein Wind, und Sonnenlicht erfüllte die Lichtung. Richards rotbraune Jacke schien in Flammen aufzugehen.

Keiner rührte sich.

Phil wirkte ziemlich verstört und schien durchaus fähig zu schießen, daher hoffte ich, daß der Abzug des Gewehrs klemmen würde. Sein Gesicht war böse zerschnitten, ein Fetzen Haut hing ihm von der Stirn, und das Blut hatte sein T-Shirt durchtränkt.

»Seien Sie vernünftig. Tun Sie das Gewehr weg«, sagte

Richard, die Worte zwischen zusammengebissenen Zähnen hervorquetschend.

»Du hochnäsiger Scheißer!« schrie Phil. »Ich sollte dich auf der Stelle abknallen!«

»Ganz ruhig«, sagte ich.

Die Heftigkeit von Phils Haß schockierte mich, und ich mußte an ihr Zusammentreffen im Eßzimmer in Regent's Park denken.

»Weg mit dem scheiß Hund oder ich erschieß ihn!« rief Phil.

Richard rief Rolf zurück und ließ ihn Platz nehmen.

»Sie machen es doch nur noch schlimmer für sich selbst«, sagte Richard.

Phil hob die Flinte an die Schulter und machte einen Schritt auf Richard zu. Der Doppellauf war genau auf Richards Kopf gerichtet, schwebte als silbernes Unendlichkeitssymbol in der Luft.

»Verdammte Scheiße, Phil! Laß das!« rief ich.

Phil ließ die Waffe sinken, hinkte zurück und lehnte sich gegen den Landrover. Er war in übler Verfassung.

»Wo ist Mark? Was habt ihr mit ihm gemacht?« fragte Richard.

Die Frage hing in der frischen Luft der Lichtung. Ich verstand nicht recht. Wollte Richard wissen, was wir mit der Leiche gemacht hatten? Oder spielte er nur Theater? Phil zuckte unter einem plötzlichen Schmerz zusammen, die Gewehrläufe irrten für einen Moment von ihrem Ziel ab. Dann geriet Phil ins Schwanken, und ich sah, wie Richard sich anspannte, um ein weiteres Manöver zu versuchen.

»Behalt ihn im Auge, Phil«, sagte ich.

»Ich komm schon klar. Es ist nur mein scheiß Bein. Kannst du aufstehen?« fragte er mich.

Der Hund schoß los.

»Phil! Paß auf!« schrie ich.

Der Dobermann sprang Phil an, schlug die Zähne in seinen Unterarm. Schreiend ließ Phil die Flinte heruntersausen, schlug mit dem Doppellauf heftig auf den Hund ein, bis dieser aufheulte und sich seitwärts in die Büsche schleppte, quiekend wie eine Autoalarmanlage. Richard rührte sich nicht, und Phil richtete die Waffe wieder auf ihn, wobei er sich keuchend den Arm rieb.

»Das wird den Tierschützern ganz und gar nicht gefallen«, sagte ich.

»Die Tierschützer sind unsere geringste Sorge«, erwiderte Phil.

Ich hievte mich hoch und mir wurde schwummrig, es gelang mir aber, eine Hand zwischen die Knöpfe meines Mantels zu zwängen und dadurch meine Schulter zu entlasten. Ich stolperte auf Phil zu, wobei ich das Gefühl hatte, durch aufgewühlte Wellen zu schwimmen, mit Schutzbrille und eingeöltem Körper. Phil gab Richard einen Wink, zum Landrover hinüberzugehen, und als Richard den Mund aufmachte, um etwas zu sagen, schlug Phil ihm mit dem Gewehrkolben in den Rücken. Richard ging zu Boden und hielt sich, nach Luft schnappend, an der Heckklappe fest. Ich war entsetzt, hielt aber den Mund, zumal sich gerade die ganzen Verzweigungen unserer Situation in meinem Innern zu entfalten begannen, stacheliger und schärfer als ein schweizer Armeemesser.

»Nimm das mal, ja?« bat mich Phil.

Er reichte mir die Schrotflinte, und ich hielt sie auf Richard gerichtet, während Phil im Erste-Hilfe-Kasten des Landrovers nach einem Pflaster für seine Stirn wühlte. Als er fertig war, überprüfte er sein Werk im Seitenspiegel und legte ein kleines zerknittertes Lächeln auf. Ich war fassungslos. Wie konnte Phil in dieser Situation lächeln? Aus unermeßlicher Eitelkeit? Er humpelte hinüber zu meinem Transporter, und meine Schulter pochte in beängstigender Weise, während ich dastand und die Flinte auf Richard richtete. Wenn er mich angegriffen hätte, wäre es mir völlig unmöglich gewesen, den Hahn durchzudrücken oder gar auf ihn einzuschlagen, aber zum Glück für mich verharrte Richard keuchend auf allen vieren, als ob er die Vorgabe *Lassie kehrt zurück* bei einer Scharade darzustellen hätte. Phil barg sein tragbares Keyboard aus dem Transporterwrack und kam zurück.

»Wir müssen ihn dazu bringen, ein Geständnis abzulegen«, flüsterte er mir zu.

Ich war verwirrt. Hatte Phil die Absicht, Richard mit seinen Songs zu quälen, um ihm ein Geständnis abzuringen? Auf dem Gebiet der Verhörtechnik wäre dies ein Verfahren, das einen Torquemada aussehen ließe wie David Frost. Phil löste das Diktafon von seinem Keyboard, spulte die winzige Kassette zurück und nahm mich dann beiseite.

»Wir schaffen ihn von hier weg. Zwingen ihn, auf Band auszusagen«, sagte er.

»Ich verstehe nicht –«

»Naja, wir können ihn nicht einfach hierlassen, oder?«

Da hatte Phil recht, und mir war immerhin soviel klar, daß ich nicht in der Lage war, geradeaus zu denken. Mit einer orangenen Plastikschnur, die er im Landrover gefunden hatte, band Phil Richard die Hände hinter dem Rücken zusammen, wobei ich ihm assistierte, so gut ich konnte, doch mit nur einem Arm und schiefer Sicht war ich ihm wahrscheinlich eher hinderlich.

»Wo ist Rolf?« stöhnte Richard.

Phil befahl ihm, den Mund zu halten. Der Hund krümmte sich wimmernd unter einem Baum, gut möglich, daß er im Sterben lag. Phil fand etwas Zeitungspapier im Wagen, stopfte es Richard in den Mund und stülpte ihm einen grünen Düngemittelsack, doppelt so groß wie ein Kissenbezug, über den Kopf. Dann schoben wir ihn hinten in den Landrover. Dunkelheit drängte sich von den Seiten her in mein Sichtfeld, als würde ich die Welt durch den Doppellauf einer Schrotflinte betrachten, und Phil fragte mich, ob ich den Landrover fahren könne, wenn ich den Arm in einer Schlinge hätte.

»Mir wird immer wieder schwindlig«, sagte ich. »Auf einer Hauptstraße würde ich wahrscheinlich einen Unfall bauen. Laß uns doch einfach ein bißchen weiter in den Wald reinfahren. Nur weg von der Zufahrt.«

Phil nahm mich genau unter die Lupe und stimmte mir zu. Wir stiegen in den Wagen, und Phil tupfte sich mit einem alten Geschirrtuch das immer noch blutende Gesicht ab, während ich mit dem rechten Arm versuchte, den ersten Gang zu finden. Ich rang mit dem Schaltknüppel, und als er endlich einrastete, schossen wir vorwärts durch die Bäume, begleitet vom Geräusch der übers Metall kratzenden Zweige. Aus Sorge, daß ich steckenbleiben würde und nicht in der Lage wäre zu wenden, kam ich nur mühselig langsam voran. Richard zappelte auf dem Boden hinter uns, und ich wollte schon aus dem Sitz fahren, als mir einfiel, daß dieser Bowring, im Unterschied zu Mark, ja noch lebendig war. Phil stieß einen Warnruf aus, als ich in einen Graben geriet und wir beinahe umgekippt wären, aber am Ende gelangten wir doch zu einer anderen kleinen Lichtung am

Rande eines Feldes, wo ich den Wagen zum Stehen brachte. Als ich ausstieg, konnte ich meinen Transporter hinter den Bäumen nicht mehr ausmachen, daher nahm ich an, daß auch wir von der Zufahrt her nicht zu sehen waren.

19

Mein linker Arm war inzwischen taub, und das Gefühl von Benommenheit nahm zu, daher half Phil mir, eine Schlinge aus dem Geschirrtuch zu basteln, auf dem Charles und Diana am Tag ihrer Verlobung abgebildet waren. Ich weigerte mich, dieses vielfach maschinengewaschene Veronikabild als Fluch über meiner Beziehung zu Sara zu interpretieren. Wie um alles in der Welt sollte ich ihr das alles bloß erklären? Ich versuchte, derlei Gedanken beiseite zu schieben, als Phil sein Diktafon auf der Motorhaube des Landrovers aufstellte und es testete; sein gehauchtes »one-two, one-two« rief zahlreiche nervtötende Soundchecks in irgendwelchen Schuppen und Hallen überall im Lande in Erinnerung. Das Mikrofon hatte eine Reichweite von knapp zwei Metern. Phil spielte den Test ab, dann schaltete er das Gerät wieder auf Aufnahme, wobei er dieselbe holprige Unsicherheit an den Tag legte, die mir schon im Pub in Clerkenwell aufgefallen war.

»Zu schade, daß wir ihm nicht Marks Leiche zeigen können, bevor wir anfangen«, sagte Phil. »Ihn ein bißchen weichklopfen.«

»Weichklopfen? Mark war sein Sohn«, sagte ich. »Schmelzen könntest du ihn damit.«

Phil zerrte Richard halb aus dem Landrover heraus, band seine Füße los und setzte ihn, die Düngemitteltüte immer noch über dem Kopf, gerade hin, wie eine Bohnenstengelpantomime im Billigangebot. Richard gab ein krächzendes Geräusch von sich, als Phil ihn ganz aus dem Wagen stieß und seine Hände an der vorderen Stoßstange festband, um die seltsamste Aufnahmesession ins Werk zu setzen, an der ich je teilgenommen habe. Ich hatte eine ungute Vorahnung, und das ist jetzt keine nachträgliche Klugscheißerei. Phil ließ das winzige Band hinter Richards Rücken loslaufen und zog ihm dann mit einem Ruck die Tüte vom Kopf.

Richards Gesicht hatte eine häßlich rötlichbraune Färbung angenommen, und ich erinnerte mich an das, was Ildikó mir über sein Herz gesagt hatte. Als ich Phil darauf aufmerksam machte, wirkte auch er besorgt – eine weitere Leiche im Gepäck war schließlich das letzte, was wir brauchen konnten. Richards Augen wölbten sich vor wie bei einem Frosch, als Phil ihm die aufgeweichten Zeitungsseiten aus dem Mund zog. Indem er den letzten Fetzen Papier ausspuckte, explodierte Richard auch schon vor Empörung.

»Halt deine verdammmte Fresse!« rief Phil.

Er hob den Arm, und Richard zog den Kopf ein.

»Okay«, sagte Phil. »Als erstes können Sie uns erzählen, warum Sie nicht zur Polizei gegangen sind, als Sie das mit Mark erfahren haben.«

Richard nahm diese Frage mit Überraschung auf und sah, in meinen Augen, etwas schuldbewußt aus.

»Ich wollte sie rufen, aber meine Frau hat mich überredet, es nicht zu tun.«

»Und zwar, weil Sie Marks Treuhandvermögen geplündert hatten, stimmt's?«

»Das ist ja absurd«, höhnte Richard. »Hören Sie, ist Mark auch hier? Ist er in die Sache verwickelt? Ich habe ein Recht, das zu erfahren.«

Richard besaß die ganze Integrität eines umgespritzten BMWs, aber mir war unwohl angesichts seiner Arroganz. Obwohl er jetzt im Dreck kniete, war Richard als Großgrundbesitzer immer noch ein hohes Tier, wohingegen wir ein Paar von Lumpenproleten darstellten, die die Leiche seines Sohnes von London hierhergeschafft hatten. Ich konnte mir nicht vorstellen, daß Richard irgend etwas gestehen würde. Und was Mord anging, so war der Besitz der Leiche sicherlich schon neun Zehntel der Anklage.

»Erzählen Sie uns doch einfach, warum Sie Mark umgebracht haben«, sagte Phil.

Richard sah aus, als habe ihm jemand ein Glas Wasser ins Gesicht geschüttet; sein Atem ging schnell und flach. Wieder mußte ich an sein schwaches Herz denken.

»Sie wollen sagen, Mark ist . . . tot?«

Die Worte blieben ihm halb im Hals stecken. In diesem Moment gab ich erstmals der Ahnung Raum, daß er es vielleicht doch nicht getan hatte.

»I-ich verstehe nicht«, stotterte Richard.

Das gestotterte »ich« brach wie ein angesägter Baum auseinander und krachte in den matschigen Boden vor meinen Füßen, aber Phil sah es nicht und forcierte seinen Angriff.

»Sie verstehen mich arschgenau!« rief er. »Sie sind zur Wohnung gefahren und haben Mark den Kopf eingeschlagen!«

Richard kapierte nicht. Er sah aus wie ein gebrechlicher, geplagter alter Mann.

»Was ist in Kilburn passiert?« fragte ich ihn.

»Kilburn? Aber ich bin in meinem Leben nicht in Kilburn gewesen«, sagte er.

»Hören Sie doch auf!« fauchte Phil.

Richard schüttelte den Kopf, und ich begriff nicht, warum er sich die Mühe machen sollte, in diesem Punkt zu lügen.

»Ich hab Sie selbst dort gesehen«, sagte ich. »Nachdem Sie im Bahnhof waren. Sie waren in Ihrem Auto.«

»Aber ich habe mein Auto an dem Tag gar nicht benutzt«, sagte Richard. »Ich bin mit dem Taxi gefahren.«

Meine Luftröhre zog sich zusammen, wurde platt wie ein Bandwurm, und ich schluckte, um sie wieder auseinanderzupressen.

»Wer hatte es denn dann?« fragte ich. »Wer ist damit gefahren?«

Etwas schien hinter Richards Gesicht zu zerplatzen.

»Meine Frau. Ihr Wagen war in der Werkstatt«, sagte er, das Gesicht abgewandt.

Ich erinnerte mich, daß Emma mir gesagt hatte, sie wolle ihren Wagen reparieren lassen. Richard hatte es nicht getan. Mir war ganz schwach ums Herz.

»Sie lügen, verdammt!« schrie Phil ihn an.

Phil schlug ihn genau aufs Ohr, doch Richard schien überhaupt nichts zu spüren. Ich packte Phil und zerrte ihn zurück.

»Laß ihn in Ruhe!« rief ich. »Er sagt die Wahrheit! Hör mir zu! Woher wollen wir wissen, daß es nicht Emma war? Marks Tod und Richards schwache Pumpe können ihr acht Millionen einbringen.«

Phil riß sich von mir los, und Richard schien unter Schock zu stehen.

»Nie im Leben«, sagte Phil. »Sie hätte es mir gesagt, klar?«

Ich trat einen Schritt zurück. Das ergab keinen Sinn.

»Wie meinst du, sie hätte es dir gesagt?« fragte ich. »Du kennst sie doch nichtmal!«

Phil holte tief Luft und ließ es raus.

»Die Frau in L.A., von der ich dir erzählt hab? Emma. Wir tun uns wieder zusammen. Wie vorher, nur besser. Ich liebe sie, Andy.«

Mein Gehirn steckte im Schlamm fest, die Hinterräder wühlten die erste Welle eines massiven Panikanfalls auf. Zermalmt und von den einander widersprechenden Impulsen von Klaustrophobie und Agoraphobie zerrissen, versuchte ich, ein Fenster in meiner Lunge zu öffnen, um frische Luft zu bekommen, aber sie klemmten alle. Es war, als wolle man durch ein Kissen atmen.

»Hör zu, es ist in Ordnung. Es ändert nichts«, sagte Phil. »Emma weiß nicht einmal, daß Mark tot ist.«

»Du hast sie gesehen?« fragte ich, von Entsetzen gepackt.

»Ich hab mit ihr telefoniert, als du gestern da warst. Ich wollte es dir noch sagen.«

»Du schleimige kleine Scheißmade!«

»Ich mußte sie anrufen«, sagte Phil. »Sie wußte, daß ich der Anrufer war, und angesichts von Marks Tod sollte sie Richard nicht sagen, daß sie ihn verlassen will. Noch nicht, jedenfalls.«

Phil hatte die ganze Zeit gelogen, hatte mich und sich selbst getäuscht. Ich haßte ihn, und der Haß half mir, den Panikanfall unter Kontrolle zu bringen. Mir war jetzt nur allzu klar, was geschehen war.

»Begreifst du nicht, daß Emma es war?« knurrte ich. »Sie hat Mark umgebracht und will es dir in die Schuhe schieben, du Schwachkopf!«

Phil schwankte rückwärts, von einem unsichtbaren Schlag getroffen.

»Das ist eine Lüge!« heulte Richard.

»Ja genau, erstunken und erlogen!« schrie Phil. »Sie

dachte, ich hätte die Anrufe gemacht, um sie auf die Palme zu bringen. Damit sie die Scheidung verlangt. Sie hatte keine Ahnung, daß Mark in Jeffs Wohnung war!«

»Ach, komm«, sagte ich zu Phil. »Du weißt, daß sie es war.«

Phils Mund ging auf und zu. Er war am Durchdrehen, rang mit einem Verdacht, den er sich bislang nicht hatte eingestehen können. Richards Gesicht war gesprenkelt, er zitterte am ganzen Körper. Keiner von beiden wollte mir glauben, aber dieses eine Mal wußte ich, daß ich recht hatte.

»Sie hätte es gar nicht können. Sie kannte die Adresse in Kilburn nicht«, sagte Richard eine Oktave zu hoch. »Sie war schon weg, als das Mädchen anrief. Ich habe die Polizei verständigt, und die sagten, sie seien hingefahren, aber die Wohnung sei leer.«

Diese Mitteilung versetzte mir einen Schlag.

»Siehst du?« sagte Phil. »Emma hatte nichts damit zu tun! Er hat den Mord verdammt nochmal selbst begangen, so wie wir es uns gedacht haben!«

»Nein! Mark lebt!« schrie Richard.

»Wollen Sie die Leiche sehen?« höhnte Phil. »Sie liegt in einer Garage fünf Meilen von hier.«

In diesem Moment wußte Richard mit Sicherheit, daß sein Sohn tot war. Er stöhnte auf und verbarg, von einem Sandsturm der Gefühle erfaßt, sein Gesicht an seiner Schulter, wobei er unachtsamerweise eine kahle Stelle auf seinem Scheitel sehen ließ, die er sonst überkämmte. Ich war verwirrt. Ich konnte mir nicht erklären, wie Emma Jeffs Adresse entdeckt hatte.

»Hast du Emma je mit nach Kilburn genommen?« fragte ich Phil.

Seine Augen gruben sich noch tiefer unter das schützende Riff seiner bandagierten Stirn.

»Ich hab dir doch erzählt, daß ich dort gewohnt hab, als ich aus L.A. kam. Sie hat ein paar Nächte da mit mir verbracht. Ja und?«

»Und hast du sie je mit nach Hammersmith genommen?«

»Natürlich nicht. Du hast doch gesehen, was für ein Loch das ist.«

»Dann dachte sie also, daß du in Jeffs Wohnung wohnst. Sie ist hingefahren, um dich von weiteren Anrufen abzuhalten, und hat Mark vorgefunden. Sie haben sich gestritten aus irgendeinem Grund, und sie hat ihn getötet. Und dir will sie es anhängen, Phil. Wenn Mark tot ist, kriegt sie das Geld.«

Phil konnte mir nicht in die Augen sehen. Er schlug mit der Faust auf die Motorhaube des Landrovers.

»Das ist dummes Zeug. Emma interessiert sich nicht für Geld«, sagte er.

»Ja klar. Warum hat sie wohl Richard geheiratet? Wegen seiner warmen, liebevollen Art? Es sind acht Millionen, du Blödmann.«

Richard stöhnte ernüchtert, er war ganz grau geworden. Als ich hinging, um nach ihm zu sehen, sah er mich mit vergifteten Augen an.

»Binden Sie mich los«, krächzte er. »Bitte. Mir tun die Hände weh.«

Richards Finger entwickelten die gleiche bläuliche Färbung wie die seines Sohnes, daher machte ich seine Handgelenke ein bißchen los. Alle Lebendigkeit entwich aus seinem Körper wie Korn, das aus einem geplatzten Sack hervorquillt, und es war das erste Mal in meinem Leben, daß ich einen Hauch von Sympathie für einen Bauunternehmer empfand. Dann hörte ich ein Auto kommen, näher, als mir lieb war. Krähen stoben über das

Feld davon, und ein blaues Stück Karosserie blitzte in vierzig Metern Entfernung zwischen den Bäumen auf. Flüchtig erkannte ich ein schwarzes Segeltuchdach, als der Wagen die Zufahrt hoch in Richtung Hauptgebäude fuhr.

»Das ist Emma«, sagte Phil.

Ich glaubte, er würde hinter ihr herrennen wollen, und machte mich bereit, ihm ein Bein zu stellen, doch er rührte sich nicht vom Fleck. Wir hörten, wie der Wagen neben dem Transporter hielt, und warteten, bis Emma weiterfuhr.

»Was glaubst du, wie lange sie bei dir bleiben würde, ohne Geld?« fragte ich Phil. »Bei der erstbesten Gelegenheit würde sie dich für einen anderen sitzenlassen.«

»Du weißt doch überhaupt nicht, was los ist. Emma wird ihn verlassen. Sie hat es mir gestern gesagt.«

»Nur, damit du die Leiche für sie beseitigst«, sagte ich.

»Sie würde Mark nie etwas zuleide tun«, murmelte Richard. »Sie würde ihm nichts zuleide tun.«

Die Wiederholung entlarvte den Satz als das, was er war – eine sentimentale Lüge. Phil schien zu wackeln. Ich begriff jetzt, daß Emma mich nur gevögelt hatte, um herauszufinden, wieviel ich wußte, und so wandte ich mich an Phil, um ihm diesen speziellen Knüppel genüßlich zwischen die Beine zu werfen.

»Es war Emma ganz egal, ob du die Leiche erfolgreich beiseite schaffst oder dabei erwischt wirst«, sagte ich ihm. »Sie wäre auf jeden Fall aus dem Schneider und würde das Geld kriegen. Herrgott, glaubst du im Ernst, daß du ihr etwas bedeutest? Sie hat mich gestern sogar gefickt, nur um rauszukriegen, was wir mit Mark gemacht haben!«

Phil trat auf mich zu und schlug mir seitlich gegen den Kopf. Ich war davon in erster Linie überrascht, weil er so ein Feigling war, aber vielleicht war ihm hier ja tatsächlich mal was zu Herzen gegangen. Ich rechnete damit, daß er noch einmal zuschlagen würde, daher wurde ich auf dem falschen Fuß erwischt, als Phil eine Handvoll meiner Haare packte und seine Finger tief in meinen Schopf hineingrub. Ich riß mich los und verpaßte ihm eins in die Rippen, genau über dem Herzen.

Ich stieß ihn rückwärts gegen den Landrover, hielt ihn dort fest, indem ich ihm mit der rechten Hand den Hals zudrückte, und trat nach ihm. Phils linker Arm war wegen des Hundebisses so wenig zu gebrauchen wie meiner. Richard rief etwas, aber es klang weit entfernt, wie aus dem nächsten Dorf. Phil versuchte, sich aus meinem Griff zu befreien, indem er ziellos auf mich einschlug, es gelang mir aber, meine lädierte Schulter außerhalb der Reichweite seiner zunehmend schwächer werdenden Schläge zu halten. Phils Gesicht nahm ausnahmsweise sogar etwas Farbe an, als er sich mühte, meinen linken Arm aus der Schlinge zu ziehen. Nachdem das nicht funktionierte, griff er ins Wageninnere nach der Flinte. Ich nahm einen Schritt Anlauf und trat ihm mit voller Wucht seitlich gegen das Knie. Er schrie auf.

»Du Arsch, Andy! Das ist mein schlimmes Bein!« heulte er, auf dem anderen hüpfend.

Ich zog die Schrotflinte aus dem Landrover und ging zu Richard hinüber. Auf dem Boden kniend, sah er aus, als würde er langsam von der Erde verschluckt und hätte nicht das geringste dagegen. Ich band ihn los, und er rieb sich die befreiten Handgelenke, erhob sich schwankend und machte mit großen Augen ein paar Schritte, wie ein Überlebender eines Flugzeugabsturzes, der durch die

Trümmer tapert. Er hatte keine Ähnlichkeit mehr mit dem stolzierenden Tyrannen aus Regent's Park.

»Ich wußte, daß etwas Fürchterliches passiert war, als sie nach Hause kam«, sagte er, weniger zu mir als zu irgendeinem inneren Gesprächspartner. »Da war ein Abdruck an ihrem Hals. Sie hat versucht, ihn zu verdecken, aber ich hab's gesehen.«

Ich sagte Richard, er solle Phil mit der Verpackungsschnur die Hände hinter dem Rücken fesseln und ihm dann die Füße zusammenbinden.

»Moment mal! Was machst du denn?« kreischte Phil mir zu. »Du bist wohl verrückt! Richard hat Mark ermordet, weißt du noch?«

»Das ist nicht wahr!« brüllte Richard, Phils Gesicht in den Boden drückend.

Ich zerrte den alten Mann zurück.

»Was zum Teufel machst du da, Andy?« heulte Phil. »Er versucht dich reinzulegen!«

»Sie würde Mark nie ein Haar krümmen«, sagte Richard. »Sie liebt ihn genauso wie ich.«

»Verdammte Scheiße, Andy, laß mich los!« schrie Phil. »Merkst du nicht, daß das alles nur Mache ist?«

»Das sagst *du?* Du hast mich die ganze Zeit nur angelogen, du Sack!«

Richard wickelte die Kordel zweifach um Phils Handgelenke, während dieser immerfort brüllte, so daß ich ihm schließlich etwas Zeitungspapier in den Mund stopfte. Als Richard fertig war, entdeckte ich noch mehr Bindfaden und fesselte ihn auf die gleiche Weise. Mit nur einer Hand gelang es mir nicht sehr gut, aber ich rechnete mir aus, daß er viel zu verwirrt sei, um noch eine nennenswerte Bedrohung darzustellen. Ich mußte mehrere Pausen einlegen, um Atem zu schöpfen.

»Ich muß meinen Sohn sehen«, sagte Richard.

»Es kommt alles in Ordnung«, log ich. »Ich werde Hilfe holen.«

Meine einzige Chance bestand darin, Emma ein Geständnis abzulisten. Ich spulte das Diktafon zurück, und als ich in den Landrover stieg, hörte ich Phil durch seinen Knebel jaulen; es klang, als würde ein Robbenbaby niedergeknüppelt. Ich hoffte, daß Richard ihn anständig gefesselt hatte, aber auch falls das nicht der Fall war, rechnete ich nicht damit, daß Phil mit seinem verletzten Bein weit kommen würde. Mit äußerster Vorsicht fuhr ich durch den Wald auf die Zufahrt zurück. Mein Transporter drückte sich die Nase an dem fetten Baum platt, und als ich das von nahem sah, wurde mir klar, was für ein Glück Phil und ich hatten, noch am Leben zu sein, denn was den Transporter betraf, so war jeder seine eigene Knautschzone, jeder sein eigener Airbag. Ich dachte daran, Marks Schuh aus dem Transporter zu holen, aber mir fehlte einfach die nötige Energie, und so fuhr ich im ersten Gang in Richtung Haus, machte mir nicht die Mühe zu schalten, sondern ließ halt den Motor aufkreischen. Emmas Kabrio parkte neben Richards Sportwagen am Scheitelpunkt der Zufahrt.

20

Ich betrat das Haus durch eine Seitentür neben der Küche. Die Diele roch nach Hunden und vermodernden Gummistiefeln. Mäntel hingen an einer Wand, von der die geblümten Tapeten sich zum Teil gelöst hatten und nun halb über einige ausgeblichene, in dünne Rahmen gespannte Drucke mit Jagdszenen hingen. In einem Ständer sammelten Tennisschläger, Schirme und Jagdstöcke Staub an. Ich öffnete eine Tür zur Küche und teilte der dort schuftenden blutarmen Haussklavin mit, daß ich einen Unfall auf der Zufahrt gehabt hätte und mit Emma Bowring sprechen müsse. Ich starrte vor Dreck, und mein Gesicht mochte den Eindruck erwecken, es sei in den Fleischwolf geraten, der auf der Anrichte funkelte, daher mußte ich die Frau erst einmal davon abbringen, einen Krankenwagen zu alarmieren, bevor sie Emma auf einer internen Leitung anklingelte.

Sie starrte mich an, und ich starrte auf den Sonnenstrahl, der die freiliegenden Balken der Küche im Country-Stil beleuchtete und dabei eine Million Staubkörnchen einfing. Die Frau bat mich, meine schlammverkrusteten Turnschuhe in der Diele stehenzulassen, und führte mich einen Korridor entlang zu dem Zimmer, in dem der asiatische Gentleman am Morgen gesessen hatte. Der Rest eines Feuers glomm im Kamin, und ich stellte mich, nachdem sie mich alleingelassen hatte, davor, um mich ein wenig zu wärmen, während ich auf Emma wartete. Auf dem Kaminsims entdeckte ich eine Hochzeitseinladung in Kursivdruck auf dickem weißen Büttenpapier. Sowohl die Braut als auch der Bräutigam führten Doppelnamen, so daß sich die Erwartung aufdrängte, das glückliche Paar werde an seinem Ehrentag auf den großen Vierer zusteuern. Das Zimmer verströmte eine Art verfallenen Glanz, und ich nahm eine alte Ausgabe von ›Country Life‹ von einem seltsamen Möbelstück auf, einer Art Sofa ohne Rückenlehne oder einem gepolsterten Couchtisch. Noch zitternd vor Schreck, setzte ich mich darauf und blätterte durch die Zeitschrift in der Hoffnung, daß ich so entspannter wirken würde, wenn Emma aufkreuzte. Unter dem Ölgemälde eines langschwänzigen Fasans hatte der Werbetexter sich folgendes ausgedacht: »Holland and Holland. Auf dem Land zeigt sich wahre Kultur noch immer im Doppelnamen.«

Ich mußte einen Platz finden, wo ich das Diktafon verstecken konnte, doch als ich aufstand, wurde mir schwindlig, und ich stolperte über ein zerfranstes Stück Teppich. Ich mußte an die sackleinene Rückseite von Jeffs weinbeflecktem Teppich denken. Und an Marks rosa Pflaster. Silbergerahmte Fotografien standen auf einem Bechstein-Klavier, Modell D, und ich fühlte eine Schar winziger 2D-Augen mir folgen, als ich durch das Zimmer torkelte. Ich war nicht in der Verfassung, Emma ein Geständnis zu entlocken. Meine Gedanken bewegten sich mit der Geschwindigkeit, in der die Blätter von Zimmerpflanzen sich dem Licht zuwenden. Wo war sie? Was, wenn ich mich total täuschte? Es gab hier so viele Fotos von den Bowrings mit ihren diversen Freunden und Bekannten, daß man meinen konnte, sie müßten ständig daran erinnert werden, wer sie eigentlich waren. Ich kannte das Gefühl. Auf einem der Fotos war Richard auf einem Galaempfang zu sehen, wie er mit Panik in den Augen Prinz Charles die Hand schüttelte. Emma stand daneben, funkensprühend vor Aufregung. Charles beehrte Richard mit seiner typischen Maulsperre: als wenn ein Angler unachtsamerweise seinen Haken in seinen Mundwinkel geschlagen hätte und nun kräftig daran ziehen würde. Dasselbe nach Liebe hungernde Lächeln verblich gerade auf meiner improvisierten Armschlinge.

Ich stellte das Foto zurück, als Emma mit einem Schal um den Hals das Zimmer betrat. Sie kam eilig auf mich zu, blieb aber beim Anblick meiner dreckigen und blutigen Klamotten stehen. Die vergangenen zwei Tage hatten ihr das Fleisch enger um die Knochen gezogen, und ihre sonnenbankbehandelte Haut spannte sich wie ein Zelt um den Nasenbogen.

»Andy, bist du verletzt? Ich hab deinen Transporter gesehen! Geht's dir gut?«

Ich sagte ihr, daß es mir nie besser gegangen sei, und schaltete das Diktafon in meiner Tasche ein, während ich mich am liebsten geohrfeigt hätte dafür, daß ich die günstige Gelegenheit verpaßt hatte, es hinter einem der Fotos zu verstecken. Ich bezweifelte, daß das Mikro durch das Schaffell hindurch aufnehmen würde, selbst wenn ich die Tasche immer weit offen hielt.

»Hast du Rolf angefahren?« fragte sie. »Ich hab ihn hinkend auf der Zufahrt gefunden.«

Ich nickte. Emma war ziemlich aufgelöst, aber das hatte nichts mit dem Hund zu tun.

»Was um alles in der Welt hat dich denn nach hier draußen geführt?« fragte sie. »Dein Geld habe ich bei Ildikó hinterlegt.«

Sie versuchte, sich locker und kokett zu geben, klingen tat sie jedoch unruhig und ein bißchen barsch.

»Ich bin mit Phil gekommen«, sagte ich.

Ihr Gesicht öffnete sich wie eine häßliche Blume.

»O Andy, tut mir leid. Ich wußte nicht, wieviel er dir erzählt hatte!«

Sie lehnte sich an mich, so nachgiebig wie eine Stalagmite.

»Ich kann dir helfen«, sagte ich. »Aber du mußt mir erzählen, was wirklich in Jeffs Wohnung passiert ist.«

»Jeff? Was für ein Jeff?«

»Die Wohnung in Kilburn. Ich hab dich gesehen, wie du in Richards Wagen von da weggefahren bist.«

Sie wich zurück und fummelte an ihren Haaren. Das war dazu gedacht, sie verletzlich und unschuldig aussehen zu lassen, doch es verärgerte mich nur.

»Warum hast du das gestern nicht erwähnt?« fragte sie.

»Warum hast *du* nichts davon gesagt? Hör zu, ich kann die Polizei jetzt gleich anrufen, wenn es dir lieber ist«, sagte ich. »Sag mir einfach, was passiert ist.«

Ihre Augen schoben sich wie Rechenbrettkugeln von einer Seite zur anderen, während sie überlegte, was sie sagen sollte. Roter Lippenstift griff um ein paar Millimeter in ihr Gesicht aus, wo eine dunkle Bleistiftlinie den Geländegewinn des Kosmetikums umgrenzte. Es gab ihr einen leicht geisteskranken Anstrich.

»Hat Phil es dir nicht gesagt?« fragte sie.

»Sag's mir nochmal. Warum bist du dagewesen?«

»Ich dachte, daß Phil meine Ehe mit seinen Anrufen zerstören wollte. Er war richtig besessen geworden. Ich bin hingefahren, um ihm zu sagen, daß wir uns nicht mehr sehen könnten. Ich hatte keine Ahnung, daß ich Mark dort antreffen würde . . . naja, wie du weißt, war es ein dummer Unfall.«

Sie drehte sich zum Fenster und holte tief Luft. Ich

nahm das Diktafon aus meiner Tasche und spürte sein weiches Summen in den Fingern, als ich es zwischen die Fotos auf dem Klavier plazierte. Den Rücken mir zugewandt, wischte Emma sich eine Krokodilsträne aus dem Auge, bevor diese die Chance ergreifen konnte, das vom Puder ausgetrocknete Delta ihrer Wange hinabzukriechen. Mein Herz raste. Ich dachte wirklich, daß sie im Begriff sei, den Mord an Mark zu gestehen, und ich betete nur, daß sie in Reichweite des Mikrofons bliebe.

»Bis gestern hatte ich keine Ahnung gehabt, daß Mark und Phil sich überhaupt kannten«, sagte sie. »Aber als ich in die Wohnung spaziert kam, begriff Mark natürlich sofort, daß ich was mit Phil gehabt hatte. Mark war betrunken, richtig sturzbesoffen. Dann kam Phil ohne die Briefmarken zurück, und Mark ist durchgedreht. Er meinte, Phil hätte ihn betrogen, und hat auf ihn eingeprügelt und ihn getreten. Da hat Phil ihn mit der Flasche erschlagen. Es war schrecklich.«

Vorstellen konnte ich mir durchaus, daß Phil das getan hatte und dann, nachdem ich die Leiche gefunden hatte, wieder in die Wohnung zurückgekommen war. Der Gedanke daran verursachte ein kaltes öliges Gefühl in meinem Nacken.

»Er wußte nicht, daß Mark einen hauchdünnen Schädel hatte«, fügte sie hinzu. »Das ist medizinisch bedingt. Er hatte es von klein auf.«

Die Londoner Polizei behauptete, nachdem sie ihn zu Tode geprügelt hatte, daß Blair Peach an der gleichen Sache gelitten habe. Linton Kwesi Johnson hat sogar einen Song darüber gemacht. Gewißheiten krachten zusammen wie schlecht montierte Fertigmöbel, und ich bekam Angst, daß ich auf dem völlig falschen Dampfer war. Unter den gegebenen Umständen konnte ich nichts anderes tun, als gute Miene zu Emmas bösem Spiel vorzutäuschen.

»Herrgott!« sagte ich. »Das wußte ich nicht.«

»Phil hat es dir nicht erzählt?« schluchzte sie.

»Nein«, sagte ich. »Ich weiß nicht, was ich sagen soll. Du armes Ding.«

Ihre kleinen Augen hellten um ein paar Watt auf, als sie den Eindruck gewann, daß ich ihr die Geschichte abgekauft hatte. Diese Augen waren die Schaufenster zu dem, was von ihrer Seele übrig war, und der kranke Glanz darin verriet mir, daß sie mir Lügen aufgetischt hatte; daß sie ein intrigantes, amoralisches Miststück war, das keinerlei Reue empfand für das, was sie getan hatte. Jetzt versuchte sie also, ihrem ehemaligen Liebhaber die Schuld in die Schuhe zu schieben.

»Wo ist Marks Leiche?« fragte sie. »Habt ihr sie vergraben?«

»Nein, sie liegt in einer Garage hier in der Nähe«, sagte ich.

»Aber ich dachte –«

Emma unterbrach sich gerade noch rechtzeitig. Zum ersten Mal schien sie wirklich Angst zu haben, das Weiße in ihren Augen rund um die Iris war vollständig zu sehen.

»Ich verstehe nicht, warum du nicht einfach zur Polizei gegangen bist«, sagte ich.

»Das wollte ich, aber Phil meinte, es sei besser, wenn er die Sache in die Hand nimmt.«

Ich spürte, wie ihr Gehirn auf Hochtouren lief.

»Obwohl es Notwehr war, glaubte Phil, daß er ins Gefängnis käme«, sagte sie. »Und natürlich machte ich mir Sorgen, wie Richard es aufnehmen würde, wenn er wüßte, daß ich dagewesen war. Dann hat Phil mich am nächsten Tag angerufen und mir gesagt, daß ihr beide mit der Leiche aufs Land fahren wolltet. Ich dachte, ihr würdet sie vergraben.«

Mit dem Zipfel eines Taschentuchs, das sie aus dem Ärmel ihrer Strickjacke zog, tupfte sie an ihrer verschmierten Mascara. Emma verwendete jede Menge Eyeliner an den Außenrändern ihrer Augen, um sie größer erscheinen zu lassen, doch sie war keine talentierte Illusionistin.

»Phil hat erwähnt, daß du dachtest, Richard in der Nähe der Wohnung gesehen zu haben«, fügte sie hinzu. »Ich nehme an, daß er dadurch darauf gekommen ist, alles meinem Mann anhängen zu wollen.«

»Das ist ja alles ganz furchtbar!« sagte ich. »Unglaublich, was du durchmachen mußtest.«

Sie schmolz mir entgegen, überzeugt, daß ich ihr glaubte. Sie empfand nicht das geringste für andere Menschen. Sie dachte, daß wir alle nur vortäuschen, genau wie sie, und ich mußte mir die Fingernägel in die Handteller bohren, um mich davon abzuhalten, sie quer durchs Zimmer zu schleudern.

»Küß mich«, sagte sie.

Sie drängte sich an mich und stieß ihre trockene kleine Zunge in meinen Mund. Ich knetete ihre Lippen mit meinen, und meine Bartstoppeln schmirgelten ihr Gesicht. Mich ekelte vor ihr und vor mir selbst.

»Immer langsam, Soldat«, kicherte sie.

Sie zückte einen Lippenstift und einen Handspiegel, um ihren Mund neu anzumalen, schürzte ihre Lippen zu einem perfekten roten runden No-Entry-Zeichen. Emma Bowring hatte ihren Spaß.

»Paß auf, die Wahrheit wird schließlich ans Licht kommen«, sagte ich. »Phil wird es darauf ankommen lassen müssen. Ist das in Ordnung? Ich meine, liebst du ihn noch?«

Sie zündete sich eine Silk Cut an und sog daran, als nehme sie an einem Wettrauchen teil.

»Machst du Witze? Natürlich nicht. Er ist eine reine Last.«

»Dann gehen wir doch einfach zur Polizei.«

»Oh, das können wir nicht, Andy! Sie würden mich als Mittäter drankriegen, oder?«

Sie rümpfte die Nase bei dem Wort »Mittäter«, als sei dies etwas mindestens so Ekelhaftes wie ein Mitesser.

»Ich weiß nicht, aber ich denke, du würdest in weniger als drei Jahren wieder draußen sein. Wenn sie dich überhaupt verurteilen. Die Richter schicken reiche weiße Frauen nicht gern ins Gefängnis.«

»Hör mal, warum müssen wir überhaupt jemandem erzählen, daß ich da war? Du könntest sagen, du hättest gesehen, wie Phil es getan hat und daß es Notwehr war, daß er provoziert wurde. Es soll dein Schaden nicht sein.«

Emmas Lächeln war ein letztes großes Aufbäumen des Flirtwesens, aber sie hatte mir die schlimmsten sechsunddreißig Stunden meines Lebens beschert, und ich war entschlossen, ein vollständiges Geständnis aus ihr herauszuschütteln. Wenn du erkennst, daß dein Leben eine einzige Lüge gewesen ist, beginnst du, Geschmack an der Wahrheit zu finden. Ich hoffte nur, daß das Band noch nicht abgelaufen war.

»Das wäre also soweit geklärt, aber was liegt da für mich drin?« fragte ich.

»Wie meinst du?«

»Naja, du und Richard, ihr kriegt einen Haufen Geld, aber was bekomme ich? Nur eine schmutzige kleine Dia-vorführung, wenn ich nachts nicht schlafen kann? Sagen wir fünfzig Riesen. Auf die Hand.«

»Ich soll dich bezahlen? Bist du verrückt? Warum sollte ich dir irgendwas geben?«

»Damit ich sage, daß Phil Mark getötet hat und nicht du. Paß auf, ich war dabei, als Phil die Leiche gefunden hat, ich hab gesehen, was für ein Schock das für ihn war. Sowas kann man nicht spielen. Du selbst hast Mark getötet. Wir beide wissen das, also machen wir einen Deal.«

»Das ist eine Unverschämtheit!« kreischte sie. »Aber wie dem auch sei, du hast die Leiche weggeschafft, da kannst du ja wohl kaum zur Polizei gehen. Mark war eine verlorene Seele. Vielleicht bist du das ja auch. Nur ein armseliger kleiner Verlierer. Du hast nichts verdient.«

»Wohingegen du es verdient hast, alles zu haben?«

»Jawohl, genau«, sagte sie. »Außer Job und Kindern.«

Phil stand in der Tür, das Gesicht von getrocknetem Blut bedeckt. Ich hatte keine Ahnung, wie lange er schon gelauscht hatte.

»Hi, Phil«, sagte ich.

Das ließ sie aufhorchen. Emma wirbelte herum und sah ihn.

»O Liebling!« rief sie. »Gott sei Dank, daß du hier bist!«

Sie rannte auf ihn zu, doch er empfing sie mit einem Rückhandschlag ins Gesicht, der ihr die Lippe aufriß.

»Du verdammtes Miststück!« schrie Phil. »Versuchst mich reinzureiten! Ich hab dir zugehört, verdammt!«

Sie betupfte sich den Mund mit ihrem Taschentuch.

»Das hab ich doch nur gesagt, damit er die Leiche vergräbt! Verstehst du nicht? Wenn Andy glaubt, daß du es warst, hilft er uns.«

»Lügnerin! Du versuchst nur, deinen scheiß Ehemann zu schützen, diese Drecksau!«

Sie starrten einander an, die Gesichter von einer Wut verzerrt, die sich verblüffend schnell in Lust verwandelte. Mir dämmerte langsam, daß das, was sich zwischen den beiden abspielte, offenbar irgendein krankes Sexspiel war.

»Egal, jetzt ist es eh zu spät«, sagte Phil. »Ich hab die Polizei gerufen. Richard ist eingeknickt. Sie werden ihm das Geständnis abnehmen, daß er es war.«

»Oh, du verdammter kleiner Narr!« schrie sie. »Du hast gesagt, daß du die Leiche vergraben wolltest!«

»Du hast gesagt, daß du mich liebst!« fauchte Phil. »Ich hab nur gesagt, daß ich das tun würde, wenn ich dadurch nicht für deinen scheiß Mann in den Knast müßte!«

Er ließ sich in einen Ohrensessel sinken und fuhr sich mit der Hand durch die Haare. Es war schwer zu glauben, daß sein Gesicht mal als Schablone für Teenybopper-Schwärmereien gedient hatte. Emma kniete sich neben ihn und ergriff seine Hand. An der Wand gegenüber hing ein riesiger Spiegel, in den sie jetzt beide schauten, um ihr Aussehen zu überprüfen. Emma befingerte ihre wunde Lippe mit einer fast erotischen Faszination.

»Ihr beide seid füreinander gemacht«, sagte ich. »Ein sauberes Pärchen von sensationslüsternen Narzissen.«

Versteht sich, daß sie nicht hörten, was ich sagte.

»Wir hätten etwas entwickeln können zwischen uns, und du wirfst das einfach weg«, sagte Phil zu ihr. »Niemand wird dich je so lieben wie ich, aber nein, du mußtest hergehen und das, was von deinem Aussehen noch übrig war, eintauschen gegen einen Haufen Kreditkarten. Tja, und jetzt hast du gar nichts.«

»Ist die Polizei wirklich unterwegs?« fragte sie.

Phil nickte. Emma versuchte, ihre Tränen zurückzuhalten, doch sie galten nur ihr selbst und ihrer üblen Lage, nicht Mark. Sie hatte eine Heidenangst vor dem, was ihr blühen mochte. Phil gab ihr einen Kuß, dann versuchte er zu lächeln. Es funktionierte nur auf einer Seite seines Gesichts, und ich dachte an Prinz Charles und an das Diktafon auf dem Klavier.

»Sie werden jeden Moment hier sein«, sagte Phil. »Vielleicht können wir uns etwas zurechtlegen, aber du mußt mir die Wahrheit sagen.«

»Ach Gott, du durchschaust mich doch immer sofort«, seufzte sie.

Ja, dachte ich. Weil sowenig da ist zum Durchschauen.

»Sprich weiter«, sagte Phil.

»Naja, ich bin also in die Wohnung gegangen, um dich zu sprechen, und statt dessen hab ich Mark angetroffen«, sagte sie. »Ich weiß nicht wieso, aber als er mich sah, wußte er sofort Bescheid. Er sagte, er würde seinem Vater von uns erzählen. Um ihm wehzutun. Er war so begeistert davon, es war schrecklich.«

Sie sprach mit einer Kleinmädchenstimme, von deren Klang ich eine Gänsehaut bekam.

»Ich hab ihn dann wohl angeschrien, und er ist auf mich losgegangen. Er hat mich zu Boden gedrückt und seine Hose aufgemacht. Er wollte mich vergewaltigen. Er war sogar schon dabei, also hab ich den nächstbesten Gegenstand ergriffen. Es war nicht geplant ... Du mußt mir helfen, Liebling. Wenn wir ihn nicht verscharren, stecken sie mich ins Gefängnis. Dich und Andy wahrscheinlich auch. Ich mein, ihr habt schließlich die Leiche weggeschafft. Wir könnten zusammen weggehen. Nach Brasilien vielleicht. Ich hab etwas Geld. Du könntest dir eine Arbeit suchen.«

»Ach ja? Vergiß es«, sagte Phil.

Er konnte sich nicht vorstellen, in einem Sweatshop in São Paulo zu arbeiten und in Fünfzehn-Stunden-Schichten schwungvolle Häkchen-Logos aufzunähen. Genausowenig wie ich übrigens.

»Oder wir könnten sagen, daß Andy ihn umgebracht hat«, flüsterte sie. »Wir wären zwei gegen einen.«

»Ganz reizend«, sagte ich. »Aber du kannst jetzt aufhören. Ich glaube, wir haben genug beisammen.«

Ich langte nach dem Diktafon. Als Emma das blinkende Rotlicht sah, legte sich ein Ausdruck furchtbarer Enttäuschung über ihr Gesicht, als wäre ihre Welt ein Pfirsich und sie hätte ihn gerade umgedreht, um zu entdecken, daß er zusammengefallen und grau vor Fäulnis war. Sie machte einen halbherzigen Versuch, sich auf das Diktafon zu stürzen, doch Phil hielt sie fest, und dabei löste sich ihr Schal. Tiefe Kratzer waren auf ihrem Hals zu sehen.

Zehn Minuten später kam die Polizei.

21

Phil und ich wurden in ein Krankenhaus in Swindon gebracht, wo die Ärzte mir in die Augen leuchteten, meinen Kopf röntgten und mir die Schulter wieder einrenkten. Anschließend wurde mir mitgeteilt, daß ich eine Schädelfraktur erlitten hatte. Die folgenden zwei Tage schwebte ich auf einer marshmallowartigen Medikamentenwolke, versicherte mir, daß ich reichlich Glück gehabt hätte, und wartete darauf, daß meine Zähne ihr Aufenthaltsrecht in meinem Gaumen wieder so weit in Anspruch nahmen, daß ich feste Nahrung zu mir nehmen konnte. Von Zeit zu Zeit kam eine Krankenschwester, um Pupillenreaktion, Puls und Blutdruck zu überprüfen. Auf meine Fragen antwortete sie, sie habe gehört, daß Emma noch in Haft und Phil aus dem Krankenhaus in Polizeigewahrsam übergeben worden sei. Richard hatte einen Herzinfarkt erlitten und erholte sich im privaten Flügel desselben Krankenhauses, jenseits des Grand Canyons der Klassentrennung. Die Polizei wollte mit mir reden, und ich durfte keinen Besuch empfangen, daher war ich begeistert, als Sara sich auf die Station schlich, um mich zu sehen. Sie gab mir zur Begrüßung einen Kuß auf die Lippen, aber sie wirkte erschöpft, in Gedanken woanders.

»Ich hätte nicht geglaubt, daß du kommst«, sagte ich. »Ich dachte, du wärst zu wütend.«

»Es ist nicht deinetwegen«, sagte sie. »Es ist wegen

Mark. Wir sind zusammen aufgewachsen. Er fehlt mir, das ist alles.«

Ich wollte sie trösten, aber meine Zunge zappelte und zuckte wie ein Fisch auf heißem Metall.

»Ich bin allerdings wirklich wütend auf dich«, sagte sie. »Du bist so ein Idiot. Warum um alles in der Welt hast du mir nichts gesagt?«

»Ich wollte dich nicht mit hineinziehen.«

»Hineinziehen? Du hast Marks Leiche in Mamas Garage gelegt! Ich hab sogar mit dir geschlafen, während er da draußen war! Was glaubst du, wie ich mich da fühle? Und die letzten zwei Tage hab ich in einer verdammten Polizeiwache verbracht!«

Ihre Worte zerschnitten mir Leib und Seele.

»Ich wollte nicht alles ruinieren für uns. Aber genau das ist es, was ich getan habe«, sagte ich.

»Ach, um Gottes willen! Mach nicht so ein selbstmitleidiges Gesicht.«

»Aber es ist vorbei, nicht wahr?«

Sie wandte sich ab, sah lieber aus dem Fenster auf ein Leichtindustriegelände, als sich meinen Blicken auszusetzen.

»Wer weiß?« sagte sie. »Es war mutig von dir, ganz allein zum Haus zu gehen.«

»Es tut mir so leid«, sagte ich.

Es gab eine seltsame Verzögerung, bevor sie antwortete, wie bei den transatlantischen Telefongesprächen, die ich in einem anderen Leben mit Janet geführt hatte.

»Das sagst du immerzu«, sagte sie.

Ich nahm Saras Hand, doch sie konnte sich nicht mehr als ein dünnes Lächeln und einen flüchtigen Erwiderungsdruck abringen. Als eine Schwester in den Krankensaal kam und sie wegscheuchte, hoffte ich, daß sie sich umdrehen und winken oder mir sogar einen Kuß von der Tür her zuwerfen würde, aber sie blickte nicht einmal zurück, und ich hatte das schreckliche Gefühl, daß ich sie diesmal endgültig verloren hatte. Falls es so war, hatte ich das einzig und allein mir selbst zuzuschreiben, und die Welt erschien mir düster und leer.

Es vergingen noch zwei Tage, bis ich zur Polizeiwache gebracht und von einem Kriminalbeamten mit fliehendem Kinn verhört wurde. Während ich ihm die Ereignisse berichtete, wurde mir klar, wie ausgesprochen bescheuert Phil und ich uns verhalten hatten. Kinnlos stellte mir hundert Fragen und zeichnete alles mit einer reichlich schäbigen Gerätschaft auf, die so aussah, als könnte sie aus der Scheune von Saras Stiefvater gestohlen worden sein. Er fragte mich aber nicht, ob ich in den WH Smith zurückgegangen sei, um die Briefmarken an mich zu nehmen, und ich konnte keinen zwingenden Grund erkennen, es ihm zu sagen. Nach dem Mittagessen sah ich, wie Emma durch den Flur geführt wurde, beschwingten Schrittes und mit hüpfenden gefönten Haaren. Ich hatte Angst, sie würde Marks Tod irgendwie doch noch Phil und mir anhängen, obwohl ich wußte, daß die Polizei im Besitz ihres aufgezeichneten Geständnisses war. Nach dem Verhör wurde ich in eine Zelle gesteckt, eine winzige Schachtel von drei mal drei Metern mit zwei Holzpodesten, auf denen dünne Schaummatratzen lagen. Diverse Verhaftete teilten diese Zelle während der folgenden sechs Stunden mit mir, aber ich erfuhr wenig über sie. Angesichts der explosiven Mischung aus Alkohol, Angst und krimineller Energie war hier ein Grad von Behutsamkeit gefragt, wie man ihn eher im Vatikan oder in einer Klinik für Geschlechtskrankheiten erwarten würde. Die Polizei ließ mich gegen zehn Uhr an diesem

Abend frei, aber sie war alles andere als glücklich darüber, mich gehen zu sehen.

»Sie hätten uns allen eine Menge Ärger erspart, wenn Sie die Sache rechtzeitig gemeldet hätten, nicht wahr?« sagte Kinnlos.

Gefährlich hochgestimmt, fuhr ich mit dem Zug zurück nach London, nahm, da ich mich in Jeffs Wohnung noch nicht hineintraute, die U-Bahn nach Kilburn und von da den Bus, der den Shoot-up Hill hinaufkroch. An der Ecke Walm Lane in Hollis Hill stieg ich aus und überquerte die Rasenflächen des Windmill Court Estate, schob mich durch Nieselregen und Tümpel von Natriumlampenlicht zu Füßen des Hochhauses, das riesig und unwirklich in den Nachthimmel ragte. Die dem Grundstück gegenüberliegenden Backsteinreihenhäuser auf der Walm Lane waren von den Bauunternehmen in kleine Wohnungen zerschnitten und mit Satellitenschüsseln gesprenkelt worden, die aus dem Gebäude staken wie Reißzwecken am Schwarzen Brett nach Ende des Schuljahres. Ich betrat den Eingang, wo ich wohnte, stieg die Treppe hinauf in den fünften Stock und ging den Flur entlang, den Schulgeruch von desinfiziertem Linoleum einatmend.

Wohnung Nummer 26 war eine kleine Einzimmer-Wohneinheit, die mir seit zwei Jahren, zwei reinen Selbstversorgerjahren, als Heim diente, und als ich die Tür hinter mir schloß, überspülte mich eine graue Welle Einsamkeit. Keine Nachricht von Sara auf dem Anrufbeantworter, nur eine von der Werkstatt, die meinen Transporter von Foxton Hall abgeschleppt hatte. Ein Berg von uraltem Abwasch türmte sich in der Spüle, die Antithese zu jeder Vorstellung von ›Schöner Wohnen‹.

Wenn darunter nur eine Spur von Sara zu sehen gewesen wäre – eine Tasse, ein Teller –, hätte ich mich vielleicht überwinden können, die Sache in Angriff zu nehmen. So aber streifte ich die Turnschuhe ab und versuchte, Sara anzurufen, aber es meldete sich nur der Anrufbeantworter, und ich sprach nichts drauf, weil ich befürchtete, das Band würde meine wachsende Verzweiflung festhalten. Sara schien Millionen Meilen entfernt, und Phils Telefon war immer noch abgestellt, so daß ich nichtmal meine schlechte Laune an ihm abreagieren konnte. Ich begann, obsessive Innenschau zu halten in meiner Isolationssuite und rief wiederholt bei Sara an, nur um ihre aufgezeichnete Stimme zu hören. Am zweiten Tag hielt ich es schließlich nicht mehr aus und hinterließ eine Nachricht, von der ich hoffte, sie sei ausreichend fröhlich und locker. Im Laufe der nächsten Tage fügte ich dieser ersten eine Reihe von zunehmend verwirrten Nachrichten hinzu, doch Sara rief nicht zurück, und die Wohnung fühlte sich von Stunde zu Stunde kleiner und leerer an.

Die Polizei beschuldigte Emma des Totschlags, und öffentlich wurde die Angelegenheit durch eine regionale Nachrichtensendung, in der hastig erstellte Aufnahmen des Bowringschen Hauses und ein Filmausschnitt von Emma zu sehen waren, wie sie sich um Kopf und Kragen schauspielert. Sie hatte eine Neben-Nebenrolle in einem Jean-Claude-Van-Damme-Streifen gehabt, eine Erfahrung, die verstörend genug gewesen sein mußte, auch die stabilste und ausgeglichenste Psyche in blaues Zündpapier zu verwandeln.

Phil brachte schließlich den Mut auf, mich anzurufen, und er klang dermaßen zerknirscht, daß mir schon nach zehn Minuten die Lust verging, auf ihm herumzuhacken.

Außerdem ist Phil im Grunde seines Wesens schon immer ein manipulativer Wichser gewesen, und es war albern von mir zu glauben, daß er je aus seiner Haut herauskönne. Was soll das beste Clearasil gegen die hartnäkkige Akne eines Sechsunddreißigjährigen ausrichten? Und letzten Endes mußte ich mir auch eingestehen, daß ich ihn, was die Briefmarken betraf, genauso belogen hatte wie er mich in Sachen Emma. Als ich mich nach ihr erkundigte und er mir mitteilen mußte, daß sie sich im Beisein ihres Anwalts des Totschlags für schuldig bekannt hatte, brach ihm fast die Stimme. Die gerichtliche Untersuchung hatte Spuren ihrer Haut unter Marks Nägeln nachgewiesen (sowie ein halbes Gramm silbernes Rubbelkartenplastik), so daß ihr nicht viel anderes übrigblieb, als einen Nervenzusammenbruch zu erleiden. Emma war gegen Kaution freigelassen worden und erholte sich in einer Privatklinik unter der Betreuung von Doktor Leffler, Marks ehemaligem Seelenklempner. Ich roch die wieselige Gerissenheit eines teuren Anwalts und mochte nicht mehr ausschließen, daß sie sich sogar der Anklage wegen Totschlags würde entziehen können.

»Das Verrückte ist, daß ich sie trotz allem immer noch liebe. Wirklich wahr«, jammerte Phil. »Da ist eine spezielle Chemie zwischen uns.«

»Klar. Ich sage nur Bhopal. Oder Tschernobyl«, sagte ich.

Ich stellte mir vor, wie sie sich gegenseitig aushalten ließen im moralischen Whiteout von Los Angeles, kein Leben außerhalb ihrer selbst, alle ihre Träume sofort auf Video und dann ins Sonderangebotsregal bei Tower Records.

»Du verstehst das nicht«, sagte Phil. »Die Macht, die es über einen hat.«

»Aber ja doch«, sagte ich. »Es ist das erste Mal in deinem Leben, daß du sitzengelassen worden bist, du egoistische Wurst. Und damit konntest du nicht umgehen.«

»Ach, wirklich? Übrigens, ich hab letztens Sara gesehen«, sagte er. »Bei Dean.«

Mein Herz trommelte sich hinauf in den Hals.

»Ja?«

»Die ganze Sache hat sie ziemlich fertiggemacht. Du solltest sie mal anrufen.«

»Das versuch ich seit zwei Wochen.«

»Sie logiert zur Zeit bei ihrer Mutter in Greenwich, aber sie wird auf der Beerdigung sein«, sagte er. »Ich selbst werde auch gehen, Ehre erweisen und so weiter. Du solltest auch kommen. Wir haben keinen Grund, uns zu schämen.«

Da war ich mir nicht so sicher. Ich hatte versucht, Richard einen Brief zu schreiben, es war mir aber nicht gelungen, die richtige Mischung aus Entschuldigung und Beileidsbekundung zu finden. Trotzdem erklärte ich mich bereit, mit Phil zur Beerdigung zu gehen, weil es die einzige Gelegenheit sein mochte, mit Sara zu sprechen. Er sagte mir, daß die Zeremonie im Golders Green Crematorium stattfinden würde, und ich verbrachte auch die folgende Woche in meinen vier Wänden, trostlos und traurig, zudem nicht arbeitsfähig wegen meiner Schulter. Ich hätte mich arbeitslos gemeldet, wenn ich nicht längst arbeitslos gemeldet gewesen wäre. Sobald ich mich dazu aufraffen konnte, ging ich zur Werkstatt in Pewsey. Man sagte mir, der Transporter sei, so wie er war, noch einen Hunderter bar auf die Hand wert, also lieh ich mir das Auto von einem Freund, überschrieb den Transporter und holte das Briefmarkenalbum unter dem Sitz hervor. Fest entschlossen, es Richard Bowring bei der Beerdigung wiederzugeben, verwendete ich einen Teil des Geldes, um mir für den Anlaß einen schwarzen Anzug zuzulegen, einen italienischen Secondhand-Zweireiher von Oxfam. Als Phil mich am Tag der Beerdigung abholte, versicherte er, daß das Teil mir das geballte Charisma eines gescheiterten Digitalfernsehverkäufers verleihe. Als Zeichen des Respekts für den Verstorbenen hatte Phil sein schwarzes Cypress-Hill-T-Shirt umgewendet. Etwas gab es noch, was mir zu schaffen machte, und in der U-Bahn nach Golders Green fragte ich ihn, wie er Mark kennengelernt habe.

»Sara hat ihn eines Abends zu Dean mitgebracht«, sagte er. »Mark hat mich erkannt und wußte ein paar nette Sachen über die Band zu sagen.«

»Das hätte schon ein paar Alarmglocken zum Läuten bringen sollen«, sagte ich.

»He, komm schon. Mark war soweit in Ordnung. Ich hab ihm ein bißchen was vorgespielt, und er wollte das Demo finanzieren. Ich hab erst herausgefunden, daß er Emmas Stiefsohn war, als du angefangen hast, da zu arbeiten. Weißt du, ich hab echt geglaubt, es wäre eine glückliche Fügung des Schicksals oder so. Kannst du das fassen?«

Dann erzählte Phil mir noch einmal, daß er ein paar neue Songs erarbeitet hätte, ein echt reduzierter Sound – total aufregend, nur mit akustischer Gitarre, viel realer als alles, was er je gemacht hätte –, und ich hörte mir seinen Sermon an, während hinter den dunklen Panoramafenstern des Zuges ein tragischer Streifen Tunnel der Northern Line abgespult wurde.

22

Wir erreichten das aus roten Backsteinen errichtete Krematorium etwas überpünktlich; die Sonne strahlte keinerlei Wärme ab, so daß ich eine Weile in meinem mir ungewohnten Anzug frösteln mußte. Es waren keine Traueranzeigen in den Zeitungen erschienen, doch hinter dem Geländer hatte bereits ein Pressefotograf Stellung bezogen, und ich konnte mir gut vorstellen, daß da ein Fünfziger Schmiergeld im Spiel war, den meinetwegen ein Bestatterlehrling von seinem Onkel bei der Boulevardzeitung kassiert hatte. Der Knipswütige erkannte Phil, der ihm auch sofort mit einer Serie von nachdenklichen Posen gefällig war, was in mir denn doch den Verdacht entstehen ließ, daß Phil den heißen Tip selbst verkauft hätte. Wie sich herausstellte, trog mich meine Ahnung keineswegs, aber der Fall schwebte dann noch für eine Weile, so daß der Öffentlichkeit wenigstens Phils eigene exklusive Story noch ein paar Monate erspart blieb – jener widerliche, eigennützige Sack von Lügen, der mich veranlaßt hat, meinerseits einen Bericht der Ereignisse zu verfassen.

Der Leichenwagen traf ein, gefolgt von vier schwarzen Trauerautos. Richard entstieg dem ersten Fahrzeug mit einem Gehstock, bewegte sich langsam, als würde er in ungeeigneten Schuhen durch ein Moor gehen, und wirkte um zehn Jahre gealtert. Das Briefmarkenalbum befand sich in meinem Rucksack, und ich hatte die Absicht, es ihm nach der Trauerfeier zurückzugeben. Ildikó kam mit dem zweiten Auto, blaß und ausgezehrt, als habe sie in den letzten zwei Wochen einem Vampir Unterkunft und Verpflegung gewährt. Ich ging auf sie zu.

»Es tut mir so leid, Ildikó«, sagte ich. »Wenn ich Ihnen nur gesagt hätte –«

»Schsch. Sie sind ein guter Junge, Andy. Das hier waren nicht Sie. Nicht Ihre Schuld.«

Sie schüttelte den Kopf und umarmte mich kurz, und ich fühlte mich teilweise losgesprochen von der Schuld, die ich mit mir herumgetragen hatte. Bis dahin war mir gar nicht zu Bewußtsein gekommen, wie schwer sie tatsächlich gewesen war. Weitere Leute kamen zu Fuß und mit dem Taxi, aber Sara konnte ich nirgends sehen. Als der Bestattungsunternehmer uns alle in die kleine Kapelle führte, blieben Phil und ich noch zurück, um auf sie zu warten, und beobachteten, wie die Leichenbestatter Marks Sarg an Griffen aus dem Leichenwagen zogen, die zu hell glänzten, um aus echtem Metall zu sein. Sie ließen den Sarg auf einen Stahlkarren gleiten und rollten ihn in die Kapelle, aber noch immer keine Spur von Sara. Wir folgten den Bestattern nach drinnen, während diese den Sarg direkt bis auf den Sockel fuhren.

»Das nenn ich Stil«, flüsterte Phil. »Locker abgeladen, wie?«

Hatten sie daran gedacht, das Pflaster von Marks Finger zu entfernen? Vor meinem inneren Auge sah ich noch immer das rosa Gewebe. Phil machte mich auf Dean aufmerksam, der fünf Reihen vor uns saß, allein, die Sonnenbrille auf die haarende Birne hinaufgeschoben. Der Geistliche machte ein paar einführende Bemerkungen und verkündete dann, daß er einen Song vom Band spielen werde, den Mark geschrieben hatte. Meine

Zehen rollten sich auf, und Phil wand sich unbehaglich auf seinem Platz, als die ersten Takte die Kapelle erfüllten.

»Was geht hier vor? Das ist doch das Stück, das du mir neulich vorgespielt hast«, flüsterte ich. »Auf der Fahrt. Scheiße, du hast behauptet, es sei von dir!«

Es war ein gutes Stück, und es gab mir einen Stich um Marks willen. Als der Song zu Ende war, erhob sich einer von Marks alten Schulfreunden und versuchte, sich und uns dessen Leben zu erklären, und während er sich noch abmühte, entstand hinter uns ein Luftzug. Ich unterdrückte den Impuls, mich umzudrehen, aber dann schritt Sara an uns vorbei und schob sich seitlich in eine der vorderen Bänke. Ich fühlte mich schwerelos. Wir atmeten dieselbe Luft. Alles würde gut werden.

Der Sarg wurde nicht durch die Kettenvorhänge nach draußen gerollt. Er blieb, wo er war, und wir defilierten an ihm vorbei auf einen Kreuzgang, der auf den Garten des Gedenkens ausblickte. Dean vergoß Tropfwasser aus einem offenbar unerschöpflichen Sentimentalitätsvorrat. Die Trauergäste vermischten sich, die Gesichter aufgeweicht von der Nähe zum Verbrennungsofen. Ich sah mich nach Sara um und lief ungewollt Richard über den Weg.

»Danke, daß Sie gekommen sind«, sagte er.

Ich wünschte, daß die Erde mich aufsaugen würde. Sein gebräuntes Gesicht war verblaßt und zerknittert wie ein alter Zehnpfundschein.

»Es tut mir wirklich leid«, sagte ich. »Ich hätte sofort zur Polizei gehen sollen.«

»Sie müssen sich keine Vorwürfe machen«, sagte er. »Niemand muß das. Es war nur ein schrecklicher Unfall.«

Richards Leid hatte ihn ein bißchen menschlicher gemacht, aber seine Worte waren so leer wie der anglikanische Beisetzungsritus. In Wahrheit machte er sich selber so große Vorwürfe, daß sein Leben nicht mehr zu reparieren war. Ich sah es in seinen Augen.

»Ich habe Ihnen die Briefmarken mitgebracht«, sagte ich, in meinem Rucksack wühlend. »Hier.«

Ich hielt ihm das Album hin. Er brauchte einen Moment, um zu begreifen, worum es sich handelte, dann schüttelte er den Kopf.

»Behalten Sie's«, sagte er. »Ich will sie nicht.«

Er wandte sich um und ließ mich ohne ein weiteres Wort stehen. Ich war fassungslos und suchte hektisch nach Sara. Schon begann ich zu glauben, daß sie bereits gegangen sei, da sah ich sie in der Nähe des Parkplatzes, im Gespräch mit Ildikó. Sie hatten beide geweint, und Sara kam zu mir.

»Es ist schön, dich zu sehen«, sagte ich. »Ich bin nur gekommen, weil ich wußte, daß du auch hiersein würdest.«

»Nun, du hast auch Richard gesprochen, nicht wahr? Und Ildikó. Sie hat mir gesagt, daß ich dir noch eine Chance geben soll.«

»Und?«

»Und ich weiß nicht.«

Sara sagte, daß sie gehen wolle, also fragte ich sie, ob ich sie begleiten dürfe, und zu meiner Überraschung willigte sie ein. Phil und Dean waren in ein Gespräch vertieft; wir verabschiedeten uns von ihnen und von Ildikó und gingen zur U-Bahn. Sara sprach nicht viel, und ich war klug genug, meinen Mund zu halten. Die Bahn war relativ voll, aber wir fanden noch zwei freie Plätze gegenüber einem anderen Pärchen, beide in den Zwanzigern. Ich brauchte eine Weile, bis ich begriff, daß sie blind waren und ihre schlechtsitzenden Secondhandsachen von anderen für sie ausgesucht. Ich zeigte Sara die Briefmarken, erklärte, warum ich sie hatte, und übergab sie ihr als Andenken an Mark. Als die Bahn die Haltestelle Chalk Farm hinter sich ließ, drückte die blinde Frau den Schenkel des Mannes, worauf er ihr seine Hand auf den Nakken legte. Dann küßten sie sich lange auf den Mund, und Sara und ich sahen ihnen zu, obwohl wir uns bemühten, woandershin zu gucken. Als der Zug am King's Cross hielt, reichte sie mir das Briefmarkenalbum.

»Geben wir's ihnen«, sagte sie.

Ich hatte das Gefühl, damit das Richtige zu tun, also legte ich dem Mann das Album in die Hände und sagte ihm, daß es ein Geschenk sei. Es blieb so wenig Zeit, und alle anderen Fahrgäste hielten mich für geistesgestört, aber ich konnte ihn dazu bewegen, es an sich zu nehmen, und sprang gerade noch, bevor die Türen sich schlossen, aus dem Zug heraus zu Sara, die auf dem Bahnsteig wartete. Das Paar lächelte, als die Bahn anfuhr, und bevor sie im Tunnel verschwand, sah ich noch, wie der Mann über etwas lachte, das die Frau zu ihm sagte.